A PARTITURA DO ADEUS

PASCAL MERCIER

A PARTITURA DO ADEUS

tradução de
CLAUDIA ABELING

EDITORA RECORD
RIO DE JANEIRO • SÃO PAULO
2013

CIP-BRASIL. CATALOGAÇÃO NA FONTE
SINDICATO NACIONAL DOS EDITORES DE LIVROS, RJ

Mercier, Pascal, 1944-

M527p   A partitura do adeus / Pascal Mercier; tradução de Claudia Beck Abeling Szabo. – Rio de Janeiro: Record, 2013.

Tradução de: Lea
ISBN 978-85-01-09872-6

1. Romance suíço. I. Abeling, Claudia, 1965 - II. Título.

13-03698

CDD: 848.9949403
CDU: 821.133.1(494)-3

TÍTULO ORIGINAL:
Lea

Copyright © 2007 Carl Hanser Verlag München

Texto revisado segundo o novo Acordo Ortográfico da Língua Portuguesa.

Todos os direitos reservados. Proibida a reprodução, no todo ou em parte, através de quaisquer meios. Os direitos morais do autor foram assegurados.

Editoração eletrônica: Abreu's System

Direitos exclusivos de publicação em língua portuguesa somente para o Brasil adquiridos pela
EDITORA RECORD LTDA.
Rua Argentina, 171 – Rio de Janeiro, RJ – 20921-380 – Tel.: 2585-2000, que se reserva a propriedade literária desta tradução.

Impresso no Brasil

ISBN 978-85-01-09872-6

Seja um leitor preferencial Record.
Cadastre-se e receba informações sobre nossos lançamentos e nossas promoções.

Atendimento e venda direta ao leitor:
mdireto@record.com.br ou (21) 2585-2002.

ՄԵՔ ԱՐԿԱՆԵՄՔ ՇՍՏՈՒԵՐՍ ՉԳԱՅՍԱՆՑ ՄԵՐՈՑ Ի ՎԵՐԱՅ ԱՅԼՈՑ
ԵՒ ՆՈՔԱ ԻՐԵԱՆՑՆ Ի ՎԵՐԱՅ ՄԵՐ

ԵՐԲԵՄՆ ԹՈՒԻ ՄԵՋ ՉԻ ԿԱՐԵՄՔ ՅԵՂՁՆՈՒԼ Ի ՆԵՐՔՈՅ ԴՈՑԱ

ՍԱԿԱՅՆ ԵՎ ԱՌԱՆՑ ԱՅՆՈՑԻԿ ՈՉ ԲՆԱՎ ԼԻՆԵՐ
ԼՈՒՅՍ Ի ԿԵԱՆՍ ՄԵՐ

JOGAMOS AS SOMBRAS DE NOSSOS SENTIMENTOS SOBRE
OS OUTROS E OS OUTROS JOGAM AS SUAS SOBRE NÓS

ÀS VEZES QUASE SUFOCAMOS POR CAUSA DISSO

MAS SEM ELAS NÃO EXISTIRIA LUZ
EM NOSSA VIDA

Inscrição tumular em armênio antigo

1

ENCONTRAMO-NOS NUMA CLARA manhã com muito vento na Provence. Eu estava sentado diante de um café em Saint-Rémy e observava os troncos dos plátanos desfolhados sob a luz pálida. O garçom que me trouxe o café estava junto à porta. Com seu colete vermelho surrado, parecia ter sido garçom pela vida inteira. De vez em quando, tragava o cigarro. Acenou para uma moça que estava sentada de lado na garupa de uma Vespa barulhenta, assim como num filme antigo dos meus tempos de escola. Após a Vespa sumir, o sorriso persistiu em seus lábios por um tempo. Pensei na clínica da qual eu estava afastado havia três semanas. Depois tornei a olhar para o garçom. Seu rosto agora estava fechado e o olhar, vazio. Perguntei-me como teria sido viver sua vida no lugar da minha.

Primeiro, Martijn van Vliet era uma cabeleira grisalha num Peugeot vermelho com placa de Berna. Tentou estacionar; ainda que houvesse espaço suficiente, ele não se mostrou habilidoso. A insegurança na baliza não combinava com o homem grande que desceu do carro, abriu caminho no meio do trânsito e veio em direção ao café. Seus olhos escuros me esquadrinharam com ceticismo, e ele entrou.

Tom Courtenay, pensei, Tom Courtenay no filme *The Loneliness of the Long Distance Runner*. O homem me fez lembrar dele, embora não fosse parecido. Era o jeito de andar e o olhar que os dois tinham em comum; o jeito particular de estar no mundo e a relação que mantinham consigo mesmos. O diretor da faculdade odeia Tom Courtenay, o rapaz esguio com o sorriso matreiro, mas precisa dele para ganhar da outra faculdade que tem uma nova estrela nas corridas. E por isso Tom pode correr durante o horário das aulas. Ele corre e corre pelas folhas coloridas do outono, a câmera focaliza o rosto com o sorriso feliz. O dia chega, Tom Courtenay dispara, o adversário parece paralisado, Courtenay entra na reta final, close no diretor de rosto repulsivo, radiante pelo presságio da vitória, só mais 100 metros até a chegada, só mais 50, de repente Courtenay começa a desacelerar, vai parando, a incredulidade estampada no rosto do diretor, ele reconhece a intenção, o rapaz está no controle, essa é sua vingança por todas as chicanas, ele se senta no chão, balança as pernas que conseguiriam correr muito mais, o rival passa pela linha de chegada, um sorriso triunfal toma conta de Courtenay. Tive de rever esse sorriso muitas vezes: na sessão do meio-dia, da tarde, da noite, e aos sábados, na sessão coruja.

Um sorriso assim também poderia surgir no rosto desse homem, pensei, quando Van Vliet desceu do carro e se sentou à mesa ao lado. Ele meteu um cigarro entre os lábios e impediu com a mão que o vento apagasse a chama do isqueiro. Manteve a fumaça durante um longo tempo nos pulmões. Ao expirar, lançou-me um olhar e fiquei espantado do quão doce podiam ser esses olhos.

— *Froid* — comentou ele, e fechou o casaco. — *Le vent.* — Ele falou com o mesmo sotaque que eu também usaria.

— Sim — falei com o dialeto de Berna —, eu não esperava isso aqui. Nem mesmo em janeiro.

Algo em seu olhar se alterou. Não lhe foi uma surpresa agradável se encontrar com um suíço por aqui. Senti-me invasivo.

— Ah, sim — disse ele agora, também no dialeto —, acontece com frequência. — Seu olhar percorreu a rua. — Não estou vendo nenhuma placa da Suíça.

— Estou com um carro alugado — eu disse. — Volto amanhã de trem para Berna.

O garçom lhe trouxe um Pernod. Durante um tempo, ninguém falou nada. A Vespa barulhenta com a moça na garupa reapareceu. O garçom acenou.

Coloquei o dinheiro do café sobre a mesa e me aprontei para sair.

— Volto amanhã também — disse Van Vliet. — Poderíamos seguir juntos.

Isso era a última coisa que eu esperava. Ele percebeu.

— Foi só uma ideia — disse ele, e um sorriso estranho, triste, que pedia por perdão, se abriu rapidamente em seu rosto.

Agora Van Vliet se tornava novamente o homem que estacionou de maneira tão desajeitada. Antes de adormecer, pensei que Tom Courtenay também poderia rir desse jeito, e no sonho ele o fez. Aproximou os lábios da boca de uma garota, que o rejeitou, assustada. *Just an idea, you know*, disse Courtenay, *and not much of an idea, either.*

— Sim, por que não? — acabei concordando.

Van Vliet chamou o garçom e pediu dois Pernods. Recusei. Um cirurgião não bebe pela manhã; nem mesmo depois de não ser mais cirurgião. Sentei-me à sua mesa.

— Van Vliet — apresentou-se. — Martijn van Vliet.

Eu lhe estendi a mão.

— Herzog, Adrian Herzog.

Ele disse que passou alguns dias por aqui, e, depois de uma pausa, na qual seu rosto pareceu ficar mais velho e pesado, acrescentou:

— Para me lembrar... de antes.

Em algum momento de nossa viagem ele me contaria a história. Seria uma história triste, dolorosa. Fiquei com a sensação de não estar apto a ajudar. Eu já tinha problemas suficientes comigo.

Olhei para a alameda de plátanos que levava para fora da cidade, e notei as cores opacas, suaves, da Provence invernal. Eu tinha vindo até aqui para visitar minha filha, que trabalhava na clínica em Avignon. Minha filha, que não precisava mais de mim havia muito tempo. "Parou antes da hora? Você?", ela havia falado. Fiquei com a esperança de que ela quisesse saber mais. Porém, aí, o garoto chegou da escola; Leslie se irritou com o atraso da babá, pois ela tinha de trabalhar à noite, e ficamos na rua como duas pessoas que se deparam sem se encontrar.

Ela notou que eu estava decepcionado.

— Vou te visitar — disse ela. — Afinal, agora você tem tempo! — Ambos sabíamos que ela não o faria. Há muitos anos ela não vem mais a Berna e não sabe como vivo. Sabemos pouco um do outro, na verdade.

Aluguei um carro na estação de Avignon e saí a esmo, três dias por pequenas estradas, pernoites em hospedarias rurais, metade do dia no golfo de Aigues Mortes, só sanduíches e café; à noite, Sommerset Maugham sob uma luz sonolenta. Às vezes conseguia me esquecer do garoto que apareceu de repente diante do carro, mas nunca por mais que meio dia. Acordava assustado porque o suor do medo escorria pelos meus olhos e tinha a sensação de que afogaria atrás da máscara cirúrgica.

— Assuma você, Paul — falei ao médico-chefe e lhe entreguei o bisturi.

Agora, enquanto andava lentamente pelos vilarejos, aliviado quando chegava a um trecho livre, via às vezes os olhos claros de Paul sob a máscara cirúrgica, o olhar incrédulo, perplexo.

Eu não queria ouvir a história de Martijn van Vliet.

— Quero ir ainda hoje a Camargue, para Saintes-Maries-de-la-Mer — declarou ele.

Encarei-o. Se eu hesitasse mais um pouco, seu olhar se tornaria duro como o de Tom Courtenay diante do diretor.

— Vou junto — falei.

Quando partimos, o vento tinha cessado, e atrás do vidro estava quente.

— *La Camargue, c'est le bout du monde* — disse Van Vliet quando fomos para o sul, próximo de Arles. — Era o que Cécile, minha mulher, costumava falar.

2

NA PRIMEIRA VEZ, não pensei em nada. Quando Van Vliet tirou as mãos do volante pela segunda vez e as manteve a poucos centímetros de distância, achei estranho, pois um caminhão vinha em nossa direção. Mas apenas na terceira vez tive certeza: tratava-se de uma distância de segurança. Ele queria impedir que as mãos fizessem algo errado.

Por um tempo não apareceram mais caminhões. À direita e à esquerda, arrozais e água, na qual as nuvens em movimento se refletiam. A paisagem plana despertava a sensação de uma amplidão libertadora; lembrava-me do tempo nos Estados Unidos, onde aprendi a operar com os melhores cirurgiões. Eles me passaram autoconfiança e me ensinaram a dominar o medo que ameaçava eclodir depois do primeiro corte na pele íntegra. Ao voltar à Suíça, no fim dos meus 30 anos, tinha operações dificílimas nas costas; para os outros, eu era sinônimo de tranquilidade e confiança médicas, um homem que nunca perdia a calma. Ninguém acreditaria que certa manhã eu não confiaria mais um bisturi às minhas mãos.

Dava para perceber a aproximação de um caminhão ao longe. Van Vliet freou bruscamente e saiu da estrada, indo em direção a um hotel e a um picadeiro de cavalos brancos. Na entrada, lia-se PROMENADE À CHEVAL.

Durante um tempo, ele permaneceu sentado de olhos fechados. As pálpebras tremiam e em sua testa surgiram pequenas gotas de suor. Em seguida, desceu sem dizer uma palavra e, vagarosamente, foi até a cerca do picadeiro. Fiquei ao seu lado e esperei.

— O senhor se importaria de assumir o volante? — perguntou ele em voz baixa. — Eu... Eu não estou me sentindo bem.

No bar do hotel, Van Vliet tomou dois Pernods.

— Agora está melhor — disse ele em seguida. Deveria soar corajoso, mas era somente fachada.

Em vez de ir para o carro, ele se aproximou novamente do picadeiro. Um dos cavalos estava junto à cerca. Van Vliet acariciou sua cabeça. A mão tremia.

— Lea amava os animais e eles sentiam isso. Ela simplesmente não tinha medo deles. Até os cachorros mais bravos ficavam mansos em sua presença. "Papai, veja, ele gosta de mim!", dizia ela. Como se precisasse do afeto dos animais, como se fosse o único que recebesse. E ela dizia isso para *mim*. Justo para mim. Ela acariciava os animais, deixava que eles lambessem sua mão. Como eu sentia medo ao assistir isso! Suas mãos valiosas, suas mãos tão valiosas. Mais tarde, nas minhas viagens secretas a Saint-Rémy, muitas vezes fiquei parado aqui, imaginando-a acariciar os cavalos. Teria feito bem a ela. Estou certo que sim. Mas não pude levá-la. O magrebino, o maldito magrebino, proibiu, ele simplesmente me proibiu.

Eu permanecia com medo da história, agora ainda mais; apesar disso, não tinha mais certeza de não querer ouvi-la. A mão trêmula de Van Vliet na cabeça do cavalo mudou as coisas. Pensei se devia fazer perguntas. Mas teria sido errado. Eu tinha de ser um ouvinte, nada além de um ouvinte, que, em silêncio, abria caminho no mundo dos pensamentos dele.

Ele me entregou as chaves, mudo. A mão ainda tremia.

Dirigi devagar. Quando cruzávamos com um caminhão, Van Vliet olhava para longe, à direita. Na entrada da cidade, ele me orientou até chegar à praia. Paramos atrás da duna, subimos e chegamos à areia. Ventava muito, as ondas cintilantes quebravam e, por um instante, pensei em Cape Cod e em Susan, minha namorada à época.

Caminhávamos lado a lado com alguma distância. Eu não sabia o que ele queria por lá. Ou talvez soubesse: como Lea, de quem falou usando o passado, não mais vivia, ele queria percorrer novamente a praia que teve de percorrer sozinho antes, quando o magrebino impediu seu contato com a filha. Então ele caminhou em direção à água e por um instante fiquei com a impressão de que Van Vliet simplesmente entraria nela com seu passo decidido, reto, que não conhecia obstáculos, avançando sem parar, até as ondas cobrirem sua cabeça.

Ele ficou parado na areia úmida e tirou uma garrafinha do casaco. Destampou-a e olhou para mim. Hesitou, depois jogou a cabeça para trás, ergueu o braço e despejou a bebida dentro de si. Peguei a máquina fotográfica e fiz algumas fotos. Elas o mostram de perfil, contra a luz. Uma delas está aqui na minha frente, apoiada na luminária. Amo-a. Um homem que bebe, teimoso, diante do olhar de outro, que há pouco recusou um Pernod. *Je m'en fous*, diz a postura desse homem grande, pesado, com o cabelo desgrenhado. Como Tom Courtenay, que depois de seu perdão negado sai caminhando rumo à cadeia.

Van Vliet continuou andando mais um tempo pela areia úmida. Ele parava de tempos em tempos, inclinava a cabeça para trás, como antes ao beber, e mantinha o rosto sob o sol. Um homem bronzeado, que devia estar no fim de seus 50 anos, marcas de álcool debaixo dos olhos, embora com a aparência de alguém saudável, forte, que provavelmente praticava esportes. Por trás disso, tristeza e desespero, que podiam se transformar a qualquer instante em ódio e fúria, em ódio também contra si mesmo. Um homem que não confiava mais em suas mãos quando via diante de si a cabine alta, tonitruante, de um caminhão.

Ele veio devagar em minha direção e parou diante de mim. A maneira como a coisa explodiu de seu interior confirmou a devastação provocada pela lembrança enquanto estava junto à água.

— Ele se chamava Meridjen, o magrebino, Dr. Meridjen. *Agora se trata principalmente da sua filha; o senhor terá de se acostumar com isso.* Imagine só: o homem ousa dizer isso para mim. Para mim! *C'est de votre fille qu'il s'agit.* Como se ela não tivesse sido durante 27 anos o prumo da minha vida! As palavras me perseguiram como um eco infinito. Ele as disse no fim de nossa primeira conversa, antes de se levantar da escrivaninha, para me acompanhar à porta do consultório. Ele ouvira mais, vez ou outra a mão escura passava a caneta prateada sobre o papel. No teto, as pás gigantes de um ventilador giravam; nas pausas da conversa eu escutava o ruído suave do motor. Senti-me como vazio depois de meu longo relato, e, quando ele me lançava um de seus olhares negros, árabes, por cima das lentes de seus óculos de meia lente, eu ficava com a sensação de estar sentado, cheio de culpa, diante de um juiz.

"O senhor não vai se mudar para Saint-Rémy", disse junto à porta para mim. Era uma frase matadora. As poucas palavras fizeram parecer que minha dedicação àquilo que eu considerava a felicidade de Lea não passou de uma orgia de ambição paterna e a tentativa desesperada de ligá-la a mim. Como se minha filha tivesse de ser protegida principalmente de mim. E eu tinha esse único desejo para Lea, esse único desejo que reprimia todo o resto: que o luto e o desespero pela morte de Cécile acabassem para sempre. Claro que esse desejo também se referia *a mim*. *Claro*. Mas quem pode me acusar disso? *Quem*?

Seus olhos estavam cheios de lágrimas. Queria passar a mão sobre seu cabelo despenteado pelo vento.

— Como tudo aconteceu? — perguntei, depois de nos sentarmos na duna.

3

— POSSO DIZER EXATAMENTE o dia e a hora em que tudo começou. Era uma terça-feira, há 18 anos, o único dia da semana em que Lea ia à aula também de tarde. Um dia de maio, azul profundo, árvores floridas e arbustos em todos os lugares. Lea veio da escola e, ao lado dela, estava Caroline, sua amiga desde os primeiros dias de aula. Dava dó ver como Lea estava triste e petrificada ao descer os poucos degraus até o pátio ao lado de Caroline, que mancava. Era o mesmo caminhar arrastado como o do ano anterior, quando saímos juntos da clínica, na qual

Cécile tinha perdido a luta contra a leucemia. Nesse dia, na despedida do rosto silencioso da mãe, Lea não chorou. As lágrimas tinham sido consumidas. Nas semanas anteriores, ela passou a falar cada vez menos, e a cada dia eu tinha a impressão de que seus movimentos ficavam mais desajeitados e vagarosos. Nada foi capaz de dissolver essa rigidez; nada que eu fizesse, nenhum dos muitos presentes que eu lhe comprava quando ficava com a impressão de adivinhar um desejo seu; nenhuma de minhas piadas constrangidas, que eu arrancava de minha própria rigidez; nem mesmo a entrada na escola com todas as novas impressões; muito menos o esforço que Caroline despendeu desde o primeiro dia para fazê-la sorrir.

"*Adieu*, disse Caroline para Lea, colocando o braço sobre os ombros dela. Tratava-se de um gesto incomum para uma menina de 8 anos. Era como se fosse a irmã mais velha que oferecia consolo e proteção à mais nova. Lea mantinha o olhar no chão, como sempre, e não respondeu nada. Em silêncio, ela me deu a mão e caminhou ao meu lado, como se estivesse chapinhando numa lama densa.

"Tínhamos passado pelo hotel Schweizerhof e nos aproximávamos da escada rolante que descia para a área da estação quando Lea ficou parada no meio do fluxo das pessoas. Meus pensamentos estavam concentrados na difícil reunião que logo teria de conduzir, e puxei impacientemente sua mão. Ela se soltou com um movimento súbito e correu na direção da escada. Ainda hoje a vejo correr, era um *slalom* por entre a massa apressada, a mochila larga sobre suas costas estreitas se enganchou várias vezes na roupa de estranhos. Assim que a alcancei, ela estava no alto da escada rolante, o pescoço esticado, sem se preocupar em fechar o caminho das pessoas. *Écoute!*, disse ela quando cheguei perto. Ela falou com o mesmo tom de voz de Cécile, que também sempre expressava essa ordem em francês, mesmo se só falássemos em alemão. Para alguém como eu, cuja laringe não foi feita para os límpidos sons franceses, a palavra aguda possui um tom imperativo, ditatorial, que me intimidava mesmo se fosse algo sem importância. E assim domei minha impaciência e escutei atentamente a área da estação. Agora eu também ouvia o que tinha feito Lea parar: os sons de um violino. Hesitante, deixei que ela me puxasse até a escada rolante, e agora descíamos, provavelmente contra a minha vontade, até a estação de Berna.

"Quantas vezes me perguntei o que teria sido de minha filha se não tivéssemos feito isso! Se o acaso não tivesse nos enviado esses sons. Se eu tivesse atendido a minha impaciência e nervosismo pela reunião próxima e puxasse Lea comigo. Será que ela teria sido seduzida pela fascinação dos sons do violino numa outra ocasião, de outra forma? O que mais poderia tê-la tirado de sua tristeza paralisante? Será que seu talento também teria vindo à luz? Ou será que teria se tornado uma aluna absolutamente normal, com o desejo de uma profissão normal? E eu? Onde estaria hoje, se não tivesse me confrontado com as exigências imensas do talento de Lea, às quais eu não estava nem um pouco à altura?

"Naquela tarde, quando pusemos os pés na escada rolante, eu era um médico de 40 anos, o mais jovem membro da faculdade e, como as pessoas diziam, uma estrela em ascensão no céu da nova disciplina de medicina cibernética. A agonia de Cécile e sua morte precoce me abalaram, mais do que eu queria assumir. Porém, por fora tinha me mantido firme e conseguido, por meio de um planejamento minucioso, juntar a profissão com meu papel de pai, que agora tinha de se responsabilizar por tudo. À noite, sentado ao computador, escutava Lea se virando na cama do quarto ao lado, e eu próprio não me deitei nem uma vez antes de ela ter se acalmado, independentemente de quão tarde fosse. O cansaço crescia como um veneno ardiloso, e eu o combatia com café e, às vezes, me sentia perto de recomeçar a fumar. Mas Lea não devia crescer numa casa enfumaçada e com um pai viciado."

Van Vliet tirou os cigarros do casaco e acendeu um. Como pela manhã no café, ele protegeu a chama do vento com sua grande mão. Agora, mais próximo, vi a nicotina em seus dedos.

— No todo, a situação estava sob meu controle, como eu acreditava; apenas as olheiras aumentavam cada vez mais. Tudo poderia ter terminado bem, acho, se nós dois não tivéssemos descido a escada rolante naquele dia. Mas Lea já havia posto um pé sobre o metal deslizante, mesmo com seu medo de escadas rolantes; ela pegara esse medo de Cécile: muito de sua endeusada mãe entrou nela como por osmose A música, naquele momento, foi mais forte do que o medo, por isso ela deu o primeiro passo, e era impossível deixá-la sozinha. Acariciei seus cabelos, tranquilizando-a, até chegarmos lá embaixo e mergulharmos na multidão que, segurando a respiração, escutava a violinista.

Van Vliet jogou o cigarro, fumado até a metade, na areia e escondeu o rosto nas mãos. Ele estava ao lado da filhinha na estação. Senti uma pontada no estômago. Lembrei-me de minha visita a Leslie em Avignon. O que Lea foi para Martijn van Vliet, Leslie nunca foi para mim. O que aconteceu entre nós foi mais sereno. Não sem amor, apenas mais reservado. Foi por que eu quase só me dediquei ao trabalho nos anos depois de seu nascimento e, muitas vezes, passei dias enfurnado na clínica em Boston?

Foi Joanne quem disse. *As a father you're a failure.*

Não havíamos tirado férias de verdade nem uma vez; quando eu viajava, era para congressos que apresentavam novas técnicas cirúrgicas. Leslie estava com 9 anos quando voltamos à Suíça. Ela falava uma mistura do inglês americano de Joanne e do meu alemão de Berna. A tensão entre os pais fez com que se fechasse; ela procurou amigos que não conhecíamos, e, quando Joanne voltou para os Estados Unidos para sempre, ela foi para um internato, um dos bons, mas ainda assim um internato. Ela não estava infeliz, acho, no entanto se distanciou ainda mais de mim; quando eu a via, era mais um encontro entre dois bons conhecidos do que entre pai e filha.

A história de Van Vliet seria a história de uma infelicidade, estava evidente; mas essa infelicidade tinha nascido de uma felicidade que eu não conhecia, independentemente do motivo.

"Ela era uma pequena grande mulher", disse ele para os meus pensamentos, "mas estava num pedestal e seu tronco se destacava da multidão. Deus, era possível se apaixonar por ela naquele instante! Assim como alguém consegue se apaixonar por uma estátua imponente, só que de uma maneira mais fácil, mais rápida e muito, muito mais intensa. A primeira coisa que meu olhar distinguiu foi uma torrente de cabelos brilhantes, negros, que a cada movimento da cabeça pulava debaixo do chapéu de três pontas e parecia jorrar sobre as ombreiras almofadadas de seu casaco. E que casaco fabuloso era aquele! Rosa-claro, esmaecido, e amarelo lavado, cores como as de um palácio decaído. Desse fundo se erguiam, como num gobelino, várias figuras de dragões em movimento, fios vermelhos e dourados e vidrilhos vermelhos, que brilhavam como rubis valiosos. Havia muito mistério do Oriente nesse casaco, que chegava quase aos joelhos da mulher. Ela o usava aberto; era possível ver uma calça bege amarrada nos tornozelos, presa no alto por uma echarpe ocre. Meias brancas de seda nos pés, metidos em sapatos pretos de verniz. Sob a echarpe, ela usava uma camisa de cetim branco, com babados, que preenchia a lapela aberta do casaco, larga e alta, com uma gola própria, sobre a qual ela havia puxado um pedaço do tecido macio, branco, e o queixo enérgico estava pousado ali, pressionando o violino. E, para coroar, o chapéu de três pontas, de tecido semelhante ao do casaco, mas de efeito mais pesado, pois as bordas tinham sido debruadas com cetim preto. Juntos, Lea e eu fizemos inúmeros desenhos dela, e nunca conseguimos chegar a um consenso sobre determinadas minúcias." Van Vliet soluçou. "Isso era na cozinha, na mesa que Cécile tinha trazido ao casamento."

Ele se levantou sem dar explicações e foi até a água. Uma onda enxaguou seus sapatos, e ele pareceu não perceber.

— Não está totalmente certo — continuou ele depois de voltar para o meu lado, com sargaço nos sapatos — que a primeira coisa que me prendeu à violinista foi o cabelo longo, ondulado. Foram mais os olhos, ou talvez não os olhos, mas a máscara branca dos olhos, que quase se mesclava ao rosto empoado de branco. Quanto mais eu ficava parado ali, mais o rosto mascarado me enfeitiçava. Primeiro, a imobilidade e a falta de vida da máscara me surpreenderam, em forte oposição à música cheia d'alma. Como uma máscara rígida podia produzir algo assim? Aos poucos comecei a imaginar os olhos por trás das pequenas fendas e, depois, passei a vê-los. Quase sempre estavam fechados; nessas horas, o rosto empoado parecia trancado e morto. Nesses momentos, era como se os sons viessem do além e se serviam de seu corpo sem visão como um médium. Principalmente em trechos lentos, líricos, quando o instrumento mal se movimentava e o braço com o arco deslizava com lentidão. Era quase como se a voz sem palavras de Deus falasse com a multidão, que assistia sem respirar, que tinha colocado no chão suas malas, mochilas e bolsas e que se impregnava da música arrebatadora como uma epifania.

Ao lado da música, os outros ruídos da estação não pareciam ser reais. Os sons saídos do violino escuro, reluzente, tinham uma realidade própria, que, eu pensava, nem mesmo uma explosão conseguiria devastar.

"De vez em quando a mulher abria os olhos. Nesses momentos, me lembrava de cenas de filmes de assaltos a bancos, que sempre me faziam arder de curiosidade sobre a aparência do rosto ao qual pertenciam os olhos. Durante todo o tempo, eu tirava em pensamento a máscara da violinista e compunha seus olhos e seu rosto inteiros. Eu me perguntava como seria estar diante de tais olhos e de tal rosto numa refeição ou numa conversa. Foi somente pelos jornais que soube que essa misteriosa princesa do violino era muda. Ocultei isso de Lea. Ela também nada soube do boato de que a mulher usava uma máscara porque seu rosto tinha sido desfigurado por queimaduras. Só lhe disse seu suposto nome: Loyola de Colón. Em seguida, tive de lhe contar tudo sobre Inácio de Loyola e sobre Colombo. Ela logo se esqueceu, tratava-se apenas do nome. Mais tarde, comprei-lhe uma bela edição das *Obras completas* de santo Inácio. Ela colocou o livro de tal maneira que podia vê-lo da cama; nunca o leu.

"Loyola, assim a chamávamos mais tarde, quando ela era quase uma velha amiga, tocava a "Partita em mi maior", de Bach. Naquela época, não sabia disso, e até aquele momento música não era algo com o qual me ocupava seriamente. De vez em quando, Cécile me carregava a um concerto, mas me comportava feito uma caricatura de um idiota no assunto e ignorante em artes. Foi apenas minha filha pequena quem me introduziu no universo da música, e com minha racionalidade para seguir métodos, minha racionalidade de cientista, aprendi tudo a respeito, sem saber se amava a música que ela tocava porque essa música me agradava ou se era apenas porque parecia ser parte da felicidade de Lea. Hoje conheço muito bem a "Partita" de Bach, que ela mais tarde tocaria com tanto brilho e profundidade como ninguém o fizera até então... certamente apenas para meus ouvidos, eu sei... como se tivesse sido seu compositor. Pudesse eu apagá-la de minha memória!

"Não sei a qualidade do violino de Loyola. Eu não sabia julgar isso naquela época; tornei-me especialista em sons de violino apenas na minha viagem maluca para Cremona, muitos anos mais tarde. Mas a lembrança, que logo foi recoberta e transformada pela força da imaginação, transformou esse instrumento fatal num som cálido e volumoso, que embebedava e viciava. Esse som, que combinava tão bem com a aura da mulher mascarada e com seus olhos, como eu os sonhava, fez com que quase me esquecesse de Lea por um momento, embora sua mão estivesse o tempo todo entrelaçada à minha, como sempre, quando ela estava rodeada por muitas pessoas. Agora eu sentia como a mão dela se afastava da minha, e fiquei espantado com sua umidade.

"Suas mãos úmidas e, principalmente, a preocupação com suas mãos: o quanto isso determinaria o futuro e o escureceria por algum tempo!

"Eu ainda não sabia disso quando, por fim, olhei para baixo e vi seus olhos, que tinham passado por algo inacreditável. Lea mantinha sua cabeça inclinada para o lado, supostamente para conseguir uma visão melhor da violinista através de um espaço estreito entre a multidão. As veias do pescoço estavam prestes a estourar, de tão esticadas; ela era somente olhar. E os olhos cintilavam!

"Durante o longo período de visitas a Cécile no hospital, eles se apagaram e perderam o brilho, que tanto amávamos. Ela esteve ao lado do túmulo, em silêncio, com o olhar baixo e os ombros caídos, quando o caixão desceu à terra. Lá, ao sentir minha respiração parar e os olhos começarem a arder, eu não saberia dizer se era mais por Cécile ou pela tristeza e pelo abandono terríveis que os olhos de Lea transmitiam. E agora, mais de um ano depois, o brilho havia retornado!

"Incrédulo, olhei mais uma vez e conferi. O novo brilho realmente estava lá, era verdadeiro, e parecia então que o céu tinha se aberto subitamente para minha filha. Seu corpo, todo o seu corpo, estava quase explodindo de tensão, e os ossinhos de seus punhos se erguiam contra o restante de pele como pequenos montinhos brancos. Era como se ela tivesse de usar toda sua energia para conseguir se equilibrar diante da força encantadora da música. Olhando para trás, também quero acreditar que ela usou essa tensão para se preparar para a nova vida, sem que soubesse disso naqueles minutos; era como se ela estivesse tão tensa quanto uma corredora antes da largada da corrida de sua vida.

"E então, inesperadamente, essa tensão se dissipou, os ombros caíram e os braços penderam para baixo, anexos esquecidos, inertes. Por um momento achei que o apagar de seu interesse se expressava pelo relaxamento repentino, e temi que ela tivesse saído do encantamento, de volta ao torpor desesperado do último ano. Mas notei em seus olhos uma expressão que não combinava com isso, que apontava para a direção oposta. Ainda era um brilho, embora houvesse algo amalgamado nele que me assustou, sem que soubesse o motivo: algo havia sido decidido na alma de Lea e conduziria sua vida. E senti, numa mistura de angústia e felicidade, que minha vida também tinha caído nas garras dessa misteriosa condução e nada mais seria como no passado.

"Antes, durante a tensão, a respiração de Lea eram suspiros irregulares, que lembravam febre, à qual combinariam manchas vermelhas nas faces, mas agora ela parecia não respirar, e seu rosto inerte tinha sido recoberto por uma palidez marmórea, mórbida. Se suas pálpebras tremiam antes, nervosas, num *staccato* aflito, agora elas pareciam debilitadas. Ao mesmo tempo, havia uma intenção concentrada em sua imobilidade, como se Lea não quisesse lhes permitir que interrompessem o olhar à deusa instrumentista, mesmo se fossem interrupções de centésimos de segundos, das quais ela nem mesmo se daria conta.

"À luz daquilo que se sucedeu mais tarde e do que sei hoje, eu diria: minha filha se perdeu naquela estação.

"Eu diria isso mesmo se os anos seguintes parecessem o exato oposto: era como se, naquele momento, ela tivesse começado a trilhar involuntariamente o caminho até si própria, e com rara dedicação, fervor e energia. Os traços pálidos do rosto infantil mostravam exaustão, e nas vezes em que sonhei com isso, era essa exaustão que abria alas de seu caminho pelo mundo dos sons, repleto de privações, que ela teria de percorrer numa febre que tudo consumia.

"A apresentação da mulher se encerrou com um movimento do arco cheio de energia, de execução um pouco patética. O silêncio engolia todo o alarido da estação. Em seguida, aplausos tonitruantes. As reverências da mulher eram profundas e extraordinariamente longas. Ela mantinha o violino e o arco afastados do corpo, como se para se proteger dos próprios movimentos indomados. O chapéu devia estar preso, pois ficou no lugar, enquanto a onda do cabelo preto se lançou para a frente e escondeu o rosto. Ao se aprumar, o cabelo voou como uma tempestade para trás, a mão com o arco tirava as mechas do rosto, e nesse instante a face branca com a máscara chocava, embora ele estivesse à frente de todos durante toda a apresentação. Queríamos ver alegria nesse rosto, cansaço extremo ou outra sensação; em vez disso, o olhar morria na máscara fantasmagórica e no pó facial. Mas os aplausos não cessavam. Apenas muito lentamente a multidão se pôs em movimento e se dividiu entre aqueles que tinham pressa e os outros que faziam fila para jogar algo no interior da caixa do violino ao lado do pedestal. Alguns lançavam um olhar espantado para o relógio de pulso e pareciam se perguntar aonde o tempo tinha ido.

"Lea ficou parada. Nada nela tinha se alterado, seu transe se mantinha, e ainda era como se as pálpebras não conseguissem realizar sua tarefa pela impressão avassaladora do ocorrido. Havia algo infinitamente comovente em sua negação de acreditar que a apresentação tinha terminado. O desejo de que continuasse, continuasse para sempre, era tão forte que ela não acordou nem quando foi atropelada por alguns passageiros apressados. Lea continuou na nova posição com a segurança inconsciente de uma sonâmbula, o olhar imóvel dirigido a Loyola, como se a violinista fosse uma marionete de seu olhar, que podia obrigá-la a continuar tocando. Nisso, na firmeza desse olhar, anunciava-se a extraordinária e, por fim, destruidora força de vontade de Lea, que se mostraria cada vez mais nos próximos anos.

"Loyola, estava claro agora, não se encontrava sozinha. Um homem grande, de pele escura, assumiu a regência de repente. Ele lhe tirou o arco e o violino, estendeu a mão para que ela descesse do pedestal e depois arrumou tudo com tamanha destreza e rapidez que não fui o único a ficar espantado. Parecia não ter se passado mais de dois, três minutos, após a última moeda ter caído na caixa do instrumento, e Loyola já se dirigia à escada rolante. Agora que não estava mais sobre o pedestal, a violinista mágica parecia pequena, e não apenas pequena, mas sem magia, quase andrajosa. Ela coxeava, e fiquei envergonhado pela minha decepção por ela ser real e imperfeita, em vez de se movimentar pelo mundo com o mesmo brilho e a mesma perfeição de contos de fadas que tinham acompanhado sua música. Sentia-me aliviado e infeliz ao mesmo tempo que os degraus ascendentes a levaram para longe do nosso campo de visão.

"Dei um passo em direção a Lea e a puxei delicadamente para mim; era o mesmo movimento de sempre para consolá-la e protegê-la. Ela costumava encostar a maçã do rosto no meu quadril e, quando a situação era especialmente difícil, tentava enterrar o rosto em mim. Agora, entretanto, foi diferente, e, mesmo se tratando de um pequeno movimento, uma mera nuance da reação que ninguém de fora conseguiria perceber, foi como ela mudou o mundo. Devagar, sob a suave pressão da minha mão, Lea voltou à realidade. Mas então, num breve instante, antes de a maçã do rosto tocar meu quadril como sempre, ela parou de repente e começou a se defender da minha pressão.

"Percebi e isso me atingiu como uma descarga elétrica: durante seu assombro, uma nova vontade tinha se formado e surgiu uma nova autonomia que eu ainda não conhecia.

"Assustado, puxei minha mão de volta, esperando amedrontado pelo que aconteceria a seguir. Desde seu despertar, Lea ainda não tinha me olhado. Vivenciei o momento em que nossos olhares se cruzaram com uma atenção excepcional, como o encontro de dois adultos com vontades iguais. Lá não estava mais uma filha pequena, carente de proteção, mas uma jovem mulher preenchida por uma vontade e um futuro para os quais ela exigia respeito incondicional.

"Naquele instante percebi que o tempo passaria a ser calculado de uma nova maneira entre nós.

"Por mais nova e clara que fosse essa sensação, creio não tê-la compreendido naquela época nem depois. *C'est de votre fille qu'il s'agit*. O que essas palavras terríveis do magrebino podiam significar de diferente além da recriminação de que, nos 13 anos que se passaram desde a apresentação de Loyola na estação de Berna, nunca realmente me ocupei de Lea, somente de mim mesmo? Nos primeiros dias e semanas me recusei a refletir seriamente, com raiva e amargura, nem mesmo que fosse por um momento, sobre essa reprimenda. Mas as palavras do médico giravam e giravam, envenenavam o adormecer e o acordar, até que cansei da resistência e tentei, com toda sobriedade de minha razão, me questionar, como se fosse um estranho analisando. Será que eu realmente fui incapaz de reconhecer que Lea tinha um desejo próprio, que também podia ser diferente daquele que eu sonhara para ela?

"Nunca cheguei a imaginar que pudesse estar preso em tal incapacidade desoladora, pois, caso ela tivesse me dominado, então tinha sido com uma discrição maliciosa e capacidade de transformação ilusória, que ela ocultava do meu olhar zeloso e por trás da fachada enganosa de cuidados. Para um observador, não parecia de modo algum que eu não respeitava o que Lea desejava para si. Muito pelo contrário: de fora, devia parecer que me tornava, mês após mês, ano após ano, mais servidor, mais escravo de seus desejos. Um ou outro olhar de meus colegas e companheiros de trabalho me faziam saber que eles consideravam temerário o quanto eu deixava o ritmo de vida de Lea, seus progressos e seus retrocessos artísticos, seus voos e suas quedas, sua euforia e sua depressão, seus humores e suas doenças ditarem minha vida. E como era possível não reconhecer no pai, que chega a se comprometer com a felicidade da filha, a capacidade de não reconhecer os desejos dela? Eu me rendia à tirania de seu talento de bom grado. Então era concebível o magrebino pôr em dúvida minha disponibilidade em reconhecer Lea como pessoa? E como ele pôde me dizer, com seu jeito tirano suave, que foi essa incapacidade que a tornara sua paciente? *O senhor não vai se mudar para Saint-Rémy.* Meu Deus!"

4

VAN VLIET TINHA se levantado novamente e se aprontava para entrar na água. Dava para reconhecer os punhos fechados dentro dos bolsos da jaqueta. Fui junto. Ele pegou a garrafinha, hesitou e me lançou um olhar. Agarrei o olhar e o segurei. Seu polegar esfregava a garrafa.

— Mas eu ainda quero saber mais sobre a história — falei.

Um sorriso torto surgiu no seu rosto. Para Tom Courtenay, não haveria motivo para tal sorriso, mas teria sido algo possível para o rosto dele.

— Ok — concordou Van Vliet, devolvendo a garrafa ao bolso.

Um homem com um terra-nova veio em nossa direção. O cachorro andava à frente e parou diante de nós, resfolegando. Van Vliet fez carinho em sua cabeça e deixou que ele lambesse sua mão. Não nos olhamos, mas ambos sabíamos que pensávamos em Lea e nos animais. A maneira como nossos pensamentos se entrelaçaram nesse momento: será que vivi isso com Joanne naquela época, ou com Leslie? E não conhecia Martijn van Vliet nem há meio dia.

O cachorro foi embora e Van Vliet limpou a mão na calça. Fomos até a água. O vento tinha diminuído, as ondas marulhavam baixinho.

— Lea adorava quando o mar se tornava um espelho. Isso a fazia se lembrar dos toques do sino num convento japonês, de manhã cedo. Ela gostava desses filmes. E de tais comparações. Certa vez, durante a Olimpíada de Seul, liguei a televisão tarde da noite. Os coreanos chamavam seu país de *Terra do silêncio da manhã*, disse o repórter. Lea chegou às minhas costas em silêncio, de pés descalços, sem sono depois de tanto ensaiar. "Que bonito", disse ela. Olhamos os barcos a remo que cortavam a água lisa. Isso foi poucos meses após a apresentação de Loyola na estação.

Ele tomou um rápido gole da garrafa. Os movimentos eram mecânicos, quase involuntários; por trás deles, Van Vliet se entregara novamente ao fluxo da recordação.

— Lea olhou para a escada rolante na qual a violinista havia desaparecido, começou a andar e torceu o pé. Era como se tivesse começado a andar antes de retomar a consciência do corpo após sua ausência onírica. Ela claudicava e fazia uma careta de dor, mas não havia nela a teimosia e a amargura dos últimos tempos quando algo lhe doía; antes, tratava-se de uma expressão distraída, que deixava a dor parecer mais maçante do que algo que necessita de atenção. Sonhei com essa torção: eu segurava a perna de Lea como um médico, mas também como um cúmplice da fatalidade. O sonho durou mais do que a entorse inofensiva em seu pé, que logo se curou. Finalmente, quando Lea desabrochou, ele se perdeu. E retornou com minhas visitas furtivas aos jardins do hospital de Saint-Rémy. Não faço nada nele, apenas vejo Lea mancar a alguma distância, sua idade é indefinida, seu rosto é estranho, e acordo com a sensação de ter sido testemunha de um profundo dano em sua vida. *Elle est brisée dans son âme*, disse o magrebino.

"Como parecia diferente naquela noite após a apresentação de Loyola! Andamos juntos pela cidade. Nunca tínhamos caminhado assim por Berna. Era como se andássemos fora do tempo, fora das pedras das arcadas e do restante da realidade, separados por uma fenda, um hiato minúsculo que fazia com que tudo conhecido não importasse mais. A única coisa que importava era que Lea andava como havia muito não acontecia, livre e determinada, e que isso me fazia ter a esperança de que sua alma tivesse sido despertada pela música da estação e se tornara fluida novamente.

"Ela mancava, mas não parecia se importar com isso. O descaso contínuo pela dor conferia ao seu caminhar uma determinação que não deixava dúvidas sobre quem decidia aonde íamos. Durante muito tempo não trocamos nem uma palavra. Em silêncio, ela me conduzia por ruas e vielas, pelas quais eu não passava havia anos. Uma força misteriosa, inesgotável, parecia animá-la, e seu olhar, voltado ao asfalto, me impedia de perguntar o destino. Apenas uma vez perguntei: 'Aonde vamos?' Ela não me olhou, mas falou como se estivesse muito concentrada: *Viens!* Parecia uma ordem de alguém que sabe de algo grandioso, mas que não quer dividir com outra pessoa.

"Uma torrente de momentos passou pela minha cabeça, nos quais Cécile também tinha me dito um tal *Viens!* com uma impaciência suave e impositiva. No começo, como a apreciei agindo assim! Que alguém me puxasse pela mão, isso era muito incomum e libertador para quem foi obrigado, cedo demais, a voltar sozinho da escola para a casa vazia, desbravando vielas, aferrado à sua esperteza, que era a única coisa em que confiava.

"Nosso passeio fantasmagórico, o qual Lea chegava a transformar numa marcha com sua energia impaciente, já durava mais de uma hora, e, quando meu olhar se deparou com a torre de uma igreja, me lembrei, aterrorizado, da reunião que eu devia liderar. Tratava-se de um encontro decisivo com patrocinadores e a direção da universidade, o futuro de meu laboratório dependia disso; ou seja, minha falta era inadmissível. Lembrar-me dos colegas atônitos, que deviam ser alvo de olhares cheios de perguntas, fez com que eu acordasse sobressaltado do presente no qual tinha me perdido e que consistia unicamente em acompanhar Lea. Vi uma cabine telefônica e procurei por moedas na jaqueta. Mas senti novamente a energia misteriosa de Lea ao meu lado, e tomei a decisão que voltaria a ratificar em todos os anos posteriores: minha filha vinha antes das minhas obrigações profissionais, e eu fechava os olhos para as consequências que se tornavam cada vez mais ameaçadoras. Seu desejo, independentemente de onde nos levaria, era o que me interessava. Sua vida era mais importante que a minha. O magrebino não sabe nada a respeito disso. *Nada.*

"Acabei ficando para trás, mas a alcancei novamente. Começamos a andar em círculos e, aos poucos, fui compreendendo que ela não tinha nenhum objetivo, ou melhor, que seu objetivo não era nenhum que pudesse ser alcançado a pé. Ela caminhava ao meu lado como se quisesse ir a um lugar muito diferente, mas não soubesse onde. Mais ainda: como se quisesse se mover num espaço muito diferente, mais significativo do que aquele que a antiga cidade de Berna colocava à sua disposição.

"Passamos pela loja de instrumentos e partituras musicais Krompholz. Lea, e isso me espanta até hoje, não olhou nem uma vez para a vitrine, onde sempre havia violinos expostos. Ela passou ao lado sem se importar, embora, como logo vim a saber, preparasse algo em sua alma que daria a tais instrumentos um significado que determinaria sua vida. Meu olhar esquadrinhou os violinos e os relacionou com a mulher na estação, da maneira como nossas mentes costumam fazer essas relações. Eu ainda não sabia o papel dos violinos em nossas vidas. Que eles mudariam tudo.

"De repente, toda a energia pareceu escapar de Lea. A dor no tornozelo devia ter aumentado sem parar e, se antes ela havia me puxado com uma determinação muda, ditatorial, agora tinha se tornado apenas uma menininha cansada, que estava com o pé dolorido e queria voltar para casa.

"Voltar para casa foi diferente do habitual. Pareceu-me um pouco como a volta de uma longa viagem: fiquei surpreso com a quantidade de móveis, sua utilidade me pareceu duvidosa, a iluminação bem-pensada das muitas luminárias subitamente não combinava mais com minhas expectativas, e tudo cheirava a poeira e ar parado. As muitas coisas que lembravam Cécile pareciam ter sido empurradas um pouco mais para o passado por um impulso invisível. Apliquei uma faixa no tornozelo inchado de Lea. Ela não comeu nada, remexeu um pouco o arroz com açafrão, seu prato predileto. De repente, ergueu o olhar e me encarou da maneira como se olha para alguém de quem se espera uma resposta vital.

"'Um violino é caro?'

"Essas quatro palavras, proferidas no tom infantil de sua voz límpida... vou escutá-las até o fim de minha vida. Senti um golpe ao saber o que tinha acontecido com ela e o que significava a inquietação de nossa caminhada estranha, imperscrutável, pela cidade: Lea havia percebido que aquilo que a violinista de roupas fantásticas executava ela podia fazer também. A falta de objetivo, que acompanhou o luto pela mãe falecida, chegou ao fim. Ela tinha uma *vontade* de novo! E o que me deixava felicíssimo: eu podia *fazer* alguma coisa. O tempo de ficar assistindo, em meio ao desamparo, havia terminado.

"'Existem violinos muito caros, que só pessoas ricas conseguem comprar', eu disse, 'mas também há outros. Você quer um?'

"Fiquei na sala até escutar a respiração tranquila de Lea. E, enquanto eu estava sentado ali, aconteceu algo que fugiu da minha memória por um longo tempo, para reaparecer no dia em que Lea foi levada à clínica em Saint-Rémy, ao magrebino, bem longe da Suíça e de sua imprensa indiscreta. A sensação que surgiu de repente na sala, à noite, foi a de perder Cécile. Por mais terrível que possa soar, era a tristeza opressiva de Lea que me ajudava a mantê-la comigo. Na tristeza da filha, a mãe me parecia, às vezes, mais presente do que em vida. Mas nessa noite, depois de algumas poucas horas nas quais a tristeza de Lea começou a se transformar numa disposição nova, aberta ao futuro, a presença de Cécile começou a se apagar. Levei um susto por isso. Será que, no fim, minha mulher só foi presente como mãe de Lea?

"Levantei-me, passei pelos cômodos e toquei as coisas que me faziam lembrar dela. Fiquei por mais tempo no seu quarto, que de tantas esculturas e cacos pintados podia ser o de uma arqueóloga. Mas era apenas uma paixão, seu lado sonhador, que ninguém imaginava ao vê-la como enfermeira resoluta. Lea e eu não tínhamos mexido em nada desde sua morte. Atrás da porta fechada, um ano atemporal havia se passado, no qual não existiu futuro que um presente pudesse ter empurrado para o passado. A pergunta de Lea sobre o violino ameaçava esse santuário. Pelo menos era o que me parecia quando voltei a me sentar no sofá.

"Eu tinha razão: não demorou muito, ela começou a encher o apartamento com sons de violinos desajeitados, arranhados, e transformamos o quarto de Cécile numa sala de música, *la chambre de musique*, como Lea falava com orgulho e um biquinho coquete. Decoramos tudo com cores claras e num estilo clássico e elegante, deveria lembrar salões franceses e russos, em que jovens músicos talentosos debutavam diante dos nobres, cujas roupas rígidas e pomposas, como dizíamos rindo, lembravam o figurino de Loyola de Colón. Era maravilhoso mobiliar o futuro de Lea dessa maneira.

"Às vezes, porém, deitado sem dormir, me torturava de tristeza por Cécile se transformar cada vez mais em passado com o progresso que sua filha fazia com o violino. E nessa tristeza se infiltrava um ressentimento absurdo, invisível, contra Lea, que tirava minha mulher de mim, sem a qual teria me perdido muito antes.

"Lea acordou com dor no pé. Recoloquei a faixa e depois conversamos sobre a apresentação na estação. Nessa hora aprendi o que, nos anos seguintes, tive de reaprender sempre, do começo, independentemente da dor: eu não fazia ideia de muitas coisas que se passavam com minha filha, principalmente das coisas importantes. Que aquilo que eu imaginava saber era apenas a sombra do que minha própria expectativa lançava sobre ela.

"Enquanto eu imaginava, com toques líricos, que ela estivesse num transe quase místico, Lea pensava sobre coisas muito práticas: como Loyola sabia em que lugar parar a mão quando a escorregava para cima e para baixo no braço do violino e por que o estreito cavalete não amassava a madeira, visto que embaixo era oco e as cordas estavam tão tensas. Não conseguimos resolver nenhum dos dois mistérios. E ela dormiu embalada pelo som dos lendários nomes de Stradivari, Amati e Guarneri, que citei quando conversamos sobre violinos em geral. Naquela época, esses eram apenas radiantes nomes míticos. Ah, se tivesse ficado nisso! Por que fui trazê-los para nossa vida?

"No sono leve e inquieto daquela noite, briguei com duas figuras femininas que se sobrepunham, mudavam de forma e se misturavam. Uma delas, que parecia ter uma força ameaçadora sobre mim e meu destino, era Ruth Adamek, minha assistente de longa data e a chefe substituta de nosso laboratório. 'Esqueceu?', perguntou ela incrédula, quando lhe expliquei ao telefone por que não havia ido à reunião nem ligara. 'Entenda', eu disse, 'Lea teve um acidente e eu não conseguia pensar em outra coisa.' 'Ela está no hospital?' 'Não', respondi, 'ela estava comigo'. Como se isso fosse uma declaração de culpa, Ruth ficou em silêncio durante um tempo. 'Não havia um telefone por perto? Você imagina o que passamos? Ficamos sentados com aqueles figurões, sem conseguir dizer nada sobre sua ausência?' Foi assim que aconteceu. No sonho, ela dizia algo diferente: 'Por que você nunca liga? Será que não se interessa mais pelo que eu faço?' Hoje ela está sentada atrás da minha escrivaninha, ambiciosa, competente e com óculos da Cartier sobre o nariz. No sonho, naquela época, acusei-a de ter me vendido um violino cujo braço acabou quebrando no primeiro movimento do arco. Minha indignação fez com que eu vomitasse as palavras com dificuldade. Ruth simplesmente me deixou parado e se dirigiu a outro cliente. Ela trabalhava na Krompholz e ria o riso amargo da faxineira que limpava o laboratório."

5

DURANTE O ALMOÇO, rimos sobre o sonho. Pela primeira vez, rimos juntos. O riso de Van Vliet veio hesitante, como movido por um impulso cético, e mais tarde, quando se tornou mais fluido, tive certeza: ele precisou superar a sensação de ter perdido o direito de sorrir. Estávamos sentados do lado de fora do restaurante, num pátio interno, abrigado, rodeado por muros cujo branco brilhava com tanta claridade sob o sol da Provence que doía. Saintes-Maries-de-la-Mer, para mim, a cidade com muros claros entre os quais vi Van Vliet rir.

Será que um riso assim combinaria também com Tom Courtenay? Anos depois de ter assistido ao filme, vi-o atuando em Londres. Uma comédia. Ele estava bem, mas eu não o queria daquele jeito e fui embora durante o intervalo. Eu queria Van Vliet daquele jeito, teria desejado muito mais desse riso. Ele mostrava que além de pai de Lea e vítima de sua infelicidade, havia mais outro, um homem com charme e uma inteligência brilhante. Desejei colocar ao lado da foto que o mostra bebendo à contraluz uma com seu rosto risonho.

Ele tinha se contido, pedindo água mineral; só na hora do café, uma grapa. Ele quis saber se eu tinha mulher e filhos. A maneira descompromissada com que fez a pergunta podia ser considerada uma gentileza formal, e por um momento isso me machucou. Mas compreendi: era, de antemão, uma defesa. Ele temia uma resposta que lhe mostrasse um homem que tivesse tido mais sorte e melhores resultados com mulher e filhos.

Falei algo sobre minha separação e do internato, mas de resto não achei as palavras para lhe explicar como tinha sido com Joanne e como era com Leslie. E assim eu lhe contei do garoto que veio correndo e, de repente, apareceu diante do meu carro. Foi por centímetros. O coração martelou durante todo o trajeto até em casa e, no sofá, não parou. Corri ao banheiro e vomitei. Uma noite insone com chá de camomila. Eu tinha folga no domingo, passei o dia dormitando, deixei a televisão ligada, tentei me distrair. Dor de cabeça excruciante, como a que eu conhecia da época dos exames finais. Depois, a segunda-feira na sala de cirurgia.

— Eu não confiava mais nas minhas mãos, na memória motora. O que era para ser feito depois do primeiro corte? Onde colocar tanto sangue? Em silêncio, a enfermeira me entregou o bisturi. Segundos se passaram. Senti os olhares dos outros sobre mim. Os olhos incrédulos de Paul sobre a máscara. A dor de cabeça lancinante no caminho para casa. Por diversas vezes, durante longos passeios, eu parava, fechava os olhos e, em pensamento, me aproximava da mesa de cirurgia. O medo do sangue não sumia, ele não parava de correr, os pacientes se esvaíam.

"'É um milagre eles não se esvaírem em sangue nas mãos de vocês', disse o colega de faculdade que se tornou psiquiatra. 'Por que você simplesmente não para? Não era você que queria ser fotógrafo ou cinegrafista no passado? Em algum momento, aquilo que era natural na vida se perde. A idade. Veja como um sinal.'

"Uma semana mais tarde, pedi para me aposentar precocemente. Joguei as flores da festa de despedida na lata de lixo durante meu último percurso até em casa. Continuo madrugando como um cirurgião."

O que eu não contei: como fui procurar as fotos de Boston, as fotos de um homem seguro, além dos vídeos de minhas palestras e cirurgias;

como investiguei meu rosto em busca da segurança de outrora; como eu observava, invejoso, minhas mãos seguras e ágeis, que não se impressionavam com sangue; como senti, de repente, que o abalo de agora derrubava também tudo de antes, as peças de dominó do passado caíam, uma após a outra, tudo tinha sido ilusão, não mentira, mas ilusão. E também mantive silêncio sobre como entrei em pânico depois de reservar por telefone o hotel em Avignon, porque subitamente achei que não sabia mais como fazer o check-in ou o checkout num hotel; como eu treinava frases que deviam ser ditas; e como fiquei deitado na cama, incrédulo, pensando em todos aqueles caixotes luxuosos, nos quais me hospedei durante congressos na Índia e em Hong Kong. Autoconfiança: por que ela é tão oscilante? Por que ela é cega em relação aos fatos? Esforçamo-nos durante toda uma vida para construí-la, torná-la segura e reforçá-la, sabendo que é o bem mais valioso e indispensável para a felicidade. De repente e com um silêncio traiçoeiro, abre-se uma porta para o nada, caímos onde não há chão, e tudo o que existia se transforma em Fata Morgana.

Como era ter uma filha no internato, perguntou Van Vliet. Se ainda persistia a sensação de vê-la crescer. "Desculpe, estou simplesmente tentando imaginar como é." Quantas vezes eu a tinha visitado. Se eu vivenciei seu primeiro amor, sua primeira dor de amor. O caos dos sentimentos na hora da escolha da profissão.

Eu estava sentado com Leslie no café ao lado do internato.

"André... acabou", disse ela, passando o lenço sobre os olhos. "Achei que seria mais bonito; a primeira vez, quero dizer." Como foi com você?, percebi que ela queria perguntar, mas não estávamos nesse ponto. "Médica", disse ela noutra vez e sorriu. "Não", falei. "Sim", retrucou ela. Acho que essa foi a primeira vez que nos abraçamos durante uma despedida, e a última.

Fiquei em silêncio.

— Desculpe — disse Van Vliet. Para me trazer de volta, ele revelou um detalhe de seu sonho: sempre quando Ruth Adamek tocava um violino, ela encolhia, de maneira que a Krompholz só vendia violinos minúsculos, de um oitavo. Van Vliet gostava quando ela se envergonhava e puxava, nervosa, sua minissaia. Eu sabia: ele não havia sonhado isso; ele tinha acabado de inventar, a fim de consertar sua pergunta sobre Leslie.

— A verdadeira vendedora da Krompholz — prosseguiu ele — era bem diferente de Ruth Adamek; e, enquanto Ruth se tornava ano após ano minha oponente no instituto, ganhei em Katharina Walther, a segunda figura feminina naquele sonho, um tipo de amiga, com a qual tinha muitas conversas sobre Lea. Na manhã depois da apresentação de Loyola, ao ser o primeiro cliente a entrar na loja, ela veio em minha direção; uma mulher na casa dos 50, que chamava atenção principalmente pela serenidade com que se movimentava e que também se expressava em seu olhar tranquilo, cinza-claro. Uma menina de 8 anos, disse ela, teria de começar com um meio violino, com 10 viria o de três quartos e a partir de 13 ou 14 anos seria possível passar para um inteiro. Depois de me mostrar surpreso com as expressões "meio violino" e "violino de três quartos", vi nela pela primeira vez, um sorriso contido, que combinava tão bem com o cabelo um pouco grisalho e o penteado sério com o coque na nuca. Mais tarde, comprei alguns discos apenas para ver de novo esse sorriso.

"O pequeno violino que ela trouxe do depósito e colocou na minha frente era de madeira clara com nervuras finas, inquietas. Eu o peguei na mão com bastante cuidado, como se um movimento enérgico pudesse transformá-lo em pó. 'O senhor não quer trazer sua filha para termos certeza de que o tamanho é o certo?' Essa mulher me conhecia havia apenas meia hora e já tinha razão. Bem, era uma pergunta muito natural, prática. Em retrospecto, porém, me parece como se ela tivesse pressentido que eu estava prestes a cometer um erro de implicações maiores do que tudo que fosse prático. Vejo ainda hoje como ela ergueu as sobrancelhas quando hesitei. Tudo teria sido diferente caso eu tivesse entendido a lição que essa mulher sábia me passou naquela manhã na loja vazia. Em vez disso, falei: 'Quero fazer uma surpresa para Lea', e deve ter soado quase como uma desculpa. E paguei a primeira prestação do violino. 'Se houver algum problema, dê uma passada aqui com a Lea', disse e mulher, entregando-me seu cartão.

"O fato de ela ter falado o nome de Lea ecoou dentro de mim. Ao sair com a pequena caixa do violino da loja, tive a sensação de nunca ter carregado algo tão valioso. Me assustei quando um passante trombou com a caixa, e eu a segurei pelo resto do caminho perto do peito, amedrontado.

"Entrei no instituto com essa postura. Ninguém deu a menor importância ao violino. Como os colegas saberiam que era o símbolo do redespertar de Lea para a vida? Apesar disso, fiquei ressentido por eles não terem feito nenhuma pergunta sobre o valioso objeto e nenhuma observação; ficaram sentados, mudos, esperando uma explicação sobre minha indesculpável falta no dia anterior. Esse silêncio os transformou em meus inimigos.

"Eles não escutariam quaisquer explicações e desculpas voluntárias de minha parte. Decidi isso sentado em minha sala, olhando da cidade até a cadeia dos alpes. As montanhas cobertas de neve, majestosas, despontavam no céu uniforme, de um profundo azul, como os salgueiros verde-claros que vi ontem diante da escola de Lea. Não tinham se passado nem 24 horas desde então, mas o mundo havia mudado.

"Diante de mim estava um recado da minha secretária sobre uma ligação do reitor que me convocava. Pouco depois eu estava sentado em seu reluzente escritório na universidade, repleto de equipamentos eletrônicos, regredido a um aluno renitente que eu tinha sido um dia, um aluno que não se intimidava com nenhuma ameaça, que pegava o xadrez de bolso durante as aulas apesar de todos os avisos e de quem era impossível se livrar, porque recuperava rapidamente qualquer defasagem ocasionada por suas farras, querendo estar entre os primeiros nas provas decisivas. Naquela época, menti descaradamente, como no xadrez: era preciso estar sempre um passo à frente do adversário. Eu estaria à frente agora também, caso fosse para defender Lea dos outros. Eles podiam ter certeza disso.

"O reitor não tinha como saber que estava diante de um colega dentro do qual despertou o garoto solerte de outrora, que sabia mentir a sangue-frio. Acho que ele se espantou com a brevidade e a objetividade da minha história inventada sobre o acidente de Lea e sobre o quão pouco ela soava como uma desculpa. Mas ele não tinha outra escolha além de acreditar em mim, e no final marcamos uma data para um novo encontro com os patrocinadores.

"Minha falha caiu no esquecimento. O que restou foi certa frieza entre mim e os colegas. De tempos em tempos, Ruth tentava me ligar, mas eu estava atento e sempre à frente de seu rancor. Como eu disse: eles podiam ter certeza."

6

— A TRANSFORMAÇÃO de Lea se assemelhou a uma explosão silenciosa. Naquela noite, diante da caixa do violino, que eu deixara aberta sobre sua cama antes de ela voltar da escola, não houve exclamações de surpresa, manifestações de encanto, nada de saltos no ar, sinais de alegria. Na realidade, não aconteceu nada. Lea pegou o violino e começou a tocar.

"Claro que não foi exatamente assim. Mas quando preciso descrever a naturalidade estonteante com a qual ela fazia tudo relacionado ao instrumento não encontro palavras melhores do que essas: ela o pegou e começou a tocar. Como se tivesse esperado o tempo todo para alguém finalmente lhe trazer o instrumento para o qual tinha nascido. 'Essa menina irradia tanta *autoridade*', disse Katharina Walther quando a viu em sua primeira apresentação pública na escola. E era exatamente isso que ela irradiava quando pegava o violino: autoridade. Autoridade e beleza.

"Onde ficou essa autoridade natural que exalava de todos os seus movimentos ao tocar? Onde se apagou?"

Van Vliet engasgou com a fumaça, o pomo de adão subia e descia rápido. Observei seu rosto diante da parede branca: atrás do bronzeado saudável, esportivo, uma ruína se tornava visível. Ele enxugou as lágrimas da tosse com a manga, antes de prosseguir.

— Mas aconteceu outra coisa com Lea: quase da noite para o dia, a menina obediente virou uma pequena adulta obstinada. Notei essa transformação pela primeira vez quando fomos à procura de uma professora de violino.

"Lea só admitia uma mulher, isso já estava claro na manhã seguinte. Depois da escola, fomos aos três endereços que o conservatório havia indicado. Lea descartou totalmente as três mulheres e sempre fazia o mesmo: mal a conversa havia começado, ela se levantava de repente e ia até a porta sem dizer uma palavra. Todas as vezes me assustava, balbuciava formas de desculpas e fazia movimentos desajeitados para mostrar meu embaraço. Mais tarde, na rua, quando lhe perguntava, nunca recebia uma resposta, apenas um balançar de cabeça teimoso, acompanhado por uma aceleração birrenta dos seus passos. Nesse momento tive uma primeira noção do que era ter uma filha com vontade própria.

"Marie Pasteur. Esse nome se tornou um farol de luz para nós dois, quando tudo surgiu numa claridade nunca antes conhecida, nos ofuscou e deixou em nossas vidas, por fim, marcas de fogo impossíveis de serem apagadas. Apesar disso, quase não o percebi ao passarmos pela placa de latão, a caminho de casa, onde estava gravado em letras pretas, brilhantes, com o aviso aulas de violino. A casa fica num cruzamento que eu já havia passado quando me dei conta do que tinha visto. Pisei no freio de maneira tão brusca que Lea gritou e por um triz não causei um acidente de trânsito. Dei a volta no quarteirão e estacionei bem em frente à casa. A placa de latão estava presa num portão de ferro fundido, através do qual se chegava a um jardim, e agora que a noite caía, ela estava iluminada pelas duas lâmpadas que pareciam flutuar pouco acima do poste do portão.

"'Vamos tentar mais uma vez, com *ela*', falei a Lea e apontei para o nome.

"Enquanto atravessávamos o jardim e nos aproximávamos da porta negra com os ornamentos de latão, vi Hans Lüthi à minha frente, o professor de biologia a quem agradeço por ter conseguido finalmente passar no exame para entrar na faculdade. Nos encontramos no porão da livraria Francke, onde ficavam os livros sobre xadrez. Era a manhã de um dia útil qualquer, e eu tinha matado a aula de Lüthi. Fiz de conta que estava tranquilo e dono da situação, mas me sentia constrangido.

"'Está ficando difícil, Martijn', disse Lüthi, me olhando com calma e firmeza. 'Não sei se poderei fazer algo por você no próximo conselho.'

"Fiz um movimento de indiferença com os ombros e me afastei.

"Suas palavras, porém, calaram fundo. Não porque representassem a ameaça de expulsão da escola, o que eu conseguia ver acontecer, mas porque nelas havia tristeza e preocupação por mim, o garoto rebelde, teimoso, que fazia muito era considerado indesejável por motivos disciplinares. Era real e autêntico: existia *preocupação* em suas palavras e em seu olhar. Fazia tanto tempo que alguém se preocupava comigo que me senti incomodado.

"Segurando as partidas reunidas de Capablanca nas mãos, eu estava com o olhar perdido diante da prateleira, quando Lüthi tocou meu ombro. 'São para você', disse ele, me dando dois livros. Acho que, de tão surpreso, não agradeci. Hans Lüthi, o homem com o nome tão tipicamente suíço, calças de veludo sempre lasseadas e o cabelo ruivo despenteado, já estava no caminho para cima quando me dei conta do que tinha em mãos. Eram duas biografias, uma sobre Louis Pasteur e uma sobre Marie Curie.

"Eles se tornariam os livros mais importantes da minha vida. Eu os devorei e reli várias vezes. Não faltei a mais nenhuma aula e minhas notas em biologia eram ótimas. Lüthi tinha acertado em cheio.

"Nunca encontrei as palavras para lhe dizer o que havia feito por mim. Não sou capaz disso.

"E agora estávamos nos dirigindo a uma mulher que se chamava Marie Pasteur. Eu estava tão nervoso quanto num primeiro encontro quando toquei a campainha. A porta se abriu e subimos dois andares seguindo uma passadeira vermelha.

"A mulher que nos esperava no alto da escada usava um avental de cozinha florido, segurava uma colher de pau e nos encarou com as sobrancelhas erguidas. Não é fácil me intimidar, mas Marie conseguiu, naquele momento e mais tarde também. E já naquela época eu só encontrei uma maneira de lidar com isso: fui direto ao ponto.

"'Minha filha aqui quer ter aulas de violino com a senhora', declarei ainda na escada.

"'Você nem me perguntou', disse Lea, mais tarde. E Marie achou que meu tom de voz *exigia* que ela correspondesse a esse desejo; como se não tivesse a opção de rejeitar Lea.

"Ela não estava preparada para a visita inesperada; hesitou em nos deixar entrar, nos levou até a sala de música e sumiu por um tempo na cozinha. Pela maneira quase metódica com que o olhar de Lea esquadrinhava o ambiente alto, amplo, pude perceber que ela estava gostando dali. Sua mão que alisava carinhosamente as muitas almofadas de chita lisa, brilhante, do sofá também reforçava isso. E quando ela se levantou e foi até o piano no canto tive certeza de que não sumiria sem dizer nenhuma palavra depois.

"Não era mistério ela gostar da sala. Mobiliada de maneira econômica, mas com bom gosto, era um lugar silencioso. De maneira inexplicável os ruídos da rua perdiam sua força e impertinência, parecendo ecos longínquos de si mesmos. As cores dominantes eram ocre, bege e um vermelho-claro, aguado, e depois de um tempo percebi que elas recordavam de maneira vaga, suave, o casaco de Loyola de Colón. Chão brilhante. Um lustre art nouveau. Grandes fotografias de violinos famosos nas paredes. E chita, muito chita, toda uma parede tinha sido forrada com esse tecido liso, sedutor. Ela queria mesmo era tomar banho de chita, disse Lea depois da primeira semana de aula.

"E, em seguida, Marie Pasteur entrou na sala, a mulher que iria fazer o talento de Lea florescer numa velocidade inacreditável, febril, maluca; a mulher junto à qual Lea podia rir, chorar, ficar furiosa e fora de si como em nenhum outro lugar; a mulher à qual minha filha se agarraria com um amor único, disparatado, perigoso à vida; a mulher pela qual me apaixonaria ainda nessa noite, sem perceber; a mulher à qual eu oferecia um amor impossível, pois Lea, em seu amor transbordante, arrebatador, não suportava ninguém ao seu lado, e naquela época estava absolutamente claro que nós teríamos nos tornado opositores, inimigos, minha filha e eu, caso tivesse me deixado levar pela corrente de meu próprio amor.

"Tudo isso estava à nossa frente quando Marie entrou. Ela usava um vestido de batique que chegava aos seus tornozelos, e que tinha às dúzias; na minha lembrança sempre a vejo num desses vestidos, com sapatos de usar em casa de couro macio, que pareciam uma segunda pele. Ela atravessava silenciosamente os cômodos grandes com seus pés espantosamente pequenos, e foi assim também nessa noite, quando passou pela sala em nossa direção e se sentou no braço de uma poltrona. Uma de suas mãos ficou em seu colo e com a outra ela se apoiou no encosto. A visão de suas mãos fez com que eu sentisse as minhas próprias: grandes demais e terrivelmente gordas se comparadas às dela, que uniam, como eu logo acabaria notando, fina elegância e grande força, uma força sem qualquer traço de violência. Quando sua mão esteve perto da minha no momento da despedida, eu não quis mais soltá-la pelo tanto que me agradou sentir o vigor do seu toque.

"Pois foi aquilo que Marie Pasteur irradiou e que pareceu defini-la completamente nessa noite: uma força enorme sem qualquer traço de violência. Em seus olhos também era possível reconhecê-la, essa força, quando ela dirigia o olhar para Lea, com os lábios demorando-se um pouco além num sorriso, num ato fugaz de ironia lúdica, para depois fazer uma pergunta de impressionante simplicidade: 'E por que acha que o violino é o instrumento certo para você?'

"Essa era Marie. A mulher que sempre procurava a clareza. Não o tipo de clareza que eu conhecia da ciência, e não a clareza do xadrez. Uma clareza mais difícil de definir e que me parecia assustadora em sua intangibilidade. O que ela queria saber era por que as pessoas faziam o que faziam. Não é o que todos querem saber? Sim, mas Marie queria saber *exatamente* por que o faziam. E como elas se sentiam quando o faziam. Como elas se sentiam *exatamente*. Ela não queria saber menos que exatamente o que se passava com os outros; era teimosa e durona quando se tratava de se compreender. E assim conheci a paixão pelo entendimento, que no começo fazia tudo, mesmo o mais familiar, parecer mais encantador e rico, para, por fim, me lançar na escuridão do desconhecido, que, sem a noção de clareza de Marie, eu nunca teria conhecido.

"Lea hesitou um pouco na resposta à pergunta de Marie. 'Eu sinto isso', ela disse simplesmente, e havia algo de definitivo naquelas poucas palavras expressadas com a naturalidade de uma inspiração.

"'Você sente isso', repetiu Marie hesitante, escorregando para a frente no braço da poltrona e cruzando as mãos no colo. Uma mecha de seu cabelo louro-acinzentado caiu sobre a testa. Ela olhou para o chão brilhante. Seus lábios se movimentaram como se quisessem repassar o batom. Naquela época, fiquei com a impressão de que ela não sabia como dar prosseguimento à conversa. Mais tarde, descobri que foi bem diferente: a determinação na resposta de Lea fez com que Marie decidisse, rapidamente, aceitá-la como aluna. 'Eu sabia que era certo; mas precisava de alguns instantes para me adequar. Senti que seria algo grande e difícil. E devia ser uma decisão tomada com muita clareza. Eu preferiria não a ter tomado no fim de um longo dia, mas pela manhã.' Ela sorriu. 'Lá pelas dez e meia, talvez.'

"'Você pode tocar algo para mim?', perguntou Lea em meio ao silêncio. Me esqueci de respirar. Embora ainda estivesse na idade em que as crianças chamam todos de você, Lea aprendeu muito cedo a diferença entre *senhora* e *você*, e ela chamava atenção por causa disso e gostava. Quando estava brava com Cécile ou comigo, dirigia-se a nós usando o *vous*, e era como se estivesse na sociedade francesa do século XIX. Quando ela excepcionalmente não gostava de um cachorro que, porventura, estivesse dentro do ônibus, chamava-o de *senhor* e todos riam. Ou seja, Lea não usou o você por falta de atenção, acaso ou hábito infantil.

"Porém, mais que o tratamento informal, foi a pergunta em si que me alarmou. Afinal, assim parecia que Lea era a professora que aplicava uma prova a Marie. Claro, poderia ter sido simplesmente uma escolha infeliz de palavras e pouca sensibilidade para as nuances. Mas minha tensão, que não parava de crescer devido aos meus sentimentos por Marie, que não eram menores que aqueles em relação a Lea, me deixou alerta. Isso me fez deduzir em Lea algo que se tornaria cada vez mais claro nos anos seguintes, sem que eu tivesse encontrado a palavra certa. Não era arrogância, pois lhe faltava o mandatório. Também não era superioridade ou presunção, Lea era muito discreta para isso. Talvez pudéssemos dizer que ela irradiava uma *exigência* fora do comum, quase sensorial, uma exigência que ela direcionava principalmente a si própria, mas que também lançava uma sombra sobre os outros, que se apequenavam quando eram tocados por ela.

"Essa exigência valia especialmente para a música do violino, a missa sagrada das cordas, que ela sabia celebrar como uma sacerdotisa. A sala ficou mais fria quando essa sacerdotisa, como os concorrentes a chamavam pelas costas, entrou. Mas a exigência autocastradora que lhe conferia essa aura de inacessibilidade e superexigência crescia para além da música e envenenava outros aspectos, principalmente aqueles sobre os quais Lea se debruçava numa ânsia febril, arrebatadora, quando procurava algo novo que deveria preencher seu pouco descanso entre ensaios e lições de casa. Muito rapidamente ela se tornava especialista em chás, porcelanas, moedas antigas, e todos que ousavam adentrar no tema da vez se tornavam vítimas de sua impaciência agudamente julgadora, que nunca se expressava em uma palavra ácida, na verdade, nunca em palavras, mas os traços de seu rosto, em geral tão vivazes, se tornavam duros e burocráticos, até que somente um sorriso cortês, petrificado, encontrasse seu lugar.

"Em algum momento, Marie passou a se defender da investida de Lea, iniciada naquela noite e que desconhecia limite, qualquer limite. No começo, porém, ela, que não tinha filhos, achou divertida a tirania da menina de 8 anos e por isso foi até o piano, sobre o qual estava seu violino. Ela tirou uma fita de veludo azul do bolso do vestido de batique e prendeu os cabelos, para que não incomodassem durante a música. Com poucos movimentos curtos, certificou-se de que não havia nada a afinar, e, em seguida, Marie Pasteur, que no passado causou inquietação no conservatório de Berna com sua beleza e seu som, começou a tocar uma frase de uma sonata de Bach. *Johann Sebastian Bach*: ela falou o nome como se fosse o de um santo.

"Ouvi muita música de violino nos anos que se seguiram. Mas nada, segundo o que diz minha lembrança, da qual sem dúvida aprendi a desconfiar, aumentando a cada ano e a cada dor, chegava aos pés daquilo que ouvi naquele momento. Estou convencido de que Cécile teria dito: *hallucinant*. E teria sido a palavra exata, pois o som de Marie possuía uma clareza e uma precisão, uma intensidade e uma profundidade que faziam com que tudo que existisse no mundo dos sons parecesse totalmente falso. Loyola de Colón... como ela estava longe, e como tinha sido imperfeito!

"Lea escutou impassível, mas sua impassibilidade daquele momento era diferente do transe na estação. Ela ouvia a mulher que seria sua professora, e o fazia com uma concentração extremamente atenta, com a qual assimilaria, durante anos, todas as palavras que Marie dissesse. Não foi difícil reproduzir em mim essa atenção exclusiva, arrasadora. Não só porque Marie Pasteur era de uma beleza que podia transtornar tudo; não só porque ela possuía essa força não violenta em sua música e em suas decisões; para além de tudo isso, ao tocar ela se embrenhava em uma paixão sagrada que a fazia perder o fôlego. Isso seria como tocar as estrelas, pensei, enquanto meu olhar acompanhava as linhas do seu rosto. E, mais tarde, essas palavras vagaram sem rumo pelo meu sono: *tocar as estrelas*.

"Quando Marie terminou, Lea foi até ela e tocou o violino como um objeto mágico, metafísico. Marie passou a mão sobre o cabelo dela. 'Quando termina a aula na escola na segunda-feira?', perguntou ela, e a primeira aula foi combinada.

"Assim começou, tão sereno e pouco espetacular, aquilo que seria uma verdadeira explosão de talento, dedicação e vontade apaixonada.

"Apertei a mão de Marie. *Merci*', foi tudo o que consegui dizer. 'Sim', devolveu ela, e seu sorriso dizia que, com essa única palavra, estava parodiando meu laconismo. Anos mais tarde, pouco antes do fim, seriam algumas palavras a mais: 'Obrigada por me trazer Lea de volta.'"

As últimas palavras se afogaram em lágrimas. Van Vliet jogou o cigarro e colocou as mãos diante do rosto. Seus ombros tremiam.

— Venha, vamos entrar na água — sugeri depois. Gosto de me lembrar dessa frase, e, quando converso em pensamento com o homem da foto, que ergue a garrafinha à contraluz, também me dirijo a ele de uma maneira descontraída. Martijn, lhe digo, por que você ao menos não me ligou? Se foi realmente como acho que foi.

Mas naquela época, imagino, nós dois pensávamos da mesma forma: nos abríamos um ao outro de uma maneira que, no que se refere ao tratamento, era preciso haver uma estrutura resistente, algum escoramento pelo menos, capaz de resistir independentemente do que acontecesse, do que viesse pela frente. Para que não despencássemos um nos braços do outro. E assim continuamos no "senhor". Apenas uma vez, muito mais tarde, ele disse "você". E esse foi o último grito de ajuda de um homem antes do afogamento.

— Naquela noite, nos esquecemos de jantar — continuou Van Vliet dentro da água. — Também mal conversamos. Lea arranhou as cordas com o arco e eu estava sentado à minha escrivaninha, observando a foto de Marie Curie.

"Me incomodava o fato de ela parecer muito apagada quando comparada à elegância de Marie Pasteur. Fiquei ressentido. Era como se ela me deixasse na mão. Apenas os olhos suportavam a comparação. Apesar de os olhos de madame Curie não terem o brilho e a travessura agitada que tornavam os olhos verdes de Marie Pasteur tão irresistíveis. Por outro lado, havia uma delicadeza e uma bondade extraordinárias nos olhos da única mulher a receber dois prêmios Nobel de Ciências. Eu havia recortado sua fotografia do livro com o qual Hans Lüthi me surpreendeu e me salvou. Esses olhos, que poderiam ser os olhos de uma freira, se tornaram, durante um longo tempo, meu abrigo, quando eu, estudante, não sabia mais como continuar e estava prestes a largar tudo e me refugiar em Alekhine, Capablanca e Emil Lasker.

"*O único segredo de meu sucesso foi minha insistência.* A frase não era de madame Curie, mas de Louis Pasteur, no entanto eu a conferi à grande pesquisadora, com jeito de freira, pois os dois eram, de alguma maneira, a mesma pessoa. Cécile sempre teve um pouco de ciúme, e duas vezes durante nosso casamento a fotografia caiu no chão e teve de ser emoldurada novamente. Madame Curie pôde estudar, ela não. Embora Cécile dirigisse a formação das enfermeiras e que alguns médicos jovens fossem pedir conselhos a ela, isso era de pouca valia diante da amarga convicção de que ela também poderia ter sido uma boa médica e pesquisadora caso o pai não tivesse gastado todo o dinheiro em bebidas e jogo, fazendo com que ela precisasse aprender uma profissão o mais rapidamente possível e que ainda a ajudasse a cuidar da mãe acamada. Nos momentos taciturnos de nossa vida em comum, sua amargura se voltava também contra mim. 'Tudo bem, seus pais nunca estavam presentes', ela costumava dizer, 'mas você nem sabe a sorte que teve com isso.'

"Lea estava nervosa por não conseguir segurar o arco direito e batia os pés de impaciência. Juntos, tentamos nos lembrar do nome dos violinistas que ficavam pendurados na sala de música de Marie. Antes de eu adormecer, vi novamente minha filha diante de mim, ordenando Marie a tocar algo para ela. Vi seu olhar exigente e a maneira como ela se empertigou, com um orgulho que ainda teria de fazer por merecer. Em seguida, me lembrei do caminhar pesado e do olhar baixo com os quais ela havia saído da escola ao lado de Caroline. Tinham se passado meros dois dias."

<h1 style="text-align:center">7</h1>

VAN VLIET DORMIA quando voltamos a Saint-Rémy. Eu estava aliviado, muitos caminhões cruzaram nosso caminho. Pouco antes da entrada da cidade, quando tive de pisar bruscamente no freio, ele se assustou e esfregou os olhos.

— Quero lhe mostrar algo — disse ele, me guiando até a clínica que um dia fora um convento.

"Aqui — indicou ele, depois de atravessarmos o parque. — Naquela época eu ficava aqui com os binóculos, esperando até ela sair para o jardim lá pelas duas, três horas. Eu simplesmente não aguentava mais. Afinal, sabia que não devia visitá-la, por causa do magrebino, mas precisava pelo menos vê-la a distância, e por isso entrava no carro em Berna e partia, muitas vezes à noite, e conheço o trajeto de cor e salteado. Eu ouvia Bach e... — Ele soluçou. — No hotel, eu já era cumprimentado feito um velho conhecido. Na primeira vez, cometi o erro de falar algo sobre Lea, e daí eles me saudavam sempre com '*Ah, le père de Léonie...*'. Era uma tortura.

"*Estraguei a vida de minha filha com um violino*. Era isso que eu pensava quando partia. Quantas vezes eu a vi, sentada no muro lá na frente, inerte, os braços envolvendo os joelhos; ou como ela, hesitante e sem objetivo, rastelava um sulco; uma vez, também, como ela estava parada à janela de seu quarto, olhando para o campo como alguém que se sente totalmente estranho neste planeta.

"Mas a pior imagem foi aquela na qual ela passava o polegar esquerdo pela ponta do indicador direito, curvado para trás; era um movimento suave, circular, que Lea interrompia de tempos em tempos para levar o indicador aos lábios e tocá-lo com a ponta da língua. Quantas vezes eu a vi repetindo esse movimento enquanto trabalhava numa peça com muito *pizzicato*! Seu olhar era sempre concentrado, e, mesmo quando ela o fechava ao umedecer o dedo, dava para sentir a atenção por trás das pálpebras baixas, a atenção de uma menina inteiramente mergulhada no assunto e que desenvolvia o seu ofício. Como era diferente, terrivelmente diferente naquele momento! Tive de procurá-la por um bom tempo e, por fim, achei-a num banco atrás de uma pilha de lenha para lareira. Ela estava sentada lá com as costas curvadas e movimentava a ponta do dedo como antes. Seu olhar estava perdido, não vinha de lugar nenhum e não ia a lugar nenhum, ela parecia se lembrar do movimento e talvez do lugar machucado pelo toque das cordas, mas havia se esquecido da circunstância envolvida, e assim, depois de um tempo de repetição mecânica, o movimento se tornou cada vez mais lento e sem sentido, até cessar totalmente.

"Depois, a imagem do movimento perdido de Lea passou a me perseguir em tudo o que eu fazia. Eu pensava, incessantemente, nesse fragmento de sua vida destruída. Pensava: onde ficou seu orgulho, minha filha? Sua autoconfiança, que podia chegar às raias da arrogância? O despotismo de seus estudos que não conheciam clemência, que mal me deixavam dormir? O desejo estranho de dar o terceiro passo antes do segundo e do primeiro? A intenção louca, oculta até de Marie, de tocar os *Capricci* de Paganini antes dos 20 anos? Onde ficou isso tudo? Onde? Por que você não se apruma atrás da maldita lenha, estica as costas, ergue as sobrancelhas num espanto crítico sobre o desempenho insatisfatório dos outros e lhes mostra o que é um tom, um tom correto? Naquela época, na primeira noite com Marie, fiquei assustado com a altivez que ressoava de seu pedido, sim, de sua exigência pela exibição da mulher, e também mais tarde estremeci algumas vezes quando permitia que os outros percebessem a superioridade, a fria superioridade, que não passava da exaustão para alcançar seus objetivos autoimpostos, excessivamente grandiosos. Nunca lhe disse: às vezes, também me machuquei com a impaciência dos perfeitos, que era tão sua, seu balançar de cabeça antes da hora, seu tédio em esperar aqueles que eram tão mais lentos. Quando se tornava excessivamente difícil, depois eu me sentava durante o sonho diante de você, jogávamos xadrez e eu, sem dó, fazia com que caísse numa armadilha, só para acordar com a consciência pesada. É bom e temos de agradecer à sábia presciência de nossos sentimentos o fato de você, na realidade, nunca ter tocado numa peça de xadrez. E mesmo assim meu maior desejo era que os traços se recompusessem no rosto de minha filha autoconfiante, impaciente, assustadoramente ambiciosa. Eu preferiria mil vezes qualquer outra expressão, mesmo a que mais me machucasse, ao olhar perdido atrás da maldita pilha de lenha.

"*Elle n'a pas pu avoir de jeunesse*, disse o magrebino, e seu olhar negro me lançou a reprimenda que não era menos lúgubre do que uma acusação de morte. O que significa isso? O que esse homem de jaleco branco na sua frente sabe de você? Ele viu como você voltava toda vez da casa de Marie com o rosto ardendo em febre? Como você comia em pé na cozinha, para voltar rapidamente a estudar? Ele viu as manchas vermelhas no seu pescoço, quando você recebeu uma onda de aplausos estrepitosos depois de sua primeira apresentação na escola? Ele estava em Genebra, quando as pessoas bateram os pés e assobiaram de satisfação? Você estava feliz, posso jurar, mesmo se Caroline e os pais dela, ano após ano, parecessem cada vez mais preocupados quando o assunto era o seu sucesso.

"*Ela não pode ser jovem*. Essa frase foi dita num dia açoitado pela chuva e eu fiquei totalmente encharcado depois, porque passei horas na praia chutando uma lata diante de mim, tentando não me afogar nas palavras. Tentei convencê-la em vão, ano após ano, a dar uma volta no carrossel na festa tradicional da cidade, pelo menos, na quarta segunda-feira de novembro. 'Prefiro estudar', você dizia. *Prefiro estudar.* Ainda hoje escuto você dizendo essas palavras, e ainda hoje escuto a impaciência e a leve censura na voz, que me diziam que eu devia conhecer minha filha incomum e, na verdade, saber das coisas. *Prefiro estudar.* Quero meter essa frase, palavra por palavra, no olhar escuro do magrebino, a fim de empurrar a reprimenda, a reprimenda terrível de que eu lhe roubei a juventude e, dessa maneira, abri caminho para sua doença, bem no interior dos olhos dele, cada vez mais fundo, até que lá longe, lá onde os pensamentos nascem, ela começasse a se afligir e finalmente desaparecesse sob o peso das evidências que somente eu conheço.

"O carrossel. O episódio do carrossel não desautoriza o que digo, não. Ele também não pesa contra mim. Certo dia, na primavera, quando você já tinha 13 anos, as pessoas com o carrossel voltaram, e de repente você quis ir. Tratava-se de saber quem conseguia pegar o anel dourado, entre tantos anéis prateados, quando ele passasse pelo local em que ficavam esperando para serem recolhidos. Você era de longe a mais velha e, durante um envergonhado segundo, pensei que devia ser um pouco ridículo, num ambiente com música de parque de diversões e gritinhos de crianças, uma jovem de aparência crescida ir atrás da diversão infantil de um passado perdido. Naquele momento, você também apresentava as manchas vermelhas no pescoço e o olhar estava cheio de esperança e expectativa, como se fosse uma menininha de 5 anos. E o anel dourado veio! Você o puxou rapidamente e, quando o carrossel parou, logo em seguida, veio correndo até mim, os olhos cheios de lágrimas. Tentei decifrá-las, essas lágrimas, e não consegui me decidir se eram de alegria pelo anel dourado ou de tristeza pela alegria infantil perdida. Você secou as lágrimas de múltiplos significados e colocou o anel sobre a palma da mão. Você sabia que deveria devolvê-lo ao homem com o chapéu de caubói. Mas não era essa sua vontade. 'Vou dá-lo a Marie', você falou, me puxando de lá. No fim, Marie o devolveu a você. Isso foi o mais cruel que ela podia ter feito."

Um grupo de turistas com máquinas fotográficas passou quando entramos no carro. Van Vliet bufou com desdém.

— Van Gogh. Seu quarto fica aqui, dá para visitar. Voyeurismo póstumo. Como se não bastasse ele ter vindo morar nesse buraco e cortado as orelhas. Como se não *bastasse*.

Ele segurou o colarinho com ambas as mãos, ergueu-o e fechou-o de tal maneira que o pescoço ficou branco; abriu e fechou, repetidas vezes. Lamentei Tom Courtenay não ter dado uma bofetada na cara do diretor. Lamentei isso constantemente, na sessão do meio-dia e na sessão da noite. Fiquei realmente bravo por ele não ter chegado às vias de fato.

Paramos diante do hotel de Van Vliet. Ele permaneceu sentado. Seus pensamentos ainda estavam na clínica.

— Começou de maneira despercebida. Uma palavra inadequada aqui, uma frase malformulada lá, uma lógica esquisita. Grandes intervalos entre episódios, de maneira que sempre nos esquecíamos. Coisas como: "Marie ficava nervosa antes de subir ao palco, afinal ela tinha tanto sucesso", "A Sra. Zaugg quer ver o pó de magnésio da ginástica nas minhas mãos, ela não acredita no breu" e, certa vez, estremeci de tal maneira que ela percebeu: "Como músico, Niccolò foi o melhor violinista, por causa do período de loucura." Ela sempre chamava Paganini pelo primeiro nome, como a um bom amigo.

"Em seguida, nada de especial durante semanas. Mas comecei a anotar. Escondi o caderno bem no fundo da escrivaninha, longe de mim mesmo. Tinha medo, um medo terrível. Mas apenas dez anos mais tarde comecei a procurar, entre os parentes de Cécile, pessoas que também tinham sofrido delírios. Não dá para saber, já faz tanto tempo, eles diziam."

Eu disse que queria ir ao meu hotel, descansar.

— Mas o senhor volta? — Era um olhar medroso, o olhar de um garoto que tem medo do escuro.

Eu disse sim, e que voltaria para o jantar.

8

ESTAVA DEITADO NA cama. Vi Van Vliet à contraluz. Eu o vi rir. Eu o vi puxar o colarinho da camisa. Eu o vi com os binóculos junto à cerca da clínica. Quando foi a última vez que me emocionei tanto?

Pensei em Cape Cod e em Susan, a mulher antes de Joanne. *"Adrian, is there anything that can upset you? Anything at all? Are you ever shaken?"* Naquela época, eu trabalhava como cirurgião no pronto-socorro, as mãos enfiadas da manhã à noite em feridas e em membros destroçados. Isso não podia nos abalar, eu dizia, senão, não mais seríamos bons. *"Yes, but it seems to leave your soul untouched."* Na manhã seguinte a essas palavras, levantei-me tão cedo quanto para uma cirurgia e caminhei pela praia ao alvorecer. À noite, dormi no sofá. Não podemos nos deitar com alguém que acha que somos um monstro. Na manhã seguinte, fomos embora. *"Hi"*, dissemos ao nos despedir e erguemos a mão. Na minha memória, a palavra soava clara e terrível, como se um bisturi estivesse sendo afiado.

Adormeci. Quando acordei, a torre da igreja tocava as sete. Estava escuro. Leslie tinha ligado para o meu celular. Eu tinha deixado o relógio no seu banheiro.

— Eu sei, mas, na verdade, nem senti falta dele.

— Você está ótimo, não é?

— Sei lá — respondi —, sei lá como estou.

— Algo aconteceu contigo; ou está em via de acontecer.

— Como foi naquela época, no internato? Para você, quero dizer. Como foi para você?

— *Mon Dieu*, o que vou falar agora, pelo telefone? Não sei... às vezes penso que estou sozinha com o garoto de novo porque... porque...

— Por que não fomos uma família de verdade? Por que você não pôde aprender isso lá? É isso que você pensa?

— Não sei, dito desse jeito não parece certo. Ah, Adrian, eu também não sei. O internato não foi tão terrível assim. A gente se torna independente. Só às vezes, à noite... ah, *merde*.

— Você gostaria de ter tocado algum instrumento?

— Você está fazendo cada pergunta hoje! Sei lá, acho que não, afinal não somos musicais, não é?

Eu ri.

— Tchau, Les. A gente se fala.

— Sim, a gente se fala. *Adieu*, papai.

Van Vliet esperava no restaurante vazio do hotel. Ele estava com uma garrafa de vinho tinto e uma de água mineral à sua frente. Só havia bebido água.

Contei-lhe da conversa com Leslie.

— Internato — disse ele. — Lea e internato. Isso seria... isso seria impensável. — Ele se serviu de vinho tinto e bebeu. — Embora... o magrebino... então talvez ela não tivesse vindo parar aqui. O que sabemos sobre essas coisas, na verdade? *Merde*, o que sabemos sobre isso?

Eu também pedi vinho tinto. Ele sorriu.

— O irmão de Cécile é legastênico e também tinha dificuldade em contas. Não compreende a ideia de conjunto, é louco, simplesmente não compreende. Se chama acalculia. Cécile só conseguiu superar o medo de que Lea pudesse ter herdado a deficiência ao lhe ensinar a ler e a escrever aos 4 anos. Foi por isso que Lea lia Agatha Christie aos 6 e era melhor do que todos nos cálculos mentais. Eu tinha minhas dúvidas se estávamos no caminho certo, mas também sentia orgulho por minha filha, que aprendia com tamanha facilidade. Os anos na escola de ensino fundamental foram um passeio para ela, e lições de casa e estudos de música nunca foram conflitantes. Suponho que Caroline, que se sentava ao seu lado, colava dela em matemática, o que mantinha a relação. Suponho também que seus pais soubessem disso, e que a maldade com a qual observavam Lea começar a tropeçar e cambalear mais tarde nasceu daí.

"Rapidamente Lea se tornou a festejada estrela da escola mas também aquela olhada com inveja. Como ela muitas vezes ia direto da escola para a casa de Marie, os outros a viam bastante com o violino, o que lhes lembrava da segunda vida de Lea, que se recusava a fazer qualquer coisa na aula de educação física que pudesse colocar suas mãos em perigo. Ela simplesmente não conseguia se dar bem com a professora Erika Zaugg, que ela comparou destrutivamente a Marie; a mulher não escondia que considerava Lea chata e simplesmente histérica. Bem diferente do professor colérico, que nas mãos dela se tornava um doce. Eu sempre prestava atenção em alarmantes mensagens ocultas quando ela falava dele ou ele falava dela, mas o professor a endeusava de uma distância segura, e era comovente vê-lo chutar todos os princípios de justiça e tratamento igualitário quando o assunto era Lea. Ela era, como eu disse, uma estrela, uma verdadeira *vedette*.

"Logo ficou evidente que ela se tornaria uma estrela também com o violino. Nos primeiros anos de trabalho com Marie, Lea conseguiu simplesmente tudo. Os tons se tornavam mais ricos e mais seguros semana após semana, o *vibrato* perdeu o tremor inicial e se tornou mais regular, mais temperado. Nos seus muitos anos de aula, Marie nunca viu alguém em tão pouco tempo estar tão à vontade em todos os níveis, e Lea conseguia rir até chegar às lágrimas ao se lembrar de como ficou intrigada com o fato de Loyola de Colón saber exatamente onde parar de escorregar a mão no braço do violino. Claro que Lea também tinha dificuldades com as cordas duplas, o pesadelo de todos os iniciantes. No entanto, estudos incansáveis logo lhe deram a segurança necessária, e quanto mais difícil a coisa, mais ela se tornava uma obsessão; isso foi muito parecido comigo e o xadrez."

Van Vliet foi ao banheiro e, quando voltou, pedimos algo para comer. Ele pediu, no automático, o mesmo que eu; não estava prestando atenção. Como antes, quando esteve sozinho na água, a lembrança o prendera no passado, uma lembrança que doía.

— Lea lia as notas como se fossem símbolos congênitos de seu espírito. Era insuportável para mim não ter acesso àquela parte sua, que se tornava cada vez mais importante. Eu também tinha de saber ler as notas. Perguntei se podia observar por cima de seus ombros enquanto ela tocava. Lea não disse nada e começou a tocar. Depois de alguns acordes, ela parou. "Não... não dá, papai", disse ela. Havia uma irritação indefesa nas palavras, ela se ressentia comigo por eu tê-la feito dizer isso. Comprei uma segunda partitura e perguntei se podia me sentar na poltrona, no canto, enquanto ela tocava. Ela não disse nada e olhou para o chão. Na casa de Marie, Lea também toca com alguém na sala, pensei. Mas era *Marie*, e com Marie era diferente do que comigo; com Marie, *tudo* era diferente do que comigo.

"Saí do quarto e fechei a porta. Demorou um bom tempo até Lea começar a tocar. Deixei a casa e fui à loja de música Krompholz, onde comprei um livro sobre notas musicais para iniciantes. Katharina Walther me olhou com seu olhar inteligente, discreto. 'Não é bruxaria', disse ela quando comecei a folhear. 'Leia primeiro e depois leia as notas enquanto ela tocar. No quarto ao lado, talvez. Ela não precisa saber.' Inacreditável. Ela parecia me decifrar... nos decifrar... como a um livro."

Van Vliet se serviu e esvaziou o copo de uma só vez, como se fosse água. "Meu Deus, por que não conversei mais com ela! E por que não dei ouvidos a ela mais tarde, quando ela me alertou!"

Ele pegou uma caneta esferográfica, dobrou o guardanapo de papel, riscou cinco linhas e desenhou notas sobre elas. "Aqui", disse ele, "este é o início da 'Partita em mi maior' de Bach. Os tons que Loyola de Colón tocou na estação daquela vez." Van Vliet engoliu em seco. "E também os tons que Lea tocou por último, antes de... mergulhar na loucura."

Seu punho se cerrou lentamente ao redor do guardanapo e amassou as fatídicas notas. Enchi seu copo. Ele bebeu e, depois de um tempo, continuou a falar, com serenidade e clareza.

— Fiz como Katharina Walther disse: segui as notas no quarto ao lado quando Lea tocava. Mas elas continuavam curiosamente estranhas para mim, e demorou um tempo até eu entender o porquê: eu não conseguia criar os tons correspondentes, as notas permaneciam sem consequência para mim, símbolos com os quais eu não fazia nada e, por isso, não tinham nada a fazer comigo. E assim, apesar de todo o esforço, essa parte do espírito de Lea permaneceu isolada de mim.

"Certo dia, enquanto ela estava na escola, fui ao seu quarto, peguei o violino da caixa, prendi-o entre o ombro e o queixo, coloquei os dedos em posição como eu a havia observado fazer e puxei o arco pela primeira vez. Claro que o som foi lamentável, pouco mais que um arranhão. Mas não foi isso que me fez estremecer. Era algo com o qual eu não contava: um intenso surto de consciência pesada, um tipo de luta invisível e ao mesmo tempo debilitante, acompanhada por uma sensação de fraqueza. Rápido e com movimentos desajeitados, devolvi o violino à caixa e me certifiquei de que tudo estava como antes. Em seguida, me sentei na poltrona do meu quarto e esperei até o coração bater mais devagar. Do lado de fora, a noite começava a cair. Estava escuro quando enfim compreendi: não era a consciência pesada usual, que aparece quando mexemos nas coisas dos outros. Era algo muito mais importante e perigoso: ao tentar imitar como se toca violino, ultrapassei a linha invisível que separava, e tinha de separar, a vida de Lea da minha, para que sua vida pudesse ser totalmente *sua*. Havia um toque dessa sensação na irritação de Lea ao me explicar que era impossível eu olhar por cima de seus ombros durante os ensaios, pensei. E naquele momento também me lembrei da resistência que a menina de 8 anos levantou contra mim depois da música de Loyola, naquela vez na estação, quando quis puxá-la para perto de mim como de hábito.

"'E Marie?', pensei. Essa linha não existia com ela. Pelo contrário, enquanto tocava e mesmo em outros momentos, Lea queria ser como Marie. Havia uma outra linha, mas que apenas eu não via?"

Van Vliet olhou para mim. Não estava claro se ele esperava uma resposta — pela opinião de alguém de fora, talvez — ou se procurava meu olhar apenas como alguém que reconhece sua insegurança e seu desespero e quer ser acolhido. Toquei-lhe o braço — quem sabe o porquê, quem sabe se era um gesto adequado, um gesto que deveria corresponder à sua fragilidade. Ele havia esquecido o cigarro aceso no cinzeiro e acendeu um novo. Fixei meu olhar para além dele, no grande espelho de parede que nos refletia. Dois analfabetos no que diz respeito à proximidade e à distância, pensei, dois analfabetos da confiança e da estranheza.

— Quando Lea entrou pela porta naquela noite — continuou Van Vliet —, ela ficou diante de mim, renovada. Como alguém que não apenas *sabia* de algo que eu nunca saberia, mas que *era* o que eu nunca seria: uma musicista, cuja vida se constituiria cada vez mais de notas e sons. "O que foi, o que você tem?", perguntou ela. "Nada", respondi, "não é nada. Quer que eu faça algo para você comer?" Mas ela já estava junto à geladeira, e mordeu uma linguiça gelada e catou um pedaço de pão. "Obrigada, mas prefiro estudar mais um pouco. Marie não está satisfeita com um trecho." Ela sumiu em seu quarto e fechou a porta.

"Só pude contribuir com uma coisa: eu lhe expliquei a física dos sons harmônicos. Ela estava viciada em seu som vítreo e na tentativa de encontrá-los na primeira tentativa.

"Dos problemas técnicos, só houve um com o qual ela precisou lutar até o fim: os trinados. Muitas vezes ela não tinha a leveza sedosa nem, principalmente, a regularidade metronômica que deveria. Especialmente quando eles duravam muito, o cansaço e as tentativas que soavam teimosas, que deixavam a impressão do esforço e da exigência demasiados, surgiam. Furiosa, Lea massageava os dedos tensionados, mantinha-os na água quente e, para fortalecê-los, amassava uma bolinha enquanto via TV.

"Mas minha filha estava feliz. Apaixonada pelo violino, apaixonada pela música, apaixonada por sua aptidão e, sim, apaixonada por Marie.

"*Amoureuse?* A mão escura do magrebino com a caneta prateada parou de repente. *Ouais*, respondi, fazendo de tudo para deixar a palavra soar da maneira mais ordinária possível, como a que eu imaginava soar quando um delinquente resolvia não dar a mínima para um policial durante um interrogatório. Até cruzei as pernas como o malandro esfarrapado, que aproveita o último e breve momento de liberdade, que é não presentear com palavra nenhuma o comissário.

"*Vous voulez dire...*

"*Non*, retruquei, e foi mais um suspiro e um gemido do que uma negação articulada. O médico mexeu na caneta, fazendo com que a ponta entrasse e saísse, o ruído era alto, mais alto que o bramido do ventilador. Ele precisava de tempo para controlar sua raiva.

"*Alors, c'était quoi, cette relation?*

"Como eu poderia lhe explicar? Como eu poderia explicar a quem quer que fosse?

"Marie, estou certo, tinha uma descrição para o seu relacionamento com Lea. Mas eu nunca perguntei a respeito. E, na verdade, eu não queria saber. Eu sei o que vi e escutei, mas não sei se há mais além disso. Não era possível criticar Marie, compreendi isso rapidamente. Era melhor não perguntar sobre ela. Era inimaginável não ouvir com concentração total quando o assunto era Marie. Se eu me esquecia de algo relacionado a ela, mesmo um detalhe, o rosto de Lea era tomado por incredulidade. Ela era irritante quando alguém ousava se chamar Marie. Era impensável Marie ficar doente. Férias para Marie estavam fora de cogitação. Todos os dias eu esperava Lea pedir um vestido de batique e almofadas de chita. Mas as coisas não eram assim tão simples entre as duas.

"E era diferente do que eu pensava. Nas tardes do fim do inverno, quando eu estava diante da casa de Marie e assistia ao jogo de sombras de Marie e Lea por trás das cortinas, me sentia excluído e invejava as duas pelo casulo de sons, palavras e gestos nos quais elas pareciam enredadas e no qual não havia nenhuma tensão e nenhuma divergência, como acontecia no instituto cada vez com mais frequência desde que eu deixei claro, sem muitas palavras, que, a partir de então, Lea estava em primeiro lugar, depois Lea e apenas então o laboratório.

"Logo no início cometi uma vez o erro e toquei a campainha de Marie. Fiquei sentado lá, ouvindo os últimos cinco minutos da aula. Em lugar nenhum causei mais incômodo do que ali. No sonho, Marie e Lea deixavam a sala de música, sem raiva, sem reprimendas, apenas muito determinadas, muito ocupadas uma com a outra e sem lançar um olhar para trás, como se fosse um cômodo vazio. Deve haver uma harmonia perfeita entre elas, pensei por quase dois anos, e havia momentos de ciúme cáustico, nos quais eu não sabia o que me doía mais: que Marie me tirasse Lea ou que Lea construísse uma barreira diante de Marie, a qual eu nunca poderia ultrapassar.

"Foi assim até o dia em que Lea iria escolher o violino de três quartos na Krompholz. Katharina Walther não estava preparada para a presença de Marie. 'Marie Pasteur. Sim, sim, Marie Pasteur', ela me falou na minha visita seguinte à loja. Nunca consegui saber mais nada a esse respeito. Não gostei dessas palavras, elas tinham algo de onisciente e de papal, e nesse dia eu já não estava mais tão certo de que gostava da mulher rígida de coque na nuca. Porém, agora ela se comportava de maneira correta, excessivamente correta até, tanto com olhares como com palavras. Nenhuma interferência, nenhuma cumplicidade, nada.

"Lea experimentou três violinos em sequência. Como ela parecia adulta e profissional em comparação com nossa primeira visita à loja! Depois da primeira passagem, começou o processo da escolha negativa.

O primeiro foi logo descartado. Lea trocou um olhar com Marie, mas não teria sido necessário, todos ouvimos. O segundo soava bem, mas sem comparação com o terceiro. 'Incrível para um instrumento desse tamanho', disse Marie. Era impossível Lea não ouvir também, e realmente seu rosto começou a brilhar com o som, que era muito melhor do que o do seu instrumento até então. Mas ela pegou novamente o segundo e tocou por alguns minutos. Marie se apoiou no balcão da loja, os braços cruzados. Mais tarde, quando repassei a cena mais uma vez, em pensamento, estava certo de que ela sabia o que iria acontecer. 'Vou levar este', disse Lea.

"Os lábios de Katharina Walther se abriram como se ela quisesse protestar, mas não disse nada. E então aconteceu. Depois de alguns segundos olhando para o chão, com o violino ainda nas mãos, Lea ergueu o olhar e encarou Marie desafiadoramente. Eu conhecia e não conhecia esse olhar. Ela podia ser uma cabeça-dura teimosíssima, Cécile e eu já havíamos passado por isso muitas vezes. Mas lá estava Marie, a intocável Marie. E isso machucou Marie Pasteur. Machucou tanto que ela girou mecanicamente sua pulseira e engoliu em seco uma vez mais.

"No dia seguinte, Lea foi sozinha à Krompholz e trocou o segundo violino pelo terceiro. Ela não falou muito, reportou Katharina Walther. Arrependida? Não, não era assim que Lea parecia estar, comentou ela, mas perturbada. Ela hesitou. 'Consigo mesma', acrescentou Katharina depois.

"Poucos dias depois, o eczema eclodiu, nos presenteando com as três piores semanas desde a morte de Cécile. Começou com as pontas dos dedos de Lea ficando quentes. Ela ia ao banheiro quase a cada minuto e os colocava debaixo da água fria, e durante a noite eu não consegui fechar o olho porque escutava a água correr o tempo todo. Pela manhã, ela estava sentada na beirada da minha cama e me mostrava, com os olhos arregalados, a pele que começava a mudar de cor e a endurecer. Ela ficou em casa e desmarquei minha presença numa conferência. Passei horas ao telefone com antigos colegas de faculdade até conseguir uma consulta com um deles, que era especialista em dermatologia. Ele observou e tocou a pele que se tornava cada vez mais cinza de hora em hora e que também tinha passado a coçar. Um eczema provocado por uma alergia.

Violino? Então podia ser por causa do breu, disse ele. Um susto percorreu meu corpo como se ele tivesse anunciado um diagnóstico de câncer. Lea amava a resina preto-amarronzada, usada para passar no arco e que o faz brilhar como ouro quando é segurado contra a luz. No começo, ela até o lambia, secretamente. Isso seria o fim? Violinista com alergia a breu? Não era algo impossível?

"Com uma obsessão da qual não me lembro com exultação, estudei a bibliografia sobre alergias e descobri o quão pouco sabemos. Montanhas de cremes se amontoavam no banheiro. Meus telefonemas diários para o médico viraram motivo de escárnio entre as secretárias, eu o reconhecia nas risadas descuidadas. A farmacêutica erguia as sobrancelhas, espantada, quando eu aparecia pela terceira vez no mesmo dia. Quando ela passou a falar de estresse, de sintoma psicossomático e homeopatia, troquei de farmácia. Acredito em células, mecanismos, química, não em contos de fadas delicados, contados com uma expressão de sapiência.

"Com uma acribia inclemente, obriguei Lea a se lembrar de tudo com que havia tido contato nos últimos dias, principalmente as coisas incomuns. Ela também tinha de se lembrar de todos os cheiros que sentiu. Lágrimas escorreram pela minha intransigência na pesquisa.

"E, de repente, ela soube: os bancos da escola estavam com um cheiro diferente do habitual. Fomos até lá, conversamos com o zelador. Realmente, ele usou um novo produto de limpeza. Levei uma amostra e o médico fez um teste de alergia. Era esse produto, não o breu. Anotei a composição e fixei o papel na porta da geladeira. Ele ficou pendurado lá até amarelar.

"Eu queria festejar a notícia libertadora, e fomos a um restaurante chique. Mas Lea sentou-se acanhada diante do prato e ficou raspando as pontas dos dedos ásperas, insensíveis, na toalha. Ainda agora acho que escuto o leve ruído da fricção.

"Durante uma semana, pareceu que ela estava usando luvas de lixa. Ela pegava o violino várias vezes por dia, mas era em vão. Depois, a casquinha da pele começou a se romper e apareceu a pele nova, vermelha e pulsante, e que ainda não suportava qualquer contato. Quando a pele doente finalmente caiu feito uma coleção de dedais estropiados, Lea andou pelo apartamento, suavizando as sensíveis pontas dos dedos com sopros e testando, de hora em hora, se já resistiam ao toque de uma corda. Hoje me parece que passamos dias vivendo numa prisão, cujo muro invisível tinha sido erguido pelo medo antecipado em toda a eternidade de que algo assim pudesse se repetir a qualquer momento.

"E havia outro cárcere: as aulas com Marie cessaram. Com a voz embargada, na qual se misturavam ódio e lágrimas, Lea contou que outra pessoa, *outra* pessoa!, estava na sala de música de Marie no seu horário, no *seu* horário! Quando finalmente chegou o momento e eu a deixei na casa dela, vi que suas mãos com as pontas dos dedos estranhamente vermelhas estavam molhadas de suor e o pescoço salpicado de manchas vermelhas de nervosismo.

"O magrebino quis saber se Lea teve qualquer problema com as mãos, em algum momento. A pergunta me deixou alerta, não posso negar. Não, respondi. Ele fez silêncio por um tempo e, nesse momento, o barulho do ventilador realmente passou a importunar. Não, disse mais uma vez contra a minha vontade. Também lhe omiti o evento do carrossel e do anel dourado.

"Os colegas não lidaram bem com a minha ausência no congresso por causa do eczema de Lea, por causa de um *eczema*!, onde eu apresentaria os últimos resultados de nossas pesquisas. E, principalmente, por eu ter cancelado sem enviar Ruth Adamek no meu lugar. 'É possível que você tenha se *esquecido* de novo?', perguntou ela, e havia uma dureza na sua voz que me mostrava que eu perdia cada vez mais terreno.

"A direção da universidade também se mostrou decepcionada. Mas naquela época não era possível reconhecer um perigo verdadeiro. Enquanto não fizesse algo de muito errado, eu não podia ser acusado de nada. E ainda não tinha como saber dos acontecimentos terríveis que me levariam a roubá-los."

9

— A PRIMEIRA APRESENTAÇÃO pública de Lea aconteceu no último dia de aula dos alunos do ensino fundamental. O diretor da escola, um homem mal-humorado, temido, chamou-a em sua sala, a secretária lhe ofereceu chá e biscoitos, e então ele lhe perguntou se ela tocaria algo nesse dia. Lea deve ter se sentido tão lisonjeada que aceitou na hora. Empolgada, como se estivesse febril, ela interrompeu uma reunião no meu escritório. Fiquei andando para cima e para baixo com ela no corredor até que o pânico tivesse diminuído. Em seguida, mandei-a ir até Marie. Quando chegou em casa, ela já sabia o que iria tocar.

"Até então eu quase não conhecia o nervosismo anterior a uma apresentação. Antes de minhas primeiras palestras eu estava mais animado que tenso, e, quando me vi pela primeira vez num auditório, achei o arranjo espacial, o qual vivenciara do outro lado durante tantos anos como aluno, mais risível que amedrontador. Porém agora, quando não se tratava de mim, passei a conhecer esse nervosismo.

"Aprendi a odiá-lo e a temê-lo, e também aprendi a amá-lo e a sentir sua falta depois de ter passado. Ele unia Lea a mim, e também nos separava. Suas mãos suadas também se tornavam minhas mãos suadas, sua dispersão e agitação grassavam também dentro de mim. Havia momentos em que nossos nervos vibravam como os de um único ser. Isso não poderia ser diferente; Lea despencava num abismo de abandono caso tivesse a impressão de que eu não a acompanhava em sua ansiedade. E, mesmo assim, fazia questão de frisar que *ela* era quem tinha um motivo para o medo, não eu. Ela não frisava isso com palavras; mal conversávamos sobre a louca ansiedade onipresente que nos envolvia. Mas ela saía imediatamente do quarto quando me flagrava fumando um de meus raros cigarros na janela da varanda. Apesar de tudo ela é uma menininha, eu me dizia, o que você esperava?

"Nesses momentos, sentia a solidão que Cécile havia deixado em mim. Eu a sentia como um calafrio interior.

"No começo da noite do espetáculo, quando Lea saiu do banheiro, fiquei sem ar. Ela não era mais uma menina de 11 anos. Era uma jovem senhora, uma lady, esperando os holofotes serem acesos. Escolhemos juntos o vestido preto básico. Mas onde ela tinha aprendido a se maquiar e a se pentear daquele jeito? Como ela havia conseguido o batom? Ela apreciou meu espanto. Tirei uma foto dela, a qual meti na carteira e nunca mais troquei por nenhuma outra.

"Por que não é possível parar o tempo? Por que não poderia ter ficado como naquela noite abafada, com relâmpagos, do alto verão, uma hora antes de Lea ser tirada de mim pelos muitos olhares e as muitas mãos aplaudindo, sequestrada diante de meus olhos, sem que eu pudesse fazer nada a respeito?

"Não tenho lembranças concatenadas daquela noite; é como se a intensidade dos sentimentos as tivesse rasgado em pedaços e delas só restassem cacos esparsos. Tomamos um táxi até a escola; nessa noite o trânsito não podia nos atrapalhar em nada. Ao passarmos pela estação, pensei: não se passaram nem três anos e ela está fazendo sua primeira apresentação. Se Lea também pensava o mesmo eu não sei, mas apoiou sua mão na minha. Ela estava úmida, e o toque não era de uma mão que logo tocaria, com movimentos seguros, Bach e Mozart. Quando senti sua cabeça no ombro, durante um tempo pensei que ela queria dar meia-volta. Era um pensamento libertador, que surgia em flashes contínuos durante o sono inquieto da noite seguinte, acompanhado por um sentimento de impotência e inutilidade.

"A próxima cena que vejo diante de mim é Marie Pasteur desenhando uma cruz com o polegar na testa de Lea. Não acreditei em meus olhos e acabei de perder a calma quando minha filha se persignou. Ela nunca havia sido batizada e, até onde eu sabia, nunca tinha segurado uma Bíblia. E agora ela fazia o sinal da cruz e, ainda por cima, com a naturalidade e a graça de quem fez isso durante toda a vida. Demorou para eu entender que aquilo não era o que parecia ser a princípio: a tentativa de Marie de tornar Lea católica. Era apenas um ritual que as unia, um gesto com o qual asseguravam mutuamente um afeto e uma ligação que lhes parecia maior do que elas próprias. E mesmo quando finalmente entendi isso, manteve-se uma leve sensação de estranhamento e traição. Naquela noite, a visão voltava à minha mente o tempo todo, antes de ser superada pelo que aconteceu no palco do auditório.

"Lea subiu os poucos degraus, a mão no vestido para não tropeçar na barra. Ela parou no centro do palco, a alguns passos de distância do piano, curvando-se várias vezes diante do público que aplaudia. Eu nunca tinha visto isso, meu olhar estava fixado em seus movimentos graciosos. Foi Marie quem lhe ensinou? Ou era simplesmente algo naturalmente seu?

"Marie não a apressou. Lea, somente Lea, deveria aparecer sob a luz dos holofotes. Em seguida, ela subiu até o palco, em silêncio e com discrição, e sentou-se ao piano. Ela usava um vestido de batique azul, sem decote, e como ela usou batique também em nosso primeiro encontro, por um instante fiquei com a impressão de que ambas tinham trazido a sala de música do apartamento de Marie até aqui. Era uma sensação boa, porque significava que até no palco Lea era acolhida por Marie, assim como nos ensaios em sua casa. Mas esse sentimento foi fugaz, logo destronado por outro: apesar de Marie, ela estava totalmente sozinha com seu violino e seu conhecimento, uma menina que estava fazia apenas 11 anos neste mundo, embora se comportasse e se vestisse como uma senhora, e ninguém viria em auxílio caso tivesse algum contratempo.

"Falei com diversos corifeus em muitas conferências e também estive no palco durante os torneios de xadrez, quando tive de me virar totalmente sozinho. Mas isso não era nada comparado à tarefa de suportar a solidão de Lea lá no alto. Principalmente nos segundos anteriores a ela começar a tocar. Marie deu o tom, Lea corrigiu a afinação, uma pequena pausa, em seguida ela corrigiu a tensão do arco, mais uma pausa para secar a mão no vestido, o olhar para Marie, o arco erguido e finalmente o início da música de Bach.

"Exatamente nesse instante me perguntei se sua memória estava à altura daquela pressão. Não havia nada, nem o menor dos indícios, contra isso. Memória nunca tinha sido uma questão; eu achava a coisa mais natural do mundo que Lea soubesse algumas peças de cor, e isso me parecia tão evidente quanto minha capacidade de recordar partidas inteiras de xadrez e jogar de olhos vendados. De onde vinha então a dúvida repentina?

"Não me recordo mais da música, a lembrança não tem som e é totalmente preenchida pela admiração temerosa com a qual acompanhava os movimentos enérgicos do braço de Lea e os movimentos seguros de seus dedos, copiados de Marie como eu os lembrava da primeira noite. Eu já havia visto aquilo milhares de vezes, mas, mesmo assim, naquele momento, na presença de tantos olhares estranhos, me parecia diferente, mais admirável e misterioso que o habitual. Era Lea, minha filha, quem estava tocando!

"Aplausos enérgicos. Quem aplaudiu por mais tempo foi o franzino Markus Gerber. Seu rosto ardia; pela sua roupa, quem devia estar no palco era ele. Às vezes Lea era tolerante, em outras se irritava, quando ele queria acompanhá-la até a escola. Eu sentia pena, ela logo o dispensaria.

"Marie ficou sentada ao piano, Lea fez uma reverência. Mais tarde, na cama, acordado, fiquei pensando em algo que era difícil de compreender: ela fez uma reverência como se esses aplausos *lhe fossem de direito*. Como se o mundo simplesmente *devesse* aplaudi-la. Isso me irritou, ou melhor, me transtornou, mais do que eu gostaria de admitir. Não era, como pensei a princípio, porque havia vaidade e pretensão presentes. Não, era o contrário; sua postura, seus movimentos e seu olhar exprimiam uma mensagem ainda desconhecida por ela e que, em determinado sentido, não conheceria até o último instante: de maneira alguma era possível deixá-la sozinha com aquilo que ela sabia e conquistava com uma dedicação desmedida; os outros não deveriam nunca, sob hipótese alguma, se confrontar com sua música de modo desatento; seria uma catástrofe se seus espectadores a privassem de seu amor e de sua admiração. Em retrospecto: o que vi no palco e senti como algo funesto era um prenúncio, um prenúncio de todos os dramas que ainda ocorreriam, depois de ela ter dado, naquela noite, o primeiro passo para se tornar uma pessoa pública.

"O segundo número era um rondó de Mozart. E aí aconteceu: Lea tocou um acorde a mais, e o tema, que aparece com mais evidência, foi colocado onde não devia. Foi um erro totalmente natural que ninguém teria percebido caso não houvesse o acompanhamento do piano, que estava substituindo a orquestra imaginada por Mozart. Os tons de Marie e Lea não combinavam mais, surgiram dissonância e um caos rítmico. Marie tirou as mãos do teclado e olhou para Lea, seus olhos grandes e escuros. Era consternação que havia neles? Ou reprimenda? A reprimenda de trair a perfeição, à qual ela tentava guiar Lea, aula após aula, semana após semana?

"Eu não gostava desse olhar. Até agora meus olhos tinham escorregado com frequência até Marie, adorava a maneira como ela estava sentada lá com seu vestido escuro, misterioso, as mãos magras e fortes nas teclas, o rosto cheio de concentração. Como tantas vezes, imaginei como seria com ela, apenas com ela, num mundo sem Lea... apenas para retornar com uma sensação cortante de traição à realidade, em que minha pequena grande filha debutava, meramente no auditório da escola, mas já era alguma coisa. Agora, porém, os olhos de Marie me rejeitavam, nos quais eu lia uma acusação sem nexo, uma acusação contra uma menina de 11 anos que tinha cometido um engano numa peça musical. Ou será que não era acusação? Será que Marie estava apenas confusa e procurava, por trás de seu olhar escuro, uma possibilidade de se reinserir na música de Lea? Depois de um olhar amedrontado e sem rumo, Lea continuou com o movimento supérfluo, sim, essa é a palavra adequada: *continuou*, como alguém continua embora não haja mais sentido, simplesmente porque parar seria muito pior. Nessa noite, pensei: *nunca, nunca mais quero ver minha filha continuar desse jeito*. Repeti esse pensamento a noite inteira, e ele continuou sendo recorrente ao longo do tempo, até o fim, e mesmo hoje me assola vez ou outra, um pensamento inútil, fantasmagórico de um tempo perdido.

"De repente, Marie pareceu compreender o que tinha acontecido, alguns acordes hesitantes, fora de lugar, foram tocados, e depois o equilíbrio foi refeito e permaneceu até o fim. Lea tocou o restante de maneira límpida e impecável, mas havia exaustão em sua música, como se continuar sem Marie tivesse consumido toda sua força. Talvez isso seja apenas impressão, quem sabe.

"Os aplausos foram ainda mais fervorosos do que depois da primeira peça. Alguns até batiam os pés e assobiavam como sinal de reconhecimento. Prestei atenção: eram aplausos forçados, por senso de dever? Eram fortes e longos o suficiente para consolar Lea e dizer a ela: não foi nada, você foi ótima mesmo assim? Ou será que esses pequenos meninos e meninas eram tão naturais e descompromissados em seu julgamento que a falha de Lea simplesmente não tinha importância para eles?

"Lea fez uma reverência, mais hesitante e tensa do que depois da primeira peça, e, em seguida, procurou o meu olhar. Como se acolhe o olhar inseguro, que pede por desculpas, da filha de 11 anos que passou pelo seu primeiro infortúnio público? Coloquei no meu olhar tudo aquilo que carregava em mim de certeza, generosa confiança e orgulho em relação a ela. Com olhos que começavam a arder, esquadrinhei seu rosto: ela tinha noção do que aconteceu? O tremor nas pálpebras significava que ela estava lutando contra a decepção e a raiva? Daí apareceu Marie, postou-se ao lado de Lea e colocou o braço ao redor de seus ombros. Agora eu já gostava dela novamente.

"Lea tinha tocado de cor, mas estava com as partituras. Bem diferente de seu hábito, ela deixou as folhas sobre a mesa da cozinha quando chegamos em casa. Ela não disse uma palavra ao longo do caminho. Lembrei-me de como ela ficou tensa quando Marie passou a mão pelo seu cabelo na despedida, e por isso evitei tocá-la. Vi minha filha pela primeira vez num estado que aprendi a temer: como se o toque mais leve, mesmo se somente com palavras, fosse fazê-la explodir."

Van Vliet fez uma pausa e seu olhar se voltou, de lado, para baixo parecendo investigar todos os objetos numa espécie de vazio cortante.

— No final, ela realmente explodiu, explodiu em mil pedaços.

Ele dava grandes goles. Um fio de vinho tinto escorria do canto de sua boca e pingava na gola da camisa.

— Analisei as notas do rondó de Mozart sobre a mesa da cozinha, durante a noite inteira. Índice Köchel 373. Nunca esquecerei o número; está gravado. Encontrei duas passagens que poderiam ter resultado no erro, no movimento desnecessário. Não ousei perguntar. Guardei a partitura na cômoda do corredor, onde Lea às vezes a colocava quando voltava para casa, para depois levá-la à sala de música. Ela a deixou jogada lá. Como se não existisse. Por fim, coloquei-a no lugar. Foi a única partitura que joguei no lixo quando me mudei para o apartamento menor.

"O fato significou uma primeira rachadura, finíssima, na autoconfiança de Lea. Demorou semanas até conseguirmos falar a respeito. E então ela me disse que foi difícil resistir ao impulso de arremessar o violino contra o público. Isso me assustou muito mais que o lapso. Aquilo que acontecia com a minha filha não era perigoso demais? Será que a ambição que Marie havia lhe atiçado não era um incêndio incapaz de ser apagado?"

10

— TOMAMOS O TREM noturno para Roma. Lea sempre ficava espantada diante de trens com cabines-leitos. Para ela parecia mágica haver trens com camas nas quais as pessoas se deitavam para acordar num lugar bem diferente. Fazer com que ela experimentasse essa mágica na própria pele foi a única maneira que encontrei de superar a letargia que a assolou depois do erro no rondó. Durante os primeiros dias, ela ficou na cama com as cortinas fechadas feito alguém muito doente. Não queria falar nem mesmo com Marie, quando ela telefonava. A caixa do violino tinha sido exilada atrás do armário.

"Eu esperava algo, mas não com essa intensidade. Afinal, ela tinha recebido aqueles aplausos ruidosos, até os pais de Caroline bateram palmas longamente. O diretor da escola subiu ao palco e tentou de forma grotesca, e malsucedida, beijar a mão de Lea. Mas o rosto dela tinha se petrificado ainda mais e assumira a imobilidade de uma máscara. Insone, eu olhava para a escuridão e tentava afastar a imagem desse rosto sem vida, amargo. Ao longo dos 11 anos que conhecia esse rosto, em nenhum segundo ele me pareceu estranho e também não achava possível que isso fosse acontecer um dia. Mas, quando aconteceu, perdi o chão sob meus pés por um instante.

"Sentados no carro-restaurante, para o café da manhã, seu rosto tinha voltado a ser como de costume. E quanto mais adentrávamos o alto verão cintilante italiano e nos deixávamos envolver pelas edificações, lugares e ondas, mais se apagavam as marcas da exaustão que os ensaios sem descanso haviam deixado nele. Lea parecia bem crescida, achei, e escutamos elogios sobre sua aparência. Não conversamos nem uma vez sobre música e o rondó.

"No começo, eu dizia vez ou outra uma frase sobre Marie, mas as palavras ficavam sem resposta, como se não tivessem sido proferidas. Se chegávamos a uma banca com cartões-postais, eu ficava na expectativa de Lea comprar um para Marie. Porém, nada aconteceu.

"Ela esquecia coisas às vezes. Uma porção de pequenas coisas sem importância: o nome do nosso hotel, o número da linha de ônibus, o nome de uma bebida. Eu não me importava. Nada que tivesse me marcado. Estava maravilhosamente quente e Berna com Ruth Adamek estava maravilhosamente distante.

"A igreja da qual vinham os sons ficava numa pequena praça, idílica. A porta estava aberta, as pessoas ouviam sentadas nos degraus do lado de fora. Ela reconheceu a peça antes de mim: era a música de Bach que Marie tocou na noite do primeiro encontro. Não foi um tremor que perpassou seu corpo, mas um tipo de enrijecimento, uma rapidíssima descarga de tensão. Ela me deixou para trás e entrou na igreja.

"Me sentei do lado de fora. Meus pensamentos se voltaram para o momento em que enxerguei o nome de Marie Pasteur na placa de latão ao passar de carro por ela. Desejei nunca tê-la visto. Isso teria sido tão fácil, pensei: um carro que desviasse minha atenção, um luminoso piscando, um pedestre chamativo, e a placa não teria se empurrado diante de meu campo de visão. Então Lea não teria me deixado para trás.

"Ao sair, seu rosto tremia. E, sentada ao meu lado, jorrou de dentro dela o medo de ter decepcionado Marie, de perder o seu afeto, da próxima apresentação. Defendi Marie e, aos poucos, as lágrimas secaram. Ela comprou uma dúzia de cartões-postais, saímos à procura de selos e, na mesma noite, ela colocou três cartões para Marie dentro da caixa de correio. Lea tentou ligar a fim de anunciar os cartões, mas não havia ninguém em casa. Reservei um voo para o dia seguinte, e, após a aterrissagem, em Zurique, Lea telefonou para Marie. Em casa, ela pegou o violino de trás do armário e foi à primeira aula depois de três semanas. Ela tocou metade da noite. A febre tinha voltado."

Estávamos no corredor do hotel, diante do elevador.

— Boa noite — saudei, e Van Vliet assentiu com a cabeça.

A porta do elevador se abriu. Van Vliet se colocou diante da célula fotoelétrica. Esperei até ele procurar pelas palavras.

— Lá estava eu sentado no auditório, escutando o que tinha se tornado a coisa mais importante da minha vida: a música de Lea. A primeira apresentação, da qual tanto dependia, eu intuía. E logo lá minha fantasia se quebrou. Saí à procura de um mundo sem Lea, um mundo apenas com Marie. O senhor conhece isso também, a fantasia mudar de rumo no último instante e entrar por caminhos próprios, ingovernáveis, que desnudam o fato de sermos uma pessoa bem diferente daquela que acreditamos ser? Justo quando tudo pode acontecer na alma, menos uma coisa: a traição pela fantasia errante?

11

A LEITURA DE Somerset Maugham não conseguia me prender. Coloquei o livro de lado, abri a janela e escutei o escuro da noite. Não sabia o que responder à pergunta de Van Vliet. Ele tinha deitado a cabeça de lado e me encarado com os olhos semifechados, irônico, cúmplice e triste. Em seguida, afastou-se da célula fotoelétrica e a porta do elevador se fechou. Será que foi apenas pela pergunta ter sido tão inesperada? Ou será que minha fala foi engolida pela espantosa intimidade, uma intimidade que tinha ultrapassado em muito o fato de eu ter me tornado seu ouvinte?

Liliane. Liliane, que me secava o suor da minha testa durante as cirurgias. Liliane, que sempre sabia qual era o movimento seguinte, de qual instrumento eu precisaria na sequência. Liliane, que estava sempre à frente com seu pensamento, de modo que as palavras fossem desnecessárias e nosso trabalho em conjunto transcorresse num uníssono mudo. Dois, três meses tinham se passado assim. Seu olhar claro, azul, sobre a máscara cirúrgica, suas mãos tranquilas, ágeis, *grand*, o sotaque irlandês, cumprimentos com a cabeça no corredor, o som de seus tamancos, minha olhada desnecessária na sala das enfermeiras, o cigarro entre seus lábios grossos, o olhar irônico como resposta, mais longo que o necessário, uma única visita à sala do chefe, o repetido *grand* surpreendente, assim como eu o ouvi em Dublin, ao sair, uma demora junto à porta, o movimento dos quadris, inconsciente, imperceptível, um fechar suave, silencioso da porta, como uma esperança e uma promessa.

E então a cirurgia de emergência na noite do nascimento de Leslie. Primeiro o rosto exausto de Joanne, o cabelo grudado pelo suor, o primeiro choro de Leslie. Depois em casa, diante da janela aberta, o ar de um dia com neve em Boston, sensações incertas, agora as coisas não podiam mais voltar a ser como eram. Dormitar em vez de dormir de verdade. Em seguida, o telefonema do pronto-socorro. Cinco horas com os olhos azuis de Liliane sobre a máscara cirúrgica. Não sei se foi por acaso que a encontrei quando saí, nunca lhe perguntei. Não consigo olhar através de nenhuma cerração matinal sem me recordar de como fomos juntos ao seu apartamento, que para minha surpresa ficava a apenas duas ruas do nosso. Andamos em silêncio, às vezes uma troca de olhar, eu esperava que ela segurasse no meu braço, em vez disso, seus saltos infantis, subindo e descendo o meio-fio. Quando chegamos aos degraus diante de seu prédio, ela se aproximou e deitou a cabeça sobre meu ombro. Podia ser exaustão e satisfação compartilhadas pelo sucesso da cirurgia. Mas também podia ser mais. Nossa respiração branca, que derretia.

— Faço bons milk-shakes — disse ela baixinho. — Na verdade, faço os melhores milk-shakes da cidade. Os de morango, especialmente, são famosos. — O sorriso compartilhado, o balançar igual dos corpos. Fiquei parado nas escadas e cerrei os olhos, as mãos fechadas em punhos nos bolsos do sobretudo. Sua voz soou do alto: — Meus milk-shakes são realmente bons.

A maneira como estava sentada no sofá tinha algo de um gato arisco, sobre as pernas cruzadas, o cabelo claro solto, a caneca gigante com o canudinho entre os lábios. Ela exalava liberdade e inquietação, algo bastante diferente da obstinação e da capacidade de Joanne, que mais tarde deveriam torná-la uma executiva de sucesso. O que havia em seus olhos azuis incrivelmente concentrados? Era entrega? Sim, essa era a palavra certa: *entrega*. Dessa entrega fluíam os movimentos concentrados no trabalho, a previsão das coisas que eu iria precisar na sequência, e também enxergava entrega quando nossos olhares se cruzavam sobre a máscara cirúrgica. "*I cannot be awake, for nothing looks to me as it did before, / Or else I am awake, for the first time, and all before has been / a mean sleep.*" Ela conhecia muita coisa de Walt Whitman de cor, e me esqueci do tempo e do espaço quando, naquela época, ela o recitou para mim de olhos fechados, aspereza na voz, melancolia e, sim, a entrega. Eu ansiava por essa entrega enquanto amanhecia por trás das cortinas e os caminhões começavam a fazer cada vez mais barulho na estrada próxima. Em meio a essa saudade, fui tomado por um pânico muito claro, vi o cabelo colado de Joanne, *thank God, it's over*, e ouvi o choro de Leslie.

Temi a entrega de Liliane como só é possível temer a nós mesmos. Senti que seria algo muito diferente de tudo que tinha vivido até então, com Susan, Joanne e algumas outras, encontros fugazes. Que eu iria afundar e sumir em seu interior, para acordar em algum momento, distante de Joanne e de Leslie e, sim, distante também de mim — ou distante de mim como nunca estive antes.

Nunca senti muito precisamente o que era aquilo: força de vontade; e, quando abri os olhos, olhei para Liliane e disse: *I have to leave, it's... I just have to.* Seu olhar hesitou, sua boca tremia como a de alguém que sabia que iria perder e que, chegada a hora, desmontaria ainda assim.

Estávamos no corredor e encostamos nossas testas, os olhos fechados, as mãos cruzadas atrás da nuca do outro. Pareceu-me que olhávamos atrás da testa do outro como para um túnel de pensamentos, fantasias e expectativas, um longo túnel de nosso futuro impossível, olhávamos o túnel como o imaginávamos, era o túnel do outro e, ao mesmo tempo, o nosso próprio, os dois se encontravam e se amalgamavam, entrávamos no túnel até bem longe, onde ele se perdia no acaso, respirávamos em consonância, a tentação de nossos lábios, nós sentíamos, ultrapassávamos, queimávamos nossa vida em comum que não era possível, porque para mim não o era.

Por mais uma semana Liliane secou o suor da minha testa durante o trabalho. Depois, numa manhã de segunda-feira, a secretária me trouxe, hesitante, um envelope, porque sabia que era de Liliane. Uma pequena folha de papel; na verdade, apenas um bilhete, amarelo-claro: *Adrian — I tried, I tried hard, but I can't, I just can't. Love. Liliane.*

Não tenho foto dela, e em três décadas seus traços sumiram. Mas restaram duas imagens exatas na memória, menos nítidas nos contornos dos sentidos que na atmosfera: à mesa na sala das enfermeiras, fumando, e no sofá, sobre as pernas cruzadas, o canudo entre os lábios. E tirei uma foto da escada sobre a qual ficamos sentados naquela época, ao nascer do dia. Antes de deixarmos Boston, fui até lá e tirei a foto. Havia nevado a noite inteira e a neve se amontoava sobre o corrimão e os degraus. Uma imagem de conto de fadas. Nos aniversários de Leslie me lembro sempre. De que nesse dia eu não a traí por um triz.

Passado um ano, Liliane ligou para mim na clínica. Ela havia saído de Boston e ido para Paris, ingressado nos Médicos Sem Fronteiras. Trabalhos na África e na Índia. Senti uma pontada no estômago. Eu poderia ter imaginado isso também. Na noite posterior à ligação era meu plantão noturno e fiquei na clínica. Isso combinava tão bem com ela, tão incrivelmente bem, e a invejei pela coerência de sua vida irrequieta, pela coerência que eu imaginava. *"Faces along the bar / Cling to their average day: / The lights must never go out, / The music must always play..."* Ela também recitou esses versos de W. H. Auden naquela época, no sofá. Eles soaram como cenografia, algo privado, como uma música de acompanhamento para um quadro de Edward Hopper. Apenas mais tarde descobri que eles faziam parte de um famoso poema político que tratava do ataque alemão à Polônia. E isso também combinava: em seus olhos azuis havia, ao lado da entrega, raiva, raiva dos covardes e dos criminosos deste mundo. E dessa maneira ela tinha colocado suas mãos ágeis e tranquilas e a rapidez de seu pensamento a serviço das vítimas.

Houve outras ligações em intervalos irregulares, eram conversas extraordinárias, descontínuas e intensas, *grand*; ela falava da fome e do sofrimento do outro, em seguida descrevia novamente seu humor, como se naquela época não tivéssemos nos tocado apenas com a testa, mas também com os lábios. Eu lhe disse a clínica na qual trabalharia na Suíça e lá também chegaram ligações. Quando ela me relatava sobre os Médicos Sem Fronteiras, eu ficava com a impressão de viver no continente errado. E ao nos estabelecermos na cidade de Kloten, pensei: agora estou mais perto dela. Era bobagem, pois ela podia estar sabe-se lá onde; mas eu pensava mesmo assim. Fiquei assustado com isso e lancei um olhar constrangido a Leslie. Anos mais tarde, quando as ligações cessaram, certo dia telefonei para Paris e perguntei por ela. Ela havia sofrido um acidente fatal numa de suas missões. Nesse momento, percebi que durante todo esse tempo tinha passado uma vida com ela. Os meses nos quais não tivemos notícias um do outro e nos quais eu também não pensei explicitamente nela não mudaram isso em nada. Nossa vida em comum continuou, silenciosa, sem rupturas e escondida.

A pergunta de Van Vliet diante do elevador aberto me desconcertou porque me fez enxergar que eu ainda vivia essa vida escondida com Liliane, embora há tempos não precisasse mais ocultá-la de ninguém. *Un accident mortel*, foi o que o francês disse naquela época ao telefone. Algo em mim deve ter se negado a reconhecer isso e dessa forma permaneci vivendo com ela como se ela continuasse a viver sua vida irrequieta, sua vida, minha vida e nossa vida.

Pensei na despedida definitiva de Joanne no aeroporto: "*I will say one thing to you, Adrian: you are a loyal man, a truly loyal man.*" Não sei o porquê, mas isso soou como a confirmação de um defeito de caráter, sob o qual ela teve de sofrer. Um pouco como se ela tivesse dito: um homem sem criatividade, um sujeito tedioso. Eu havia planejado assistir, do terraço panorâmico, como a mulher com quem tinha sido casado por 11 anos voltava ao seu país. Mas a observação me incomodou e desisti. Em casa, procurei a foto do prédio de Liliane com a escada coberta pela neve.

Eu tinha adormecido de roupa e sentia frio. Pouco antes de acordar, vi Liliane caminhando com os tamancos barulhentos no corredor da clínica. Agora ela se vestia com batique e se banhava em chita.

Tomei uma ducha, troquei de roupa e caminhei por Saint-Rémy durante o nascer do dia. Fiquei parado por um tempo em frente ao hotel de Van Vliet. Tirei algumas fotos e acabei dormindo mais um pouco até chegar a hora de buscá-lo.

12

QUANDO PARTIMOS, A paisagem da Provence estava mergulhada numa luz de inverno sem sombras, esbranquiçada. Cada recorte parecia uma aquarela gigante em cores que davam a impressão de terem sido misturadas com branco. Vi as estradas que tremulavam de calor, infinitas, diante de mim, que percorri com Joanne e Leslie no oeste americano. *Changing skies*, uma formulação que me agradou de pronto, porque exprime, em duas palavras, a imensa dimensão que é uma experiência tão tipicamente americana. Uma luz dominadora preenchia o céu alto, uma luz que não deixava nada valer exceto o momento, nem pensamentos no passado nem no futuro, uma luz que cegava a pergunta de onde viemos e para onde vamos, uma luz que sufocava todas as perguntas sobre sentido e relação sob seu ímpeto cintilante. Que diferença para a luz discreta dessa manhã! Agradável aos olhos, suave e cuidadosa, mas ainda assim impiedosa, porque retirava de tudo a falsa magia, fazendo com que cada minúcia, mesmo as feias, se destacasse. Tudo podia se mostrar como era de verdade. Como se a luz tivesse sido criada para o conhecimento tranquilo, corajoso, incorruptível de todas das coisas, fossem estranhas ou próprias.

O garçom do café de ontem usava o colete aberto, que pendia desajeitado, e havia um maço de cigarros no bolso da camisa. Ele tossiu. Não, eu não queria trocar de lugar com ele.

Devolvi o carro alugado em Avignon. Van Vliet me entregou as chaves do seu automóvel. Foi diferente de ontem, no picadeiro na região da Camargue. Lá ele disse que não estava muito bem e era possível pensar num enjoo. Agora Van Vliet não precisava de desculpa. Não precisava de nenhuma explicação. Ele simplesmente me deu as chaves. Eu estava seguro: ele sabia que eu sabia por quê. Novamente nossos pensamentos estavam entremeados. Como ontem, quando o terra-nova lambeu sua mão e ambos sabíamos que estávamos pensando nas mãos de Lea, que temiam tudo, menos cachorros.

Um casal jovem estava brigando ao lado do estacionamento, ele falava alemão, ela francês e a obstinação nas diferentes línguas parecia um tiroteio.

— Comigo, Lea sempre falava em alemão; com Cécile, em geral, em francês — disse Van Vliet ao partirmos —, principalmente quando era algo contra mim. Dessa maneira, meu amor pelo francês de Cécile se tornava um ódio pelo francês de Lea.

Lea tinha vivido na febre de seus progressos. Seus triunfos ao superar as dificuldades técnicas se sucediam rapidamente. Os trinados também melhoraram. Pai e filha viviam agora num apartamento que, por meio da vibração dos sons, tinha se tornado mais e mais um novo imóvel, no qual se falava cada vez menos sobre a ausência de Cécile. Lea não se incomodava tanto com isso quanto o pai. Mas às vezes, aparentemente do nada, Lea queria saber tudo sobre a mãe. Van Vliet percebia que ela a comparava com Marie.

— Percebi que nada do que eu falava era verdade. Tudo errado. *Merde*. Depois dessas conversas eu ficava deitado acordado, pensando no nosso primeiro encontro no cinema. Foi logo após minha graduação.

Um homem, uma mulher, com Jean-Louis Trintignant, que vai de carro da Côte d'Azur até Paris por causa de uma mulher, durante uma noite inteira. Era como se o perfume de Cécile ao meu lado fosse o perfume da mulher da tela. No dia seguinte, revirei a cidade inteira até encontrá-lo. Um perfume da Dior. No intervalo, ficamos sentados, reclamando da desfaçatez de se interromper um filme para se vender sorvete. Na rua, nos olhamos por um momento a mais do que os conhecidos por acaso costumam se olhar. Quando penso que foi esse momento que decidiu tudo, incluindo Lea, sua felicidade e a catástrofe na qual isso levou. O cinema Royal na Laupenstrasse. Uma noite quente de verão. Um pouco de umidade em nossos olhos. Meu Deus.

"'Martijn, o cínico romântico!', disse ela, quando comentei, durante nosso encontro seguinte, sobre o rosto cansado de Trintignant na viagem até Paris e que ele, ao seguir sempre em frente, tinha dado tudo, simplesmente tudo. 'Eu não achava que isso existia de verdade!' Ela falou meu nome da maneira francesa, ninguém havia feito isso até então, e gostei. Mas cínico? Não sei por que ela falou isso e se sua opinião permaneceu. Nunca lhe perguntei: eu nunca lhe perguntei sobre muitas coisas importantes. Percebi isso quando Lea começou com suas questões."

Marie era mais importante que todo o resto. Até mais que o pai. Apenas quando havia discordâncias com Marie e ela se sentia machucada é que Lea se voltava para Van Vliet, e então ela queria ver o espaguete fumegando e pingando sobre a raquete de tênis.

— Lea passou a crescer depressa, quase aos saltos. Ficou perceptível que ela era a filha de um pai alto. Tinha chegado a hora do primeiro violino de tamanho normal. Fomos para Zurique, para Lucerna e para um famoso luthier em St. Gallen. Katharina Walter estava irritada porque a oferta na Krompholz não me era suficiente. Marie se sentiu preterida ao voltarmos com um instrumento que era lindo de se ver e tinha um som ainda melhor. Custou uma fortuna, e quando fui ao banco vender ações com prejuízo, me perguntei, tremendo, o que estava fazendo. Ainda hoje sinto os primeiros passos que dei na rua, com cuidado, como se o asfalto pudesse se quebrar sob meus pés a qualquer hora. Algo em mim tinha saído dos trilhos, mas não queria sentir e, em vez disso, resolvi dar uma pequena festa em casa.

"Estávamos sentados à mesa da cozinha para montar a lista de convidados. Não houve lista. Marie Pasteur na nossa casa? E justo agora, depois da tensão? Lea comprimiu os lábios e desenhou com o dedo sobre o tampo da mesa. Eu me sentia aliviado. Caroline? Ela conhecia nosso apartamento, mas como convidada de uma festa? Outros colegas de escola, talvez? A classe inteira, com o professor de música? Fechei o caderno. Não tínhamos amigos.

"Fiz arroz com açafrão, e depois da refeição em silêncio, Lea foi ao quarto a fim de ensaiar com o novo violino. Ele tinha um som cálido, dourado, e após alguns minutos o fato de não termos mais amigos não importava mais."

Van Vliet vivenciou a ambição de Lea, seu fanatismo e também sua frieza quando alguém se colocava em seu caminho. Há tempos Markus Gerber tinha ficado para trás. Outro garoto se apaixonou pela menina de 14 anos e cometeu o terrível erro de pedir um violino como presente de aniversário. O comentário de Lea foi horrível. Nessas ocasiões, o pai gelava. Mas então ela voltava para casa depois de uma aula malsucedida com Marie, chorava, se aninhava nele e era novamente a menininha que vez ou outra dizia coisas estranhas, um pouco ilógicas.

— Aí veio a questão de Paganini. As empunhaduras que ele exige são desumanas, Lea tinha me mostrado como deviam ser. *Il diablo*, como elas o chamavam, conseguia alcançar uma extensão incrivelmente longa. E ele escrevia para mãos assim. Lea começou com exercícios de alongamento. Marie lhe proibiu. Ela continuou os fazendo secretamente, lia livros sobre Niccolò. Parou apenas quando Marie lhe deu um ultimato.

"Eu sabia que isso não podia terminar bem, sabia o tempo todo. O fanatismo. A frieza. As afirmações esquisitas. Eu deveria ter falado com Marie. Perguntar se ela também não percebia o quanto se tornava perigoso. Mas eu... *enfin*, era Marie, eu não queria... E também não queria que os sons de Lea sumissem do apartamento, o silêncio teria sido terrível. Mais tarde o ouvi, esse silêncio terrível, esse silêncio mortal. Hoje à noite terei de ouvi-lo de novo."

A cada quilômetro nos aproximávamos do silêncio de seu novo — como ele disse — e pequeno apartamento, que eu, não sei o motivo, imaginava decadente, com uma escada repleta de odores desagradáveis. Inconscientemente, passei a andar mais devagar.

— Na época do primeiro concurso do qual ela participou, acordei de madrugada e pensei: me esqueci da minha própria vida; desde Loyola de Colón penso apenas na vida de Lea. Sem fazer a barba, fui de carro pelas ruas vazias até a estação. Devagar, desci a escada rolante de outrora, ainda inativa, e tentei imaginar como eu era antes de a música do violino passar a reger minha vida. Será possível saber como era antes, sabendo como ficou depois? Será realmente possível? Ou será que aquilo que recebemos, o que veio posteriormente, fica anestesiado pelo pensamento obstinado de que isso é o antes?

"Usei o elevador para subir à universidade e fui ao instituto, que estava vazio e silencioso a essa hora. Cheguei a correspondência e escutei as mensagens da secretária eletrônica. Tudo isso se referia a alguém que eu era e que também não era mais. Respondi rapidamente a duas consultas urgentes, em seguida tranquei o escritório. Achei o título diante de meu nome na porta da sala especialmente ridículo, quase abobalhado. Do lado de fora, a cidade acordava. Espantado, percebi que estava sendo atraído ao Monbijou, o bairro onde cresci num conjunto habitacional para trabalhadores. A vida esquecida, à procura da qual eu estava, não parecia mais ser minha vida profissional, mas a vida anterior e posterior a ela.

"O conjunto habitacional estava como antes. Lá em cima, no terceiro andar, amadureceu meu primeiro desejo profissional: queria me tornar falsificador de dinheiro. Deitado na cama, imaginava tudo o que era preciso saber nesse sentido. Isso não tinha qualquer relação com o fato de meu bisavô ter sido um banqueiro holandês trapaceiro, que fugiu para a Suíça. Só descobri isso mais tarde. As cédulas dos bancos já me fascinavam desde menino. Eu achava inacreditável ser possível trocar um papel colorido por bombons. Estava infinitamente espantado por não termos sido perseguidos nem presos ao sairmos com os bombons. Tão inacreditável que eu precisava repetir a experiência a cada vez. Comecei a roubar notas da carteira de mamãe. Era muitíssimo fácil e nada perigoso, porque ela viajava pelo país com moldes de costura e raramente estava em casa, tão raramente quanto papai, que visitava os médicos com seus produtos farmacêuticos. Mais tarde, assisti a todos os filmes que tratavam de falsificações, inclusive de quadros. Fiquei decepcionado e cheio de ressentimento quando os hábitos de pagamento à minha volta se tornaram cada vez mais incompreensíveis. Mal eu entendi os computadores, me vingava com planos de um furto eletrônico aos bancos. Era espantoso que agora tudo se resolvesse com números sendo arrastados e clicados, que não existiam na realidade. Eu achava isso ainda mais inacreditável que a coisa com os bombons.

"Quando papai voltava de suas viagens como representante, ele estava exausto e irritado. Não tinha forças nem vontade de se ocupar com o filho, uma criança não planejada. Mesmo assim, meus pais encontraram um caminho juntos: o xadrez. Nessa hora, eles podiam ficar sentados juntos e não precisavam conversar. Meu pai era um jogador impulsivo com ideias brilhantes, mas sem resistência para se afirmar contra oponentes teimosos e calculistas como eu. Ele perdia com frequência. O que nunca me esquecerei é que ele não ficava irritado com suas derrotas, mas orgulhoso de minhas vitórias.

"Até no hospital continuávamos jogando. Acho que quando o coração desistiu de acompanhá-lo, ele ficou aliviado com o fim da correria da vida de vendedor. Meu pai conseguiu estar presente na minha colação de grau. Ele sorriu. 'Dr. Martijn van Vliet. Soa bem. Soa muito bem. Nunca pensei que você conseguiria, afinal está sempre metido nos clubes de xadrez.' Minha mãe, cujos moldes de costura tinham saído de moda, mudou-se para um apartamento menor. Antes de me despedir de minha visita semanal, entrava no seu quarto com uma desculpa qualquer e metia algumas cédulas na sua carteira. 'Mas você também precisa do dinheiro', dizia ela sempre. 'Eu o fabrico', eu respondia. 'Martijn!' Ela ainda presenciou o nascimento de Lea. 'Agora você é pai, veja só!', disse ela. 'Justo você, que sempre foi um solitário.'

"No parque em frente ao Parlamento suíço dois homens jogavam xadrez com peças gigantes, que batiam em seus joelhos. A partida estava em seus lances finais. O velho iria perder se fizesse o mais evidente e derrubasse o peão. Inseguro, ele me olhou. Balancei a cabeça. Ele ignorou o peão. O jovem, que observou nossa troca muda, me encarou. É melhor não fazer isso comigo; a derrota é certa.

"Ele perdeu a partida após cinco lances que ditei ao homem. O velho gostaria de me pagar uma bebida depois, mas eu estava à procura de minha vida e fui em frente, atravessei a ponte Kirchenfeld, até meu ginásio. Os alunos, um quarto de século mais jovens que eu, entravam em bandos para as aulas. Desconcertado, percebi que me senti excluído quando as portas das salas se fecharam. Embora eu fosse o recordista em cabular aulas na época.

"Entrei no auditório vazio, que exalava o mesmo cheiro de graxa que antes. Quantos torneios simultâneos eu não tinha jogado lá dentro? Não sabia mais. No total, perdi apenas três partidas. 'Sempre contra meninas', diziam eles rindo, 'e sempre de saias curtas.'

"O mais divertido era jogar contra Beat Käser, inimigo íntimo de Hans Lüthi, que me dava aula de geografia. Käser era um indivíduo sem criatividade com um queixo enorme, sobre o qual a pele se esticava, brilhando, e ele se sentia oficial do Estado-Maior. Certamente preferiria lecionar de uniforme. Geografia, para ele, consistia em todos saberem de cor os passos de montanha da Suíça. Ele me chamava com mais frequência que os outros: 'Vliet!' A princípio, não reagia. Quando finalmente me chamava pelo nome certo — Van Vliet —, eu dizia que o passo Susten ficava no vale do Aare ou o passo Simplon ligava Kandersteg a Kandersteg. Ele também perdia todos os confrontos de olhares e era um deleite observar como nunca acreditava que tinha perdido de novo. Esse homem me odiava, acho que principalmente por causa da minha fama, de ser o mais atrevido e o diabo mais astuto da escola, mas infelizmente também por ser mais sagaz que alguns professores. No torneio, ao chegar ao tabuleiro de Käser, eu não o encarava, mas erguia as sobrancelhas teatralmente e jogava extremamente rápido. Ele tentou refutar o atestado médico que me liberava do serviço militar. Acreditava que os sintomas eram simulados. Käser tinha razão.

"Mais tarde, nessa manhã, fui à escola de Lea. Cheguei durante o intervalo. Em vez de ir até ela e explicar porque havia saído tão cedo de casa, como era minha intenção, fiquei parado a alguma distância, observando-a. Ela estava junto às bicicletas e, perdida em seus pensamentos, friccionava um quadro com uma das mãos. Hoje me parece que esse friccionar sem objetivo era um prenúncio dos movimentos que enxerguei nela quando a descobri no hospital de Saint-Rémy atrás da pilha de lenha.

"Depois ela se virou e foi até um grupo de alunos que prestava atenção a uma garota de cabelos muito pretos. A menina parecia amar cavalos, fogueiras em acampamentos e violões tocados bem alto. Uma Joana d'Arc no corpo de uma colegial americana. Klara Kalbermatten, de Saas Fee. Ela conseguia erguer sua mountain bike com um dedo e também parecia dar conta de tudo em outros aspectos. Mas tinha um ponto fraco: seu nome. Ou melhor: o ódio contra seu nome. Ela queria ser chamada de *Lilli*, Lilli e ponto, e, quando alguém não o fazia, ela encarava o fato como uma declaração de guerra.

"Havia um contraste evidente, irreconciliável, entre as duas meninas adolescentes, expresso de maneiras diversas: de um lado a pele de Lilli, curtida pelo sol, que exalava saúde; do outro, a tez de alabastro de Lea, que a fazia parecer um tantinho enfermiça. De um lado o jeito esportivo de Lilli se movimentar, que supunha um balançar de quadris a qualquer instante; do outro, o jeito desajeitado de Lea de ficar em pé e caminhar, que podia despertar a impressão de ter esquecido onde havia deixado as pernas. De um lado o olhar direto, azul, no qual as pálpebras se mantinham imóveis com a implacabilidade de um cruzado de direita; do outro, o olhar escuro, dissimulado de Lea, que saía da sombra de seus cílios longos. De um lado a beleza robusta, bronzeada, comum de uma atlética rainha das montanhas; do outro, a beleza pálida, nobre, frágil de uma fada de barro que se equilibrava no precipício. Lilli sempre iria lutar, como se High Noon estivesse numa Main Street empoeirada, encharcada de um sol ardente; Lea iria fingir não aceitar a luta, para resolver tudo nos bastidores com uma manobra rápida, ardilosa. Ou será que esse era muito mais o meu próprio jeito, mesquinho? Será que ela não estava mais propensa a enfrentar Klara Kalbermatten com a elegância de Cécile do que com minha astúcia? Com os golpes de um florete invisível?

"Nas horas seguintes, passei pelos endereços onde tinha morado quando estudante, e fiquei por muito tempo diante das salas do velho clube de xadrez, que não existe mais. Paguei parte da minha faculdade ali dentro. Eles me chamavam de Martijn, o Visionário, Martijn, o

Cabra-Cega, porque muitas vezes eu jogava de olhos vendados contra vários oponentes e cobrava metade do ingresso.

"Uma vez, uma única vez, minha memória sofreu uma pane fatal e perdi todas as partidas da noite. Depois disso, fiquei meio ano sem jogar. Passei a visitar meus pais à noite com mais frequência que antes. Eles estavam bastante orgulhosos, de uma forma comovente, por ter um filho na universidade e que levava a vida com uma autonomia brilhante. E meu maior desejo era que eles se esquecessem disso tudo e fossem pais fortes, protetores, para um filho fraco, confuso, durante uma noite, uma única noite. Eu sempre interceptava as cartas de advertência da escola; o filho de pais que trabalham fora tem o domínio sobre a caixa de correio. Como eles podiam saber que nem tudo era como parecia ser?

"Já era comecinho da tarde. Lea logo voltaria para casa e eu teria de estar lá. Mas eu queria ir ao cinema, queria também essa repetição do passado: no comecinho da tarde radiante, me sentar na sala escura de cinema para a primeira sessão e desfrutar da sensação de fazer aquilo que ninguém fazia."

Na hora do almoço, de tarde e na sessão da noite, vi Tom Courtenay correndo e sentado no chão, triunfante, diante da linha de chegada.

— Não prestei atenção ao filme. Primeiro achei que era porque Lea encontraria o apartamento vazio, como pela manhã. Mas aos poucos fui entendendo que se tratava de algo maior: imaginei como seria se Lea não existisse. Se eu não tivesse de cuidar dela. Não precisasse cozinhar, temer um novo eczema, ouvir mais ensaios. Nada de ansiedade antes da apresentação. Imaginei passar a noite dirigindo e aparecer diante da porta de Marie. Saí correndo do cinema e fui para casa.

13

EM VALENCE, ENTRAMOS numa área de estacionamento para eu esticar as pernas. Um vento gelado soprava do vale do Rhône. Nem pensar em conversar. Estávamos em pé, as pernas das calças tremulavam, o vento cortante no rosto que começava a arder pela secura fria. "Podemos fazer uma pausa em Genebra?", perguntou Van Vliet antes. "Quero ir a uma livraria. Faz tempo que a Payot fechou em Berna."

Ele queria adiar o momento em que teria de entrar no seu apartamento e escutar o silêncio, a ausência dos sons de Lea. "O silêncio, ele me seguiu até lá", disse ele sobre o novo apartamento.

Pensei que houvesse um motivo prático para a mudança: agora ele vivia sozinho. Talvez Van Vliet tivesse também tentado fugir do passado. Mas havia algo em sua voz, um ressentimento, como se alguém o tivesse obrigado a se mudar para um apartamento menor. Como se houvesse uma instância que o comandasse. Devia ser uma instância poderosa, pensei. Van Vliet não era um homem que pudesse ser expulso de sua casa facilmente.

— Houve esse professor de música — comentou ele quando continuamos a viagem. — Josef Valentin. Um homem insignificante, quase invisível. Pequeno, ternos de um cinza esmaecido, colete, gravatas sem cor, cabelos ralos. Apenas os olhos eram especiais: castanho-escuros, sempre com algum espanto, concentrado. E ele usava um anel de formatura grande demais, motivo de pilhérias para todos, porque simplesmente não combinava com ele. Os alunos o chamavam de Joe, um nome que lhe era impossível, e era por isso que o chamavam assim. Quando estava sobre o estrado, regendo a orquestra da escola, sempre corria o risco de passar uma imagem ridícula, ele era simplesmente pequeno e magro demais, cada um de seus movimentos parecia ser um protesto contra sua insignificância. Mas, quando ele se sentava ao piano, a risadinha cedia ao mais respeitoso silêncio. Então as mãos eram tão ágeis e poderosas que até o anel parecia justificado.

"Ele amava Lea. Amava-a com todo seu ser tímido, que só tinha coragem de sair para o mundo na música. Homem velho ama menina bonita: de alguma maneira isso era natural, mas, por outro lado, também não era. Ele nunca se aproximava demais dela; pelo contrário, ele se retraía quando ela chegava, era uma distância da admiração e da intocabilidade, e creio que ele perderia o autocontrole caso tivesse de ver alguém ameaçando Lea. 'Ele chama Lilli de Srta. Kalbermatten', disse Lea. 'Tenho a impressão de que ele faz isso por minha causa.' Depois de terminada a aula, ela falou algumas vezes sobre ele. Era possível perceber que Lea sentia falta de seu afeto e de sua admiração platônicos.

"Ele e Marie não se gostavam. Não era inimizade. Mas eles evitavam se cumprimentar nas apresentações da escola. Quando ambos estavam na sala, dava para ver que pensavam: seria melhor se o outro não existisse.

"Lea foi melhorando de apresentação em apresentação da escola. Nunca mais cometeu um erro como aquele no rondó. Nada mudou na mancha vermelha no pescoço antes das apresentações, e nos intervalos ela forçosamente secava as mãos no vestido. Mas sua segurança crescia. Apesar disso, eu sofria e tremia em todas as passagens difíceis, afinal as conhecia de casa.

"Aos 16 ela tocou com a orquestra da escola o 'Concerto para violino em mi maior' de Bach. Ela me contou dos ensaios com a boca crispada. A menina que tocava o primeiro violino da orquestra era dois anos mais velha que Lea. Ela era denominada 'mestre concertista' e mal conseguia suportar o fato de Lea ser a solista. Seu instrumento não soava tão bem quanto o de Lea. Depois da apresentação, quando ficou na minha frente, ela me olhou de um jeito que dizia: mas é só porque eles tinham grana para comprar um instrumento desses para ela.

"Ocorreram dois pequenos erros na música de Lea que causaram fúria em Marie. Apesar disso, a apresentação foi brilhante, com aplausos frenéticos e batidas com os pés. Marie estava com lágrimas nos olhos e tocou meu braço como nunca havia feito. Alguém tirou uma foto de Lea com o vestido longo, vermelho, que ela escolheu com Marie." Van Vliet soluçou. "É uma daquelas fotos que, no final, eu não sabia se devia jogar fora, rasgar ou apenas guardar a chave."

Antes de entrarmos para Genebra na altura de Lyon, Van Vliet quebrou o silêncio: "Joe inscreveu Lea num concurso em St. Moritz. Se ele não tivesse feito isso. *Se ele não tivesse feito isso!*"

14

LEA FOI DISPENSADA das aulas nas duas últimas semanas anteriores ao concurso. Ela passou a maior parte do tempo na casa de Marie, que havia desmarcado todas as suas outras aulas. Elas ensaiaram uma sonata de Bach. Não paravam de ouvir a interpretação de Yitzhak Perlman. Às vezes, elas trabalhavam até tarde da noite, e então Lea dormia na casa de Marie. "O Stradivarius dele... não temos chance contra ele", ela deve ter dito uma vez sobre o violino de Perlman. Devem ter sido palavras que ficaram ecoando em Van Vliet.

Ele sonhou que o eczema tinha voltado e às vezes acordava banhado de suor porque via Lea no palco à sua frente, tentando se lembrar em vão dos próximos acordes.

— Chegamos a St. Moritz dois dias antes do concurso. Foi no fim de janeiro e não parava de nevar. O quarto de Lea ficava entre o de Marie e o meu. A aparelhagem técnica tinha acabado de ser instalada no salão de baile do hotel. Levamos um susto ao ver as câmeras de TV. Lea subiu ao palco e ficou muito tempo parada lá. De vez em quando, ela secava as mãos no vestido. Ela queria ensaiar, disse depois, e em seguida subiu com Marie.

"Ainda consigo sentir a neve daquela época no meu rosto. Superar esses dias me ajudou. Aluguei esquis de fundo e passei horas andando. Cécile e eu fazíamos isso com frequência. Em silêncio, íamos marcando a neve alta, lado a lado, fora das rotas habituais. Foi num desses passeios que falamos sobre filhos pela primeira vez.

"Filhos nem pensar, eu disse. Cécile ficou parada. 'Mas por que não?'

"Eu estava preparado havia tempos para a pergunta. As mãos apoiadas nos bastões, a cabeça baixa, falei as frases que tinha garimpado.

"'Não quero essa responsabilidade. Não sei o que é isso: assumir a responsabilidade por outra pessoa. Não faço isso nem comigo mesmo.'

"Nunca avancei além dessas frases. Até hoje não sei o que Cécile fez com elas. Se ela as entendeu; se as levou a sério. Mas um ano após o casamento, quando ela me falou que Lea estava a caminho, fiquei gelado. Porém ela tinha se tornado minha âncora e eu não queria perdê-la.

"Há nove anos fechei a porta de seu quarto de hospital pela última vez, em silêncio, como se ela ainda pudesse ouvir. 'Lea, você precisa me prometer que vai...', disse ela no dia anterior. 'Sim', eu a interrompi. 'Sim, claro.' Em seguida, fiquei triste por não tê-la deixado falar até o fim. Isso me sufoca até agora, quando o vento lança os flocos de gelo no meu rosto. Voltei ao hotel correndo como um louco.

"Na sua primeira apresentação, a ansiedade a havia acometido como uma doença contra a qual não podemos fazer nada. Nos seis anos que se passaram desde então, ela aprendeu a domá-la, envolvendo-se em muitas outras coisas que a deixavam ocupada ao se aproximar uma apresentação. E, quando se tratava de tocar na escola, o fato de Klara Kalbermatten e seu séquito estarem na plateia a ajudava, para meu espanto. Lilli ficava furiosa com o brilho que Lea conseguia conferir a uma apresentação. Embora ganhasse todas as competições na pista de atletismo e na piscina, ela percebia que isso não era suficiente como contrapeso. Lea sabia disso e, ao ver Lilli se esparramando nas primeiras fileiras com suas roupas rasgadas, ela perdia toda a vergonha, apreciava a situação e superava todas as dificuldades técnicas, como se elas não existissem.

"Em St. Moritz era tudo diferente. Caso ganhasse esse concurso, seria possível pensar numa carreira como solista. Eu era contra. Não queria ter de ver Lea sendo devorada pela ansiedade antes de subir ao palco, pela raiva com as críticas da imprensa e pelo medo das mãos úmidas. Acima de tudo, não queria temer pela sua memória a cada apresentação. E havia um motivo para esse temor. Desde o erro no rondó não tinha acontecido nada de importante, nada que fosse possível comparar com meu apagão no xadrez. Os sons nunca foram engolidos por um esquecimento súbito, os dedos nunca enrijeceram por não saber para onde tinham de deslizar em seguida. Uma vez, porém, quando tocava uma sonata de Mozart, ela colocou o terceiro movimento antes do segundo e em outra vez achou que já era o fim logo após o segundo. Joe, ao piano, manteve o domínio da situação maravilhosamente e com um sorriso caloroso, paternal, eliminou o constrangimento do erro. *Pardon*, disse Lea. Eu havia sonhado com isso e eu nunca mais queria ouvir isso, ouvir esse *pardon*. Nunca mais.

"Todos os dez participantes do concurso estavam sentados sob os holofotes no restaurante do hotel, fazendo de conta que não se importavam um com o outro. As dez mesas estavam bem separadas, e aqueles que no dia seguinte tentariam se superar com o violino conversavam, na minha opinião, de maneira exageradamente animada e ávida com seus acompanhantes, como se quisessem mostrar que a presença dos concorrentes não os incomodava nem um pouco.

"Lea ficou em silêncio e às vezes lançava um olhar para as outras mesas. Ela usava um vestido preto sem decote que tinha comprado com Marie enquanto eu estava caminhando na neve. Era o vestido que ela também usaria na sua apresentação. A gola alta iria esconder as manchas da ansiedade no pescoço. De repente, Lea passou a não suportar mais as manchas e deixou de lado o vestido escolhido anteriormente, sem alças, e elas foram à procura de outra coisa. O novo vestido dava à sua cabeça com os cabelos presos num coque uma rigidez monástica, que me lembrava Marie Curie.

"Fomos os primeiros a deixar o restaurante. Quando Lea fechou a porta do quarto atrás de si, fiquei no corredor com Marie. Foi a primeira vez que a vi fumando.

"'Você não quer que Lea ganhe', declarou ela.

"Levei um choque, foi como se alguém tivesse me flagrado roubando.

"'É tão fácil assim saber o que se passa comigo?'

"'Só quando se trata de Lea', disse ela sorrindo.

"Eu gostaria de ter lhe perguntado o que ela queria e qual a sua opinião sobre as chances de Lea. Na verdade, eu queria lhe perguntar muitas coisas. Ela deve ter percebido, pois ergueu as sobrancelhas.

"'Então até amanhã', eu disse e me afastei.

"Da janela do meu quarto eu enxergava a St. Moritz noturna, sob a neve. Ainda havia luz no quarto de Lea ao lado. Repeti as frases que disse a Cécile sobre responsabilidade. Não tinha noção do que era verdade. Já começava a clarear quando finalmente adormeci."

15

AO NOS APROXIMARMOS de Genebra, o dia começava a nascer sob nuvens escuras. Van Vliet tinha adormecido, a cabeça voltada para mim. Ele cheirava a álcool e tabaco. Enquanto falava sobre a apresentação de Lea em St. Moritz, havia pegado a garrafinha e acendido um cigarro na brasa do anterior. No meu próprio carro ninguém tem permissão de fumar, não tolero. E isso é especialmente terrível quando durmo pouco. Eu quase não conseguia respirar e já estava sentindo a fumaça nas roupas. Mas agora não tinha importância. De alguma maneira, não tinha importância.

Olhei para ele. Van Vliet não se barbeou nessa manhã e estava usando a mesma camisa cuja gola ele puxou ontem ao xingar os turistas que queriam ver o quarto de Van Gogh no hospital. Uma camisa que não estava passada, lavada mil vezes, de cor indefinida, os três botões superiores abertos. Uma jaqueta preta amarrotada. Ele respirava pela boca e pelo nariz ao mesmo tempo e um resfôlego suave acompanhava as inspirações, que pareciam lhe custar um esforço.

De olhos fechados, ele parecia carecer de proteção. Não como alguém que queria ter se tornado falsificador de dinheiro e tinha acabado com um adversário de xadrez numa praça de Berna porque esse ousou encará-lo. Antes como alguém que temia Ruth Adamek, embora ele nunca fosse confessar isso. E principalmente como alguém que não queria ter assumido a responsabilidade por um filho por ter a sensação de não estar à altura de assumir a responsabilidade por si mesmo. E como alguém que foi atingido pelas palavras do Dr. Meridjen como se fossem um chicote, de maneira que só conseguia falar a respeito dele como o *magrebino*.

Tentei imaginar Tom Courtenay dormindo e me perguntei como seria se ele morasse com uma filha consumida por uma paixão ameaçadora pelo violino. Van Vliet tinha perdido todas as suas certezas. "Até no laboratório me sentia sabendo cada vez menos", disse ele.

Os candidatos do concurso tocaram em ordem alfabética. Isso significava que Lea seria a penúltima.

— Quando se sentou à mesa do café da manhã, ela estava pálida e seu sorriso era frágil. Ninguém era obrigado a escutar os concorrentes, mas Lea fez um movimento brusco quando sugeri fazer um passeio em vez disso. Não pude lhe dar nenhum conselho nesse dia e uma vez me flagrei pensando em deixar o hotel sem explicações, ir a Kloten e embarcar no primeiro avião que visse pela frente. Na realidade, fiquei sentado ao seu lado todos os minutos quando as luzes se apagavam sobre os espectadores. Não trocamos nem uma palavra, nem nos olhamos, mesmo assim eu sabia o que Lea estava pensando segundo após segundo. Eu escutava isso na sua respiração e sentia na maneira de ela se sentar e se mexer na cadeira. Foram horas de tortura e, ao mesmo tempo, horas em que fiquei verdadeiramente feliz pela proximidade que foi criada por essa decifração muda de seu interior.

"A música dos dois primeiros candidatos era rígida e não expressava nada. Senti como Lea relaxou. Fiquei feliz ao perceber. Depois, porém, me assustei com a crueldade que se ocultava atrás desse relaxamento. A partir de então foram sentimentos conflitantes como esses que me preenchiam. As fraquezas dos outros significavam esperança e o alívio nas inspirações profundas de Lea representava crueldade.

"Como era estar jogando contra alguém, do outro lado do tabuleiro, em uma oportunidade tão importante assim? Vi meu pai na minha frente, movimentando as peças com sua mão tingida por manchas senis. 'Como você consegue?', ele suspirava com uma resignação fingida, ao perceber que a derrota era inevitável. Uma vez, quando vi a própria derrota se aproximar e deitei o rei, ele pegou a peça com rapidez e decisão e a ergueu novamente. Ele não era o homem que poderia explicar uma coisa dessas. De repente, porém, seu rosto pareceu branco e anguloso, como se talhado em mármore, e então percebi que por trás de seu cansaço e de seu fastio se escondia um orgulho inflexível. Com seu jeito silencioso, exausto, ele havia me ensinado como é querer vencer sem que esse desejo abarque a disposição à crueldade. Mais de vinte anos haviam se passado desde que ele me deu a mão pela última vez no quarto do hospital e a apertou mais forte do que de costume, como se percebesse que morreria durante a noite.

"Eu o maldizia em silêncio, sem palavras também no interior, por nunca ter estado presente, mas, nesse momento, em que eu estava sentado ao lado da minha filha que esperava, tensa, pelo fracasso dos outros, nunca senti tanto sua falta. Como transmitimos nossas experiências aos filhos? O que fazer quando descobrimos neles uma crueldade que nos assusta?

"Dois dos cinco candidatos que se apresentaram pela manhã não apareceram depois do almoço. Os outros três se curvavam tímidos e silenciosos sobre seus pratos. Eles devem ter percebido que não conseguiram executar uma música brilhante e agora tinham de suportar o olhar dos outros, que também a tinham ouvido. Olhei para cada um.

Crianças que tinham tocado como adultos e agora tomavam sua sopa como crianças. 'Meu Deus, que cruel!', pensei.

"Os pais também sabiam que não havia sido suficiente. Uma mãe passava a mão pelo cabelo da filha, um pai colocava o braço sobre o ombro do filho. E então, de repente, ficou claro para mim que, quando os olhares dos outros recaem sobre nós, é *sempre* cruel, mesmo com boa vontade. Eles nos transformam em protagonistas. Não podemos mais ser nós mesmos, temos de ser para os outros, que nos afastam do que somos. E o pior: temos de fingir ser alguém determinado. Os outros esperam por isso. Embora não sejamos nada disso. Talvez não quiséssemos que ninguém determinado existisse para nos escondermos numa imprecisão benfazeja."

Pensei no olhar incrédulo de Paul sobre a máscara cirúrgica, o qual fez com que eu me encolhesse dentro de mim, e no rosto da enfermeira que havia baixado o olhar. Ela não ter suportado me olhar num momento de fraqueza foi pior do que a decepção de Paul.

— A tarde começou com uma surpresa. Uma menina com nome de personagem de conto de fadas, Solveig, entrou no palco. Seu rosto sardento não parecia conhecer o sorriso. O vestido estava pendurado nela como um saco e os braços eram lamentavelmente finos. De maneira involuntária, eu aguardava um movimento fraco do arco e um som agudo, que iria nos constranger.

"E veio aquela explosão! Um compositor russo, eu não conhecia o nome. Fogos de artifício com mudanças de posição de tirar o fôlego, glissandos e cordas duplas. O cabelo da menina, que parecia sujo e engordurado, começou subitamente a voar, os olhos faiscavam e o corpo franzino acompanhava, flexível, a tensão musical. Reinava um silêncio absoluto. Os aplausos superavam tudo o que tínhamos ouvido pela manhã. Todos sabiam: somente agora o concurso tinha começado.

"Lea ficou sentada imóvel. Não ouvi sua respiração. Olhei para Marie. Sim, seu olhar parecia dizer: ela será medida em relação a isso. Lea fechou os olhos. Devagar, ela esfregou os polegares entre si. Senti o impulso de passar a mão pelos seus cabelos e colocar o braço ao redor de seus ombros. Quando comecei a reprimir tais impulsos? Quando abracei minha filha pela última vez?

"Mais dois candidatos até chegar a sua vez. A menina tropeçou na barra do vestido, o garoto não parava de secar a mão na perna da calça, dava para ver no rosto pálido o medo de os dedos úmidos escorregarem das cordas. Lea relaxou. Marie descruzou as pernas. Quando o menino começou a tocar, eu saí.

"Ao me levantar, não olhei para Lea nem para Marie. Não havia nada a explicar. Era uma fuga. Uma fuga da aflição dessas crianças, que tinham aprendido com alguém que era importante ir até lá e ficar à mercê dos olhares e dos ouvidos dos concorrentes e dos jurados. O mais velho tinha 20 anos; a mais nova, 16. JEUNESSE MUSICALE, a cidade estava repleta dessas letras, que pareciam belas e pacíficas, tinta dourada sobre medo represado, ambição sufocante e mãos úmidas. Do outro lado da rua, eu caminhava sobre a neve alta. Quando enxerguei a distância uma fila de táxis vazios, pensei novamente em Kloten. Do palco, Lea iria enxergar meu lugar vazio. Esfriei o rosto com a neve. Meia hora mais tarde, ao entrar no salão com as pernas da calça molhadas, Lea já estava na salinha de espera. Marie não disse nada quando me sentei."

16

— TINHAM SE PASSADO seis anos desde que me sentei no auditório da escola e vi Lea pela primeira vez no palco. Será que todos sentem isso, que um medo grande nunca se dissipa, apenas se esconde atrás de uma grande pilastra, para depois reaparecer com força total? O senhor sente o mesmo? E por que isso é diferente da alegria, da esperança e da felicidade? Por que as sombras são tão mais poderosas que a luz? Maldição. Será que o senhor consegue me explicar?

Seu olhar deveria, creio eu, ser totalmente irônico — o olhar de alguém que conseguia manter uma distância também em relação ao próprio luto e desespero. Um olhar como aquele diante do elevador aberto de ontem à noite. Um olhar como o de Tom Courtenay, quando era o único a não receber visitas no dia de visitação. Mas Van Vliet não tinha a força e seu olhar se encheu de medo e incompreensão, o olhar de um menininho que procura apoio nos olhos do pai. Como se eu fosse alguém capaz de acolher bem um olhar desses.

— Você é tão forte com seu jaleco branco — disse Leslie certa vez. — E mesmo assim não dá para se segurar em você.

Fiquei aliviado pela aproximação de um pedágio e eu ter de procurar dinheiro para a tarifa. Ao prosseguirmos, a voz de Van Vliet estava mais confiante de novo.

— Quando as luzes se apagaram e Lea entrou no palco, Marie fez o sinal da cruz com o polegar, no escuro. Talvez fosse apenas impressão, mas o silêncio parecia ainda mais completo que antes da música dos outros. Era o silêncio de um claustro, pensei, de um claustro habitado por alguém invisível. Talvez eu tenha pensado nisso porque Lea se parecia com uma noviça com seu vestido preto fechado e os cabelos presos num coque, uma menina que tinha deixado tudo para trás e se dedicado totalmente à missa sagrada dos sons.

"Mais lentamente do que eu estava acostumado, ela colocou o pano branco sobre o apoio do queixo do violino, testou, corrigiu, testou mais uma vez. Os segundos se alongavam. Pensei no rondó e na afirmação de Lea de que tinha tido vontade de atirar o violino contra o público. Ela testou mais uma vez a tensão do arco, em seguida fechou os olhos e passou o arco nas cordas. A luz dos refletores pareceu ficar um grau mais clara. O futuro de Lea seria decidido pelo que aconteceria a partir de então. Me esqueci de respirar.

"Minha filha sabia tocar esse tipo de música! Uma música de tamanha pureza, calor e profundidade! Procurei uma palavra, e depois de um tempo eu sabia: *sacra*. Ela tocou a sonata de Bach como se construísse, com cada um dos sons, um templo sagrado. Os sons eram igualmente perfeitos: seguros, puros e inalteráveis eles cortavam o silêncio, que, quanto mais longa a música, maior e mais profundo parecia ser. Me lembrei dos sons de Loyola de Colón na estação, nos primeiros sons arranhados de Lea em nosso apartamento, na segurança dos sons de Marie em nosso primeiro encontro. Marie secou o suor da testa com um lenço. Senti seu perfume e o calor de seu corpo. Era ela quem tinha transformado minha filhinha numa mulher que sabia encher o salão de baile com essa beleza estonteante. Por um instante segurei sua mão e ela retribuiu meu toque."

Van Vliet bebeu. Algumas gotas escorreram sobre seu queixo. Pode parecer estranho, mas essas gotas, esse sinal de falta de controle, me faziam perceber de antemão o quão terrível a queda deve ter sido, daquele instante maravilhoso no salão de baile de St. Moritz até a estada de Lea no hospital em Saint-Rémy, onde ele viu a filha atrás de uma pilha de lenha, perdida em pensamentos, esfregando a ponta do indicador no polegar. *Elle est brisée dans son âme*, disse o médico. O magrebino.

— Como disse, sacra — continuou Van Vliet, para depois ficar em silencio por um instante de novo. — Mais tarde, quando eu sabia mais, pensei algumas vezes: ela tocou como se construísse uma catedral imaginária com sons, e na qual ela algum dia poderia se sentir acolhida caso não suportasse mais a vida. Pensei nisso principalmente durante a viagem para Cremona. E lá me sentei dentro da catedral como se fosse aquela catedral imaginária. — Ele tomou um gole. — Era bonito pensar nessa maluquice, repetidamente, de manhã, à tarde e à noite. Era como se dessa maneira eu conseguisse sustentar uma ligação com o jeito estranho de Lea pensar e sentir a partir de então. É que às vezes, num quarto escuro e escondido dentro do meu ser, invejei Lea pela obstinação que a afastava de tudo o que era habitual e razoável. No sonho, estive com ela uma vez atrás da lenha em Saint-Rémy. Os contornos de todas as coisas, inclusive os nossos, se dissolviam como uma aquarela de tintas ralas, diluídas demais. Foi um sonho valioso, que tentei guardar durante grande parte do dia.

E esse foi o homem, pensei, que foi salvo pelos livros de Marie Curie e Louis Pasteur, o homem que se tornou o mais jovem professor da Faculdade de Berna pela sua razão científica, algorítmica.

— Lea fez uma reverência. Pensei em sua primeira reverência, naquela época após o rondó. Contei a ela o que me inquietou naquilo: ela se curvou como se o mundo não tivesse nenhuma outra *escolha* além de aplaudi-la; como se ela pudesse exigir os aplausos. A jovem que tinha se apresentado no lugar da menina exigia o mesmo. Mas agora isso me pareceu muito mais perigoso que antes: à menina seria possível explicar, de alguma maneira, que os espectadores têm seu juízo de valor; a Lea de 17 anos, da maneira como estava sobre o palco no salão de baile, ninguém poderia explicar isso, simplesmente ninguém.

"Os aplausos foram mais longos e fortes do que para Solveig? Eu sabia que Lea, enquanto fazia suas breves reverências, quase altivas, que mesmo assim pareciam desajeitadas, só poderia estar pensando nessa pergunta. Que ela vivia cada segundo na esperança temerosa de os aplausos durarem, em igual intensidade, até o próximo segundo e continuarem em frente, segundo após segundo, até que ficasse muito claro que eles tivessem superado os longos e entusiasmados aplausos que se seguiram à apresentação de Solveig.

"Era isso que eu gostaria de ter mantido a distância de minha filha: essa espreita em suspenso do público, essa ânsia por aplausos e reconhecimento, esse vício por admiração e o veneno da decepção quando os aplausos eram mais fracos e menos longos que os sonhados.

"Depois, quando ela se juntou a nós, seu rosto estava coberto por uma camada de suor. Lea não queria ouvir Alexander Zacharias, o último candidato; dava para perceber o medo e a fragilidade por trás da determinação com que ela afirmou isso. E assim deixamos o hotel e saímos para a neve acumulada do lado de fora. Nem Marie nem eu ousamos perguntar o que ela achou da própria apresentação. Uma palavra errada e ela explodiria. Enquanto nossos sapatos rangiam na neve, rememorei mais uma vez o momento na estação de Berna, quando a pequena Lea subitamente se opôs à minha tentativa de puxá-la para perto de mim.

"'Quero ser como Dinu Lipati', disse ela depois de um tempo. Mais tarde, Marie me contou sobre o pianista romeno e imaginamos o que Lea podia ter querido dizer. Será que ela o confundiu com George Enescu, o violinista romeno? Comprei um disco de Dinu Lipati. Quando o escutava no apartamento vazio, tentava imaginar como Lipati seria como violinista. 'Sim', pensei. 'Sim, é isso.' Mas eu estava caçando um fantasma, um dos muitos fantasmas que determinavam o meu agir, todo um exército de fantasmas. Lea realmente tinha confundido Lipati com Enescu. Ela não quis acreditar e bateu o pé. Mostrei o disco a ela. Ela abriu a janela e o jogou para fora. Simplesmente o jogou pela janela. O barulho do vinil batendo no asfalto foi terrível."

Van Vliet fez um instante de silêncio. Havia um eco distante de seu susto do passado nesse silêncio.

— Isso foi depois de David Lévy entrar em sua vida e destruir tudo.

17

DAVID LÉVY MARCOU um novo cálculo de tempo na vida de pai e filha. E com a citação desse nome começou também um novo capítulo no relato de Van Vliet, ou melhor, na sua maneira de relatar. Pois agora falava com severidade e desordem sobre todas as coisas que o devastavam internamente havia anos. Até então tinha havido uma sequência no relato, que deixava visível a mão organizadora, um maestro da lembrança. A partir de então, foi o que me pareceu, existia em Van Vliet apenas um fluxo intenso de imagens, excertos de pensamentos e de sentimentos, que inundavam as margens e carregavam consigo tudo aquilo que ele ainda era. Ele tinha até se esquecido de contar o resultado do concurso, tive de lembrá-lo disso.

— O salão estava imerso num silêncio total quando o presidente do júri foi ao palco anunciar o resultado das deliberações. Seus movimentos eram hesitantes, dava para ver que ele sentia pelos candidatos que teria de decepcionar. Ele colocou os óculos e desdobrou, desajeitado, o papel com o nome dos três primeiros candidatos. Ele começaria com o terceiro lugar. Lea tinha cruzado as mãos e mal parecia respirar. Marie mordia os lábios.

"Solveig Lindström ficou em terceiro. Novamente ela me surpreendeu, transformando minhas expectativas em prejulgamentos baratos. Eu esperava decepção e um sorriso fino, corajoso. Mas seu rosto sardento se iluminou, ela apreciou as palmas e fez uma reverência com graça. Até seu vestido parecia adequado agora. Ela era a menos chamativa de todos e aquela que menos angariava simpatia. Mas Solveig era, pensei, a mais tranquila, e, quando a comparei com minha filha, tensa até o limite, senti uma pontada no estômago.

"O júri discutiu bastante sobre o primeiro e o segundo lugar, disse o presidente. Ambos os candidatos tinham impressionado por seu brilho técnico e pela profundidade na interpretação. No final, a decisão foi a seguinte: Alexander Zacharias em primeiro lugar, Lea van Vliet em segundo.

"E então aconteceu: enquanto Zacharias se levantava e ia em direção ao palco, Lea ficou sentada. Eu me voltei a ela. Nunca me esquecerei de seu olhar vazio. Era apenas o vazio de uma decepção paralisante? Ou havia ali indignação e raiva, que a mantinham presa à cadeira? Marie colocou a mão sobre seu ombro e fez um sinal para que se levantasse. Finalmente Lea se ergueu e se dirigiu para cima, com movimentos desajeitados.

"Os aplausos para Zacharias já haviam cessado e os novos para Lea eram fracos, um desagrado audível. Talvez apenas surpresa, quem sabe também com relutância, Lea tomou a mão dos outros dois e se curvou com eles. Doía, doía tanto ver minha filha lá em cima entre Solveig e Zacharias, que a obrigavam com os braços a fazer uma reverência que ela, e todos conseguiam ver isso, não queria e que foi muito mais breve e tensa que os outros. Ela parecia tão solitária lá em cima, solitária e excluída, excluída por si mesma, e pensei em quando jantamos na cozinha depois de comprar o violino e percebemos que não tínhamos amigos com quem festejar."

Em seguida, Van Vliet emudeceu e, por fim, adormeceu. Em Genebra, segui direto para um hotel que eu conhecia. O que importava a ele nunca fora uma livraria. O importante para ele era não ter de chegar naquele dia num apartamento silencioso sem os sons de Lea.

Acordei-o e apontei para o hotel.

— Estou cansado demais para prosseguir — falei.

Ele me olhou e assentiu. Van Vliet sabia que eu o entendia.

— Esta foi minha última viagem a Saint-Rémy — disse ele na hora da refeição. Ele olhou para o lago. — Sim, acho que foi a última viagem.

Era possível que, a partir de então, Van Vliet se sentisse livre da obrigação de voltar ao lugar onde viu Lea passando o tempo atrás de um monte de lenha. Era possível que a luta com o magrebino tivesse enfim cessado. Mas havia a possibilidade de ser outra coisa. Observei a brasa caminhando pelo papel de seu cigarro. De lado, não dava para reconhecer em seu rosto o significado de suas palavras. Se eram as palavras descontraídas de um final ou o anúncio de um acordo.

Ele apagou o cigarro.

— Não o vi chegando à nossa mesa; Lévy, quero dizer. De repente ele estava lá, sem cumprimentos, autoconfiante, dono do mundo e se dirigia a Lea. *Une décision injuste*, disse ele. *J'ai lutté pour vous*. Ele tinha uma voz melodiosa, também agradável quando falava baixo. Lea engoliu a comida que tinha na boca e o olhou: terno cinza-claro de tecido nobre, corte impecável, colete com corrente de relógio, cabelo basto, grisalho, cavanhaque, óculos com aro dourado, um traço de eterna juventude no rosto. "*Votre jeu: sublime; superbe; une merveille.*" Enxerguei um brilho no olhar de Lea e sabia: ela iria atrás dele na língua francesa, na língua de Cécile, que há tanto tempo não conseguia mais falar.

"Lévy, ele sequestrou minha filha nessa língua. A partir de então Lea passou a usar também a palavra *sublime*, uma palavra que nunca ouvi de Cécile. E não era apenas essa palavra, vieram outras, mais raras, sofisticadas, que entravam num ambiente no qual minha filha começou a morar.

"Seu *staccato* da admiração sem verbo... ele me pareceu maneirista, fingido, ridículo. Esse gesto linguístico isoladamente não teria sido suficiente para me indispor contra ele. Em outra ocasião, num encontro a partir do qual eu achava tudo diferente, compreendi que esse estilo combinava com ele como o colete, a corrente do relógio, os sapatos ingleses. Que ele parecia um homem vindo de um castelo francês, que conhecia Proust e Apollinaire de cor. Que ele sempre teria um castelo ao seu redor, independentemente para onde fosse, gobelinos, móveis de madeiras selecionadas, reluzentes, intocáveis. E que, quando ele conhecesse a infelicidade, essa infelicidade seria a de um dono de castelo decepcionado, solitário, sobre cuja cabeça os caibros de madeira dos tetos altos se tornariam podres e começariam a esfarelar e os lustres de latão e vidro, opacos e manchados.

"'*Vous et moi, nous faisons quelques pas?*' Ele podia ver que Lea, que todos nós, estávamos no meio da refeição. Ele podia *ver*. '*Avec plaisir*', disse Lea e se levantou.

"Eu sabia que daquele momento em diante seria sempre assim: que, por ele, ela se levantaria no meio da refeição e no meio de todo o resto. Ele pegou sua mão e fez menção de beijá-la. Fiquei estarrecido, embora faltassem pelo menos 10 centímetros até seus lábios chegarem a encostá-la. Dez centímetros, pelo menos. E foi apenas um ritual, uma lembrança esmaecida de um beijo. Pura convenção. Ainda assim.

"Ele se voltou para nós, um olhar rápido, a indicação de uma mesura. '*Marie, Monsieur.*'

"Marie e eu baixamos o garfo e a faca e empurramos os pratos diante de nós. Era como se o tempo tivesse sido cortado diante de nossos narizes. Lea tinha se virado para nós antes de partir, um traço de consciência pesada no olhar. Depois saiu ao lado de Lévy, para fora da vida que levou com Marie e comigo, rumo a uma vida com um homem do qual nada sabia cinco minutos antes, um homem que a levaria a alturas alucinantes e, mais tarde, à beira do abismo. Meu estômago parecia carregar uma bola de chumbo e na cabeça havia um silêncio abafado, sem pensamentos.

"Através da porta de vidro do refeitório, vimos Lévy esperando Lea no saguão. Ela estava de casaco quando se aproximou dele. Os cabelos, que usou o tempo todo presos, agora estavam soltos. Os cabelos presos foram uma energia represada, reprimida, uma renúncia: toda força, todo amor deveria fluir para os sons. Agora, com os cabelos em cachos, seu corpo também fluía para o mundo, não apenas seu saber. Pensei que sua música perderia força por causa disso, mas ocorreu o contrário: até sua música passou a ser corporal e possuir uma nova sensualidade. Muitas vezes eu quis de volta sua fragilidade fria e sacra. Ela combinava tão bem com a beleza monástica de Lea que foi enxaguada pelo rio dos cabelos em ondas.

"Ela atravessou o saguão com Lévy e saiu para a noite.

"Nada mais seria como antes. Fui tomado por uma leve tontura. Era como se o refeitório, o hotel e a cidade como um todo perdessem sua realidade habitual, compacta, e se transformassem nas colunas de um pesadelo.

"Apenas naquele momento percebi o quanto o rosto de Marie havia mudado. Ele estava vermelho, como se estivesse com febre, e seus traços diziam algo duro e implacável. *Marie*. Eles se conheciam. O olhar que Lévy lhe lançou foi sem calor, sem sorriso, um olhar que a cumprimentava através de uma grande distância temporal. Transparecia a lembrança de algo escuro e amargo, mas também uma disposição de manter a memória intocada.

"'Ele também é violinista?', perguntei. Ela colocou as mãos diante do rosto. A respiração estava irregular. Então me encarou. Era um olhar estranho e apenas na lembrança consegui decifrá-lo: nele havia dor e agonia, porém também continha uma faísca de admiração e... não sei... até de algo mais.

"'*O violinista*', disse ela. 'O violinista da Suíça. Principalmente da Suíça francesa. Não havia ninguém melhor, no passado, há vinte anos. A maioria achava isso e ele não deixava dúvidas de que concordava. Pai rico, que lhe comprou um violino de Amati. Mas não era apenas o instrumento. Eram as mãos. Os organizadores poderiam encher as salas de seus concertos cinco, dez vezes. DAVID LÉVY... Naquela época, o nome tinha um brilho inacreditável.'

"Ela acendeu o cigarro e passou um tempo esfregando o polegar no isqueiro, em silêncio.

"'Daí veio Genebra, com um lapso de memória na cadência Oistrakh do concerto de Beethoven e ele deixando rapidamente a sala. Os jornais escreveram longamente a respeito. Depois disso, Lévy nunca mais se apresentou. Durante anos não se escutou mais falar dele. Houve boatos sobre um tratamento psiquiátrico. E há cerca de dez anos ele começou a ensinar. Se transformou num professor fenomenal, todo seu carisma foi transferido para as aulas, e ele foi designado para ministrar uma *master class* em Berna. Parou de uma hora para outra, ninguém soube por quê. Se refugiou em sua casa em Neuchâtel. De vez em quando eu escutava falar de alguém que estava tendo aulas com ele, mas eram exceções. Nos últimos dois, três anos, não tive mais notícias suas. Não fazia ideia de que ele seria jurado aqui.'

"Ela estava certa de que Lévy ofereceria aulas a Lea. 'A maneira como ele a olhou', disse Marie. E ela estava certa de que Lea aceitaria. 'Eu a conheço. Será a segunda vez que vou perder para ele.'

"Depois disso, sempre estive prestes a perguntar qual tinha sido a primeira derrota. Se era por isso que ela não se apresentava como solista ou tocava numa orquestra. Mas no último instante algo me alertara. Em algum momento ficou tarde demais e assim eu nunca soube.

"Quando chegamos diante de seu quarto, Marie me encarou. 'O final não será o que você está esperando', ela me disse. 'Em relação a ele e Lea, quero dizer. Tenho certeza. Ele não é esse tipo de homem.'

"*Ele não é esse tipo de homem.* Quantas vezes eu não repetiria isso a mim mesmo nos anos seguintes!

"No dia seguinte, Lévy a levou em seu Jaguar verde para Neuchâtel.

"'Assim podemos começar logo o trabalho', disse Lea. Ela estava sentada em seu quarto após voltar do passeio com Lévy, os cabelos úmidos pela neve. Não sabia que era tão difícil permanecer calmo. Ela percebeu. 'Está... Está tudo bem, não é?'

"Olhei para ela e era como se eu reconhecesse seu rosto pela primeira vez. O rosto que se desenvolveu do rosto de minha filhinha, que assistiu a Loyola de Colón na estação, quase sem respirar. O rosto de uma menininha, de uma adolescente e de uma jovem, ambiciosa, que tinha acabado de conhecer um homem que lhe prometia um futuro brilhante. Tudo em um. Será que eu devia tê-la proibido? Tinha o direito de proibir? O que isso provocaria entre nós dois? E nem ao menos tenho certeza de que ela não teria ido em frente de qualquer forma; havia esse rubor em seu rosto, essa energia, essa esperança. Não me lembro mais do que ela disse. Eu estava duro feito uma madeira quando ela me deu um beijo no rosto. Junto à porta Lea hesitou por um instante, virou a cabeça, e então saiu.

"Passei a maior parte daquela noite sentado diante da janela, olhando a neve. Primeiro me perguntei como ela daria a notícia para Marie. E depois, de repente, tive a impressão de que ela não diria nada. Não por frieza. Por insegurança, medo e consciência pesada. E porque ela simplesmente não sabia como colocar em palavras algo assim, principalmente para aquela mulher, que substituiu sua mãe e a apoiou durante oito anos. Quanto mais eu pensava a respeito, maior se tornava minha certeza: ela partiria sem falar com Marie.

"Senti uma pontada no estômago. Lembrei-me de Lea escrevendo de Roma cartões-postais para Marie e tentando ligar para anunciá-los. Isso era covardia. Eu me consolava com desculpas, mas a sensação permaneceu. Demorou anos até ela se diluir. 'Um holandês não foge de nada', meu pai costumava dizer quando notava covardia. Isso era *kitsch* e não fazia sentido, até porque muitas vezes ele foi um sujeito fraco e, para dizer a verdade, há anos não era mais holandês. Naquela noite me lembrei de um ditado ridículo e gostei dele, embora tornasse tudo mais difícil.

"Aconteceu como eu imaginava; percebi quando me sentei para tomar o café da manhã com Marie. Não havia um terceiro jogo de talheres. 'Ela tem 17 anos', comentei. Ela assentiu. Mas sofria, meu Deus, como sofria.

"Alguns dias depois, Lea recebeu um pacotinho com o anel dourado do carrossel, só o anel, nem uma palavra, e vi diante de mim o rosto de Marie na mesa do café da manhã; um rosto cansado, decepcionado, apagado.

"Lea ficou observando o anel sem tocá-lo. Mas não era possível. Simplesmente não era possível. Fiquei tão transtornado que deixei minha filha chorando sozinha no apartamento e andei pela cidade, até Monbijou, onde eu, menino, me deitava na cama e sonhava em ser falsificador de dinheiro. *Não quero essa responsabilidade. Não sei o que é isso: assumir a responsabilidade por outra pessoa.* 'Por que você não respeitou isso?', perguntei a Cécile. Não tinha sido uma frase vazia, você devia ter percebido, então por quê?

"Vi toda a dimensão da dor de Marie quando fomos para o meu carro no estacionamento de St. Moritz. Ao passarmos por um Jaguar verde, Marie tirou seu molho de chaves, procurou a mais pontuda e, com um movimento rápido, riscou a pintura do carro. Depois de alguns passos, ela voltou e riscou a lateral inteira, do para-choque traseiro até o dianteiro. Não consegui acreditar nos meus olhos e olhei ao redor, para ver se alguém tinha visto. Um casal idoso nos olhou. Marie guardou as chaves. Tudo bem se vocês me prenderem, dizia o seu rosto, agora tanto faz.

"'Ela entrou com ele numa coisa dessas hoje pela manhã', disse ela quando dei partida no carro. 'Nem uma palavra. Nem uma única palavra.'

"A viagem foi silenciosa e vez ou outra ela secava as lágrimas dos olhos sem dizer nada.

"Nós nos agarramos. Sim, acho que é a expressão certa: nós nos agarramos. Aconteceu com um vigor amargurado, que poderia ser tomado por paixão descompromissada; até achávamos que era isso no começo. Até o desespero contido não poder mais ser negado. Na noite da volta de St. Moritz, eu estava sentado no sofá de Marie com as muitas almofadas de chita brilhante. Ela usava um vestido de batique rosa-claro, esmaecido, recoberto por delicados ideogramas orientais, como se desenhados com pincel e, como na noite de nossa primeira visita, sapatos para usar dentro de casa, feitos de couro macio, que eram como uma segunda pele. Ela entrou, colocou a mala no chão e, ainda com o sobretudo, foi até o piano onde estavam as partituras de Lea. Marie as separou das outras, cuidadosamente formou uma pilha com elas e as removeu do cômodo. Hesitou por um instante, pensei que fosse entregá-las a mim para que eu as levasse, visto que Lea não tocaria mais nesse apartamento. Mas Marie as levou para fora e eu ouvi o barulho de uma gaveta."

Van Vliet parou e virou o rosto para o lago, os olhos fechados. Ele devia ter visto mil vezes a imagem daquele momento diante de si. Nela havia um peso enorme, e ainda lhe doía tanto que hesitou em falar a respeito.

— Lea sempre colocava um pano, um pano branco, sobre o apoio do queixo do violino. Ela tinha tantos panos desses, que encontramos juntos a loja onde dava para comprá-los. Um desses panos estava no beiral da janela. Ao entrar novamente, Marie deixou seu olhar rodar pelo ambiente e o encontrou. Ela levou o pano para fora. Estou certo de que não queria que eu visse, mas a necessidade foi mais forte e assim aconteceu, sob a soleira da porta, ainda dentro do meu campo de visão: ela o cheirou. Apertou com firmeza o nariz nele, segurou-o também com a outra mão e o apertou inteiro contra o rosto. Parada lá, Marie balançou um pouquinho, totalmente entregue ao cheiro de Lea.

Ele nunca me mostrou uma foto de Marie. Mesmo assim, vejo-a diante de mim, o rosto apertado contra o pano. Preciso apenas fechar os olhos e já a vejo. Para onde quer que olhe, seus olhos claros são cheios de dedicação.

— Ficamos tentando descobrir se os desenhos sobre seu vestido eram japoneses ou coreanos. Marie apagou a luz. Sentimos o vazio que Lea deixou no ambiente que preenchia com seus sons. E então nos abraçamos, subitamente, intensamente, e só nos soltamos quando começava a clarear.

Ele sorriu como Tom Courtenay também poderia ter sorrido em meio à desgraça.

— Amor motivado por um terceiro. Amor motivado por um abandono entrelaçado. Amor que, na verdade, não se refere ao outro. Um amor que, no que diz respeito a mim, foi vivido com nove anos de atraso, à sombra do conhecimento desse atraso, uma sombra que fez com que os sentimentos desabassem gradualmente. E ela? Eu era apenas a ligação que a união à Lea perdida? A garantia de que Lea não havia sumido totalmente do mundo? Para ambos fazia muito tempo que havíamos abraçado alguém. Será que com meu desejo ela queria sufocar o seu próprio desejo por Lea? Não sei. Sabemos *alguma* coisa?

"Há seis meses eu a vi, a distância. Ela está com 53 agora, não é uma mulher velha, mas parecia cansada e sem brilho. 'Obrigada por ter me trazido Lea', disse ela na última vez em que nos vimos. As palavras deram um nó na minha garganta. Eu sonhava com isso. Ainda hoje acordo de vez em quando, pensando que escutei essas palavras em sonho.

"Será que ela entendia o que tinha acontecido? Com Lea e depois comigo? Afinal, era Marie. A mulher que procurava sempre a clareza. A mulher com a paixão pela compreensão. A mulher que sempre queria saber por que as pessoas faziam o que faziam e queria saber em detalhes. Mas é possível que dessa vez ela não quisesse, talvez precisasse da incompreensão como escudo contra a dor e o abandono. Depois daquelas palavras na despedida, nunca mais conversamos sobre Lea, nem uma única vez. No começo ela se mantinha entre nós o tempo todo por meio de sua ausência anestesiante. Aos poucos, essa ausência também foi se apagando. Lea se tornou um fantasma nas salas de Marie."

Van Vliet voltou do banheiro. Pedimos uma terceira garrafa de vinho. Ele tinha tomado a maior parte.

— Não quero pôr a culpa em Lévy. Foi simplesmente uma infelicidade para Lea, uma grande infelicidade. Como pode ser uma infelicidade para alguém encontrar outro alguém.

"Mas somente agora consigo enxergar as coisas assim. Naquela época era bem diferente. Eu ficava doente por ela ir a Neuchâtel. *Ele não é esse tipo de homem.* Acho que Marie tinha razão. Eu estava à espreita. Procurava sinais. Ela comprava roupas e não queria minha presença. Perfume. Eu via batom, o qual limpava antes de entrar em casa. Ela cresceu mais um pouco, ficou um pouco mais cheia. Cada vez que ela voltava dele parecia estar trazendo mais um pouco da aura da corte, do brilho do castelo, que nesse meio-tempo havia tomado toda a cidade de Neuchâtel em meus pensamentos. Era como se uma pátina estivesse sendo aplicada, e a música com Lévy a revelasse. Eu detestava essa pátina exibida, malcheirosa, que fedia a dinheiro, eu detestava os progressos que Lea fazia, impossíveis de não serem notados, eu detestava quando ela dizia 'Bem, estou indo', num tom que eu já percebia o francês que logo falaria com ele, eu detestava o bilhete mensal de trem, sua pequena lista de partidas e chegadas, tão manuseada e, sim, eu detestava Lévy, David Lévy, que ela chamava de Davíd. Certa vez, quando não consegui me dominar e remexi suas coisas, encontrei uma caderneta com uma página na qual ela escrevera diversas vezes: LEAH LÉVY.

"Apesar disso, aquilo que eu temia não aconteceu. Eu teria percebido. Não sei como, mas eu teria percebido. Em vez disso, ela passou por algo que me tranquilizou e, sim, me deixou quase feliz: uma irritação discreta, muito discreta, que sentimos quando uma esperança e uma expectativa, por cuja concretização esperamos há tanto tempo e com tanta paciência, ainda não se realizou, embora tivéssemos feito tudo, o possível e o impossível, para eliminar os obstáculos.

"'Hoje eu não vou', disse ela certo dia, e havia irritação em sua voz.

"Me envergonho ao dizer e me envergonhei também diante de mim mesmo quando fui ao cinema em seguida, para festejar.

"Dois dias depois, ela foi novamente até lá e disse *Bonsoir* quando voltou para casa.

"Me senti estranho, e não como um morador de Berna, grosseiro, mas, um absurdo, total absurdo, como um holandês desajeitado, tosco, que, por engano e de uma maneira não merecida, tinha uma filha brilhante do mundo dos reluzentes castelos franceses, um acaso, um mero acaso, que havia sido descoberto pelo aparecimento de Lévy. Desajeitada e lentamente, me arrastei pelas salas da universidade e cometi um erro após o outro. Secretamente pronunciava meu nome da maneira francesa, e por um tempo tirei o *j* dele, fazendo com que passasse por um nome francês.

"Até que isso se virou contra mim. Comecei a me engalfinhar com o holandês tosco, duro, cujo brilho de Lévy, cujo suposto brilho de Lévy fez nascer em mim como uma contraficção muito real. Meus pais, com sua afinidade curiosa, mas totalmente inconsequente com a Holanda, me deram um segundo nome: Gerrit. Martijn Gerrit van Vliet era meu nome completo. Sempre o odiei, esse nome estridente, horrível, um nome como uma serra em ação, que avança, barulhenta, pela tinta descascada. Mas eu o tinha recuperado. Passei a assiná-lo, e enfrentava os olhares espantados, questionadores que recebia com um ameaçador franzir da testa, de maneira que ninguém realmente me questionava a respeito.

"Comecei a me vestir da maneira mais ordinária possível: calças lasseadas, jaquetas batidas, camisas amarrotadas, sapatos gastos. E não só isso. Fui para Amsterdã e fingi ser holandês com aqueles lamentáveis rudimentos da língua, me fazendo de ridículo mais uma vez. Deitei na cama lá, sem conseguir dormir, estranho para Lea e para mim mesmo. Pensei em meu bisavô, o banqueiro trapaceiro, que levou à ruína hordas de pessoas nessa cidade. E pensei que devia ter me tornado falsificador de dinheiro. Muitas vezes fiquei sobre as pontes dos canais, olhando a água. Mas não fazia sentido, elas eram rasas demais.

"Lea não dizia nada a respeito, embora eu esperasse, secretamente, que ela soubesse interpretar os sinais. Pois qual a razão de todo esse jogo de mentiras se justamente ela não reconhecesse o que era: a tentativa de dominar minha dor por meio da autodestruição? De que adiantava ela não compreender que, em meu desamparo, eu tinha de responder com atos autodestrutivos à imaginada rejeição? Porque uma dor emocional, na qual também agimos, é mais fácil de suportar que uma dor que só nos é infligida.

"Porém, naquela época, para ela havia apenas Lévy. Ela vivia apenas em Neuchâtel; Berna era um lugar de passagem, sempre a caminho da estação. De repente, ou, pelo menos, foi o que imaginei, ela pronunciou o nome *Bümpliz* de maneira indizivelmente ridícula, não mais amorosamente ridícula, como dito pela boca de Cécile, mas ridícula por desprezo, desprezível: como era possível morar num bairro que se chamava assim, impossível. Lugares sérios tinham nomes franceses, e acima de todos esses nomes reinava um, o nome real: Neuchâtel. Às vezes eu a imaginava no Perron, no trem para Berna, esperando e calculando, infeliz, quantas horas demoraria até retornar de trem para lá. Ela me parecia relutante, o que se evidenciava com o pé batendo num ritmo irregular, o compasso descoordenado sobre o concreto, o ritmo da saudade e da raiva, da espera impaciente e da repugnante falta de sentido que tudo sobre o que a luz de Davíd não recaía tinha assumido.

"Certo dia, quase um ano inteiro após St. Moritz, seu quarto irradiava um novo som quando entrei em casa.

"O corpo reagiu mais rápido que a razão e me fechei no banheiro. Ele tinha arranjado um outro violino para ela; não havia outra explicação. O instrumento que compramos juntos em St. Gallen não era mais bom o suficiente para uma aluna de David Lévy. Com esforço, tentei descobrir em que os novos sons se diferenciavam dos antigos, mas pouco se ouvia através de duas portas. Esperei até minha respiração se acalmar, tornei a esperar brevemente diante da porta de Lea e, finalmente, bati. Era esse o nosso combinado há tempos, e era bom assim. Só que as batidas também tinham se tornado diferentes com Lévy: eu precisava pedir para entrar num mundo estranho. E, naquele momento, com a porta conhecida me separando de novos sons, que se irradiavam densos e vigorosos pela madeira, meu coração acelerou, pois eu sabia: algo novo havia começado mais uma vez, algo que me separaria ainda mais de Lea.

"O pescoço de Lea estava salpicado de manchas vermelhas, seus olhos brilhavam como se estivesse com febre. O violino que ela segurava era de uma surpreendente madeira escura. Não sei muitos detalhes, nunca o observei mais de perto, nem secretamente; embrulhava-me o estômago imaginar que havia marcas dos dedos de Lévy sobre o instrumento e que sua gordura e seu suor agora passavam também para os dedos de Lea. Quando o vi caminhando numa rua de Berna, certa vez, sonhei depois que ele mancava e que usava bengala, cuja empunhadura de prata estava opaca, gasta e tingida pelo suor ácido de sua mão senil, enrugada.

"Lea me fitou com um olhar agitado. 'É o violino de Davíd. Ele me deu de presente. Foi construído por Nicola Amati em Cremona, em 1653.'"

18

A PRÓXIMA COISA de que me lembro são as mãos de Van Vliet sobre a coberta da cama. Mãos grandes, fortes, com pelos finos sobre o dorso e unhas cuidadosamente lixadas. As mãos com as quais ele fazia seus experimentos e movia suas peças de xadrez. As mãos que uma vez, uma única vez, tracionaram as cordas do violino de Lea. As mãos que fizeram algo que destruiu sua carreira, de maneira que ele vivia agora num apartamento de dois cômodos. As mãos nas quais não confiava mais ao ver um caminhão se aproximar.

Não dei atenção à porta que ligava nossos quartos no hotel de Genebra, até escutar um ruído na maçaneta. Devia ser uma porta dupla, pois nada se mexeu do meu lado. Esperei, e de tempos em tempos encostei a orelha na madeira, até escutar o ronco de Van Vliet. Quando ele se tornou forte e regular, abri em silêncio meu lado da porta. A sua estava escancarada. As roupas estavam divididas displicentemente sobre as cadeiras, a camisa estava no chão. Ele havia bebido e falado, falado e bebido, eu estava espantado pela sua concentração apesar de todo o vinho, e então, subitamente, ele desmoronou e emudeceu. Tive de apoiá-lo, mas não demorou muito até chegarmos aos nossos quartos.

Em algum momento ele pegou a foto de Lea que tirou na noite anterior à sua primeira apresentação na escola, a noite em que ela cometeu um erro no rondó de Mozart. Se fosse minha filha, eu também manteria a foto na carteira. Uma garota magra num vestido preto discreto, cabelos longos e escuros, e que a resolução granulada da foto fazia parecer pó de ouro respingado. Um pouco de vermelho sobre os lábios carnudos, uniformes, que a aproximava de uma mulher-criança. Olhos acinzentados, talvez esverdeados, desdenhosos, coquetes e espantosamente autoconfiantes para uma garota de 11 anos. *Uma lady esperando os holofotes se acenderem.*

Dava para se apaixonar por ela ainda menina. Porém, quão mais intensos se tornavam os sentimentos quando se via Lea aos 18 diante de si! Van Vliet tinha hesitado em me mostrar essa foto; primeiro voltou a guardar a carteira e depois a tirou novamente. "Isso foi pouco antes de ele lhe dar o violino, o maldito Amati."

Lea estava num corredor amplo, o qual sugeria uma casa ampla, elegantemente mobiliada, apoiada numa cômoda com um espelho, de modo que era possível enxergar também atrás de sua cabeça um coque sobre o pescoço longo, esguio. Esse penteado... não sei como explicar:

ele não a tornava velha ou envelhecida, tinha o efeito inverso. Ela parecia uma menina frágil, cheia de ordem e disciplina, que queria agradar a todos. Nada de pedante, nada de arrivista sem graça, nada disso. A foto mostrava muito mais uma jovem num vestido vermelho de corte perfeito, e o cinto de couro estreito, brilhante, com a fivela de um dourado fosco era a cereja do bolo. Os lábios uniformes, carnudos, não eram mais de uma mulher-criança, mas de uma mulher de verdade, uma condessa, que parecia não ter qualquer noção do que irradiava. Em seu olhar, que possuía um quê de patético, misturavam-se duas características que eu nunca imaginaria encontrar juntas num único e mesmo olhar: uma emocionante fragilidade infantil e uma assustadora pretensão aguçada. Van Vliet tinha razão: não se tratava de arrogância ou presunção, mas de pretensão, que não era menor nela do que nos outros. Sim, essa era a garota que quis lançar seu violino contra o público depois de um erro. E, sim, essa era a mulher capaz de se levantar no meio de uma refeição e simplesmente deixar para trás Marie, seu amor dos tempos de criança, quando alguém como David Lévy entrava em cena e lhe prometia, em francês aristocrático, um futuro brilhante.

Van Vliet ficou inquieto quando eu segurei a foto próximo aos olhos, a fim de reconhecer cada detalhe do olhar. Ele me observou, queria e não queria que eu tivesse uma ideia, mas agora que julgava que a situação estava demorando demais, que havia começado a se arrepender, surgiu uma faísca perigosa em seus olhos. Ela ainda o acompanhava, ele ainda estava com Lea em seu apartamento comum, seu ciúme podia emergir a qualquer momento como uma explosão e assim sempre seria.

Entreguei-lhe a foto. Ele me olhou de um jeito desafiador. Tom Courtenay. Apenas fiz um movimento com a cabeça. Qualquer palavra poderia ser a errada.

Fechei cuidadosamente o meu lado da porta. Ao acordar, Van Vliet não deveria se sentir flagrado. Ele deixou a luz do banheiro acesa, a qual vazava pelo vão da porta sobre um espelho, fragmentava-se e mergulhava parte do quarto numa claridade difusa. Lembrei-me de algo que há décadas não havia mais pensado: a *Veilleuse*, uma lâmpada fraca para crianças que têm medo do escuro. Era uma lâmpada de vidro leitoso, atarraxada por mamãe à noite no soquete da luminária do teto. Vi a mão diante de mim, atarraxando. Confiança — era isso que o movimento significava. Confiança de que essa mão sempre poderia me livrar do medo, independentemente do que acontecesse.

Eu estraçalhei a *Veilleuse* com um machado. Vasculhei uma caixa com bugigangas no porão até encontrá-la. Peguei-a, coloquei-a sobre um bloco de madeira e bati, uma batida surda, um estalar e um tilintar, milhares de cacos. Uma execução. Não, não de mamãe, mas da própria confiança cega; não, não apenas em mamãe, nem principalmente nela, mas em tudo e em todos. Não sei explicar melhor.

A partir de então eu confiava apenas em mim mesmo. Até aquela manhã, quando entreguei o bisturi a Paul. Alguns dias depois, tive um sonho: os olhos de Paul sobre a máscara cirúrgica não estavam assustados, somente espantados, imensamente espantados e felizes por ter chegado a hora. O que eu podia fazer, pensei depois, se Helen, sua mulher, me seguiu no jardim enquanto eles estavam com visitas e quis ficar sozinho por um tempo? O fato de ela ser de Boston não era uma explicação suficiente, até Paul sabia disso.

Será que tive amigos, me perguntei, amigos de verdade?

E agora? No quarto ao lado havia um homem deitado que abriu a porta e deixou a luz acesa para conseguir pegar no sono. Como seria o inverso? Como seria confiar em Martijn van Vliet? Ele ainda usava a aliança que Cécile lhe colocara no dedo. Cécile, aquela que deveria saber que ele não queria a responsabilidade de um filho.

Quando Berna e Neuchâtel estavam debaixo da neve, ele às vezes ia para as montanhas e alugava esquis de fundo. Van Vliet procurava essa autoconfirmação que o silêncio pode trazer. Quem ele era, sendo independente de Lea, e como seguir em frente... essas perguntas ele se fazia também no campo profissional. Ruth Adamek já havia tomado a frente dos projetos de pesquisa há tempos. Ele apenas assinava. Ela estava atrás dele quando Van Vliet quis mais informações e começou a folhear. "Assine!", bufou ela. Ele rasgou o contrato. Ela sorriu.

Depois disso, Van Vliet tentou pela primeira vez. Comprimidos. Deitar e adormecer. Deixar que a neve o cobrisse. Como nunca antes. No último minuto, o pensamento em Lea. Que ela precisava dele, apesar de Lévy. Um dia, talvez, também por causa de Lévy.

Não consegui dormir. Eu tinha de evitar isso. Fiquei com a impressão de que minha própria vida dependia disso.

De repente, desejei poder voltar no tempo até a manhã em Saint-Rémy com a garota na garupa da Vespa barulhenta. Teria sido gostoso nos restaurantes do interior com Somerset Maughan, à luz difusa.

Eu não podia ligar para Leslie às quatro da manhã. Além disso, o que dizer?

Fui ao lobby e fiquei caminhando pelas arcadas do hotel com suas vitrines. Eu conhecia o hotel, mas nunca tinha estado lá embaixo. No fim, descobri uma biblioteca. Acendi a luz e entrei. Metros de Simenon, guias da cidade, Stephen King, um livro sobre Napoleão, uma seleção de Apollinaire, poemas de Robert Frost. *Folhas de relva*, o livro que cresceu durante toda uma vida dentro de Walt Whitman. "*I cannot be awake, for nothing looks to me as it did before, / Or else I am wake for the first time, and all before has been / a mean sleep.*" Senti uma fome descontrolada, uma fome descontrolada por Whitman. Sentei-me numa poltrona e li até amanhecer. Li com a língua. Eu queria viver, viver, viver.

19

DAVID LÉVY TRANSFORMOU Lea em mademoiselle Bach. *MADEMOISELLE BACH.* Os jornais imprimiam as duas palavras o tempo todo, primeiro nas páginas finais e em letras pequenas, depois as letras se tornaram maiores e os artigos, mais longos. Vieram as fotos, e elas também foram ficando cada vez maiores; por fim, seu rosto sobre o violino saltava da primeira página dos cadernos de variedades. Isso tudo pareceu a Van Vliet um zoom de intervalos temporais, intermitente, que tinha algo de funesto em seu caráter incessante. Ele perguntou se eu nunca havia visto algo a respeito. "Não leio jornais", eu disse, "não me interesso pelo que os jornalistas pensam, quero apenas os fatos, secos como informes de agências; sei o que devo pensar a respeito." Ele me olhou e sorriu. Pode parecer curioso porque Van Vliet já tinha me contado todas essas coisas a respeito de sua vida, mas nessa hora tive pela primeira vez a impressão de que ele gostava de mim. Não do ouvinte. De mim.

As primeiras apresentações de Lea ocorreram poucas semanas depois de Lévy ter lhe presenteado com o violino. Ele ainda possuía influência no mundo da música, como ficou provado. Neuchâtel, Biel, Lausanne. Espanto em relação à jovem que tocava a música de Johann Sebastian Bach com uma clareza que encantava a todos e que preenchia as salas, cada vez mais concorridas, com um som que há muito não era ouvido. Os jornalistas escreviam sobre a energia extraordinária de sua música, e, certa vez, Van Vliet leu também a palavra que lhe passou pela cabeça em St. Moritz: *sacro*.

Ele lia tudo, a caixa com os recortes de jornal estava enchendo. Olhava cada foto e observava-a durante muito tempo. As reverências de Lea se tornaram mais seguras, femininas, rotineiras; o sorriso mais firme, confiante, marcado. Sua filha se tornava cada vez mais estranha para ele.

— Fiquei aliviado quando ela falou novamente uma de suas frases estranhas, como uma lembrança de que por trás da fachada de mademoiselle Bach ainda estava minha filha, a menina com quem eu estive dez anos antes na estação, ouvindo Loyola de Colón.

Mas às vezes o medo se esgueirava para dentro, medo de verdade, e ele se tornou mais frequente, opressor. Pois havia dias em que as frases de Lea eram mais estranhas do que o habitual. "Eu disse aos técnicos que a sala está muito escura, escura demais; afinal, seria muito melhor se eu reconhecesse cada rosto do público." "Imagine, o professor da autoescola me perguntou se era um violino ou uma rabeca. Ele não sabe nem que há uma diferença aí. Apesar disso, ele escuta ópera o dia inteiro, principalmente o novo baixo-barítono do Peru." "Como sempre, Davíd tinha razão no que diz respeito aos contratos com as gravadoras: porque ele esquece toda vez que eu não suporto nenhuma fumaça, afinal isso não interessa a ninguém na empresa." Nesses dias, o pai ficava com a impressão de que não era apenas a fala da filha que estava estranha, mas também seu espírito. Ele lia livros a respeito e tomava cuidado para Lea não os ver.

Não teria sido necessário. Ela parecia não se interessar mais pelo que o pai fazia. Van Vliet ficou tão desesperado que começou a fumar dentro do apartamento, na esperança de que ela ao menos fosse protestar. Nada. Ele parou novamente e organizou a limpeza de todo o apartamento.

Também nem uma palavra de Lea sobre isso. Ele viajou, voltou a participar de um congresso e ficou mais alguns dias, a fim de, com outra mulher, se esquecer de Marie.

— Você ficou fora um tempão — disse Lea.

Ela havia passado as noites em Neuchâtel? *Ele não é esse tipo de homem.*

O diretor da escola de Lea quis falar com Van Vliet. As provas finais ocorreriam dali a meio ano. As perspectivas de Lea não eram boas. As matérias que demandavam inteligência estavam bem. Naquelas em que era preciso estudar a situação era catastrófica. E ela faltava muito, demais. O diretor era compreensivo, generoso, afinal também estava orgulhoso de mademoiselle Bach, a escola inteira estava. Mas não podia revogar todas as leis. O pai devia falar com ela, por favor.

Se Marie ainda existisse. Para Lea, porém, Marie não existia havia dois anos. Ela ficou petrificada quando Van Vliet perguntou, algum tempo depois de St. Moritz, se não devia dar uma passada por lá; conversar, não se desculpar, conversar.

De Marie para Lévy: deve ter havido uma violenta alteração de forças. Ele gostaria de tê-la compreendido. Será que simplesmente não era o homem para entender essas coisas? Será que Cécile teria compreendido? A mulher sagaz que, muitas vezes, ria da ingenuidade dele?

Ele tentou conversar com Katharina Walther a respeito. *Marie Pasteur. Sim, sim, Marie Pasteur.* Ele não havia se esquecido de suas palavras e, por isso, hesitou. Ela ficou imediatamente do lado de Lévy. Um processo natural de separação. Algo normal. E o homem era um professor genial!

Algo normal. Van Vliet teve de pensar nisso mais tarde, sentado frente a frente com o magrebino, suportando seu olhar de raios X.

Não existia mais Marie. Ele deveria deixar o orgulho de lado e falar com Lévy?

— *Oui?* — falou Lévy ao telefone. — *Votre jeu: sublime.* — Van Vliet escutou a voz dizer. Desligou.

Van Vliet conversou com Lea. Ou melhor: para Lea. Sentou-se na poltrona do quarto dela, algo que não fazia há tempos. Falou da conversa com o diretor, de sua boa vontade e de sua preocupação. Avisou, ameaçou, mendigou. Principalmente, acho, mendigou para que ela concluísse os estudos. Para fazer uma pausa nas apresentações e estudar. Com ele, se Lea quisesse.

Surtiu efeito, pelo menos temporariamente. Ela passou a ficar mais em casa, eles voltaram a fazer as refeições juntos mais vezes. Van Vliet ficou esperançoso, inclusive no que dizia respeito à proximidade perdida. Apenas mais algumas poucas semanas até os exames. Havia uma apresentação em Genebra programada para dois dias antes do último exame, Orchestre de la Suisse Romande, o concerto em mi maior de Bach. Em vez de buscar o boletim, ela estaria no trem para chegar a tempo para os ensaios por lá.

No meio da prova oral sobre datas históricas e ligações químicas, seu olhar subitamente ficou vazio e ela não falou mais nada. Van Vliet temia pelo seu cérebro. Mas não era um branco, ela subitamente se lembrou de Genebra e do famoso maestro que não queria decepcionar. Ele viu o medo nos olhos vazios, e mais uma vez maldisse a fama, e praguejou Joe, o professor de música que a inscreveu em St. Moritz naquela época.

E acabou chegando o dia em que Van Vliet se tornou Jean-Louis Trintignant, que ele viu, sentado ao lado de Cécile, uma noite inteira atrás do volante de seu carro de corrida sujo, vencendo velozmente o trajeto da Côte d'Azur até Paris. Mas Trintignant, creio, tinha o rosto de Tom Courtenay. Fumava inveteradamente, a fumaça atrapalhava sua visão, os olhos ardiam, e ele sofria, acho, de lancinantes dores de cabeça, enquanto ia de Berna para Ins e seguia para Neuchâtel, curvas fechadas, pneus cantando, sinais de luz e xingamentos, sempre com este horário em mente: 12:00, a prova de biologia de Lea; ele tinha de buscá-la e levá-la de volta, com sorte seria possível. O cronograma das provas estava sobre a mesa da cozinha, Van Vliet ficou surpreso, depois teve a certeza abrasadora de que Lea havia se enganado com o dia e ido para Neuchâtel, pois o violino não estava lá. Na estação de Ins, perdeu por pouco o suposto trem de Lea; então foi preciso seguir para Neuchâtel. Pegou a saída errada uma vez e teve de voltar, não havia estacionamento na estação de Neuchâtel; os motoristas de táxi se irritaram quando Van Vliet parou na fila deles, mas por pouco tempo, pois o trem já tinha chegado há alguns minutos. Lévy David, folheou a lista telefônica com nervosismo, perguntou o caminho para os motoristas de táxi, recebeu sorrisos desdenhosos e cabeças balançando, avançou um sinal vermelho, depois de um tempo de curvas sem rumo, um policial que sabia o caminho. Logo em seguida ele a viu, a caixa do violino pendurada no ombro.

Ela estava confusa, teimava, não acreditava, não queria. Podia pelo menos avisar antes. Ela tocou a campainha na casa seguinte. Lévy num roupão, completamente vestido por baixo, apesar disso: roupão, *je me suis trompée, je suis désolée*, ele meio que ouviu, meio que leu em seus lábios, seu olhar de desculpas, servil, na sua opinião, os movimentos da mão dela na direção dele, o olhar de Lévy sem um sinal de reconhecimento e sem uma saudação. A caixa do violino ficou presa na porta do carro, um olhar cheio de censura, como se ele fosse o responsável por tudo. Gregor Mendel, Charles Darwin, DNA, nuclease, nucléolo, nucleotídeo, ela tinha de se segurar nas curvas, o relógio no console engolia os minutos, e então, de repente, ela desabou e chorou, os ombros tremiam, Lea se curvou para baixo até que a cabeça estivesse entre os joelhos.

Van Vliet estacionou na esquina da escola e abraçou-a. Durante preciosos minutos ele segurou sua filha, cujos soluços duros e irregulares expeliam seu medo, seu medo da prova, de Genebra, das mãos úmidas, da opinião de Lévy e da solidão no quarto de hotel. Van Vliet secou os olhos ao contar isso.

Aos poucos ela se acalmou. Ele lhe limpou os olhos, ajeitou seu cabelo com a mão e a beijou na testa. "Afinal, você é Lea van Vliet", declarou ele. Ela sorriu como uma náufraga. Na esquina, acenou.

Algumas ruas adiante, num estacionamento tranquilo, foi a vez de Van Vliet desmoronar. Ele fechou a janela para que ninguém escutasse seus soluços. Um gemido alto e animalesco trouxe tudo para fora: o medo por Lea, a saudade do tempo passado, sua própria solidão, o ciúme e o ódio do homem de roupão, que a amarrara nele com um violino de Nicola Amati. Ele abriu a caixa do violino e por um instante louco, absurdo, pensou em colocar o instrumento diante das rodas e avançar com o carro, para depois ir até as montanhas e se afundar na neve.

Em seguida não havia mais tempo para voltar para casa. Ele lavou o rosto numa fonte e buscou Lea. Ela havia passado, mesmo sem mérito. Lea se pendurou em seu pescoço, deve ter sentido a umidade, e olhou para ele. "Você chorou", disse ela.

Eles foram almoçar no restaurante do parque Rosengarten. Van Vliet esperava que nesse almoço eles pudessem conversar sobre as emoções dela que emergiram sob as lágrimas. Mas depois de terem feito os pedidos, Lea pegou o telefone e ligou para Lévy. "Rapidinho", começou ela, e se desculpou. *"Je suis désolée, je me suis trompée de jour... non, l'oral... oui, réussi... non, pas très bien... oui, à très bientôt." Bientôt* não foi suficiente, tinha de ser *très bientôt*. A palavrinha curta, feia, estragou tudo. Quando Van Vliet falou a respeito, era como se estivesse ouvindo a maldita sílaba naquele momento. Ele deixou metade do prato, e foram para casa, em silêncio. A couraça dura sobre os sentimentos havia se fechado de novo, em ambos.

Van Vliet fez mais uma tentativa, buscou-a depois da última prova e levou-a para Genebra. Ele também foi ao concerto. Ao cruzar a cidade, viu os cartazes: LEA VAN VLIET. Ele tinha aprendido a amar e a odiar esses cartazes. Às vezes passava a mão pelo papel liso e brilhante. Outras vezes, porém, quando acreditava não estar sendo observado, rasgava-o em pedaços, vandalismo contra a fama de sua filha. Certa vez a polícia o viu e interrogou-o. "Sou o pai", declarou ele, e mostrou o documento. O policial olhou-o espantado. "Como é ter uma filha tão famosa?" "Difícil", respondeu Van Vliet. O policial riu. Ao continuar andando, Van Vliet ficou bravo pelo fato de a coisa ter se transformado numa piada, e cuspiu no chão. O policial, que tinha ficado parado, viu. Por um momento, seus olhares se atracaram como os de inimigos. Pelo menos foi essa a sensação de Van Vliet.

Havia tempo que ele não assistia a uma apresentação de Lea. Ver a cabeleira grisalha de Lévy na sala era insuportável. Era insuportável também agora. Mas, por fim, conseguiu se esquecer dela. Pois sua filha estava tocando de uma maneira que nunca havia ouvido antes. St. Moritz não tinha sido nada em relação a isso. Naquela época ele já pensava: uma catedral de sons. Mas era uma capelinha, se comparada ao santuário que ela erguia com seus sons Amati sobre toda a cidade de Genebra. Para o pai, havia apenas esse santuário de clareza e azul como a noite, traduzido em sonoridade. E havia a fonte dessa monumental arquitetura sacra: as mãos de Lea, que com a segurança das mãos de Marie fazia soar esse instrumento incomparável construído por Nicola Amati em

1653. Mais ainda, seu rosto sobre a proteção do queixo, os olhos quase sempre fechados. Desde a noite em St. Moritz, quando David Lévy se aproximou da mesa quase que do nada, ela nunca mais usou um pano branco para o queixo. A cor se tornou malva, *mauve*, como Lea a chamava. Ele tinha examinado os panos e achado o que procurava: LUC BLANC, NEUCHÂTEL, o nome da empresa em letrinhas pretas minúsculas. Agora Lea também pressionava seu queixo sobre um pano desses. Os músculos do rosto seguiam a música, tanto a linha da melodia quanto a curva das dificuldades técnicas. Ele pensou em como esse rosto há poucos dias tinha se apoiado no seu, choroso e molhado. *Très bientôt*. Lévy estava sentado imóvel em seu lugar na primeira fila.

O primeiro olhar antes de ela fazer a reverência foi para ele. O olhar da aluna agradecida, orgulhosa e, sim, amorosa. O maestro fez menção de beijar-lhe a mão. Ela apertou a mão do maestro. Somente no carro Van Vliet soube o que o havia incomodado naquilo: o gesto foi previsível, terrivelmente previsível. Pareceu-lhe que Lea tinha sido tomada por uma imensa engrenagem, o mecanismo gigante do negócio dos concertos, e agora ela realizava todos os movimentos que as curvas balísticas previamente desenhadas lhe prescreviam. Tinha sido assim também com suas reverências, que ela repetiu e repetiu sob o ruído de pés batendo e assobios. O pai se lembrou das reverências em sua primeira apresentação na escola. Embora graciosas, elas tinham algo tímido em si, uma timidez que faltava naquela hora; ela foi superada pelo brilho da estrela.

Lévy chegou mais rápido a Lea que o pai. Ambos foram ao seu encontro. "*Davíd, je vous presente mon père*", disse Lea para o homem que tinha transformado Neuchâtel num castelo odiado. O rosto de Lévy estava sereno, distante. Os dois homens díspares se deram as mãos. A mão de Lévy era fria, anêmica.

— *Sublime, n'est-ce pas?* — perguntou ele.

— *Divin; céleste* — respondeu Van Vliet.

Ele tinha pesquisado as palavras há um bom tempo, para estar pronto no momento de encontrar o sublime, endeusado professor de sua filha. Uma amiga valona de escola, a quem ele pediu ajuda, tinha rido. "Isso está encharcado de ironia", disse ela. "Principalmente *céleste*; meu Deus: *céleste* numa troca de palavras desse tipo! *Sublime!*"

Ele sonhava de vez em quando com esse encontro, e nessas horas as palavras não lhe vinham à mente. Naquele momento, sim. No rosto de Lea se misturava a indignação pela ironia e o orgulho do pai pela sua argúcia e por um conhecimento da língua que ela não lhe creditava. "Vai ter essa festa", disse ela, hesitante. "Depois Davíd me leva de carro, ele precisa ir a Berna de qualquer maneira."

Davíd, mas ainda era *vous*, pensou Van Vliet mais tarde, no carro. Sentiu a mão fria de Lévy, a qual teve de tocar mais uma vez na despedida. Lea não perguntou se ele queria ir à festa. Claro que não teria ido. Mas também não queria ser excluído, nem mesmo por Lea, principalmente por ela. Van Vliet pensou no restaurante do parque Rosengarten e no movimento com o qual ela pegou o telefone. Foi um movimento como um muro, e o muro cresceu a cada segundo que ela passou na feliz expectativa de Lévy atender com sua voz melodiosa. Ele perdeu novamente, e no meio da noite ela estaria sentada no Jaguar verde ao lado de Lévy.

Van Vliet não falou, mas ambos sabíamos que ele pensou na mão de Marie, que rasgou a lateral inteira de um Jaguar verde com a chave pontuda.

Vejo você andando a toda a velocidade para Ins e Neuchâtel, Martijn, sua filha e um objetivo diante dos olhos. E eu vejo você indo à noite de Genebra a Berna, sem mulher, sem velocidade, sem objetivo. Um pouco como Tom Courtenay, quando precisou voltar à mesmice das chicanas no dia seguinte, durante minutos um vencedor, durante anos um perdedor.

20

EM CASA, VAN VLIET tomou um comprimido para dormir. Ele não queria ouvir Lea entrando no apartamento. Na manhã seguinte, ela arrumou a mesa para um café a dois. Foi a primeira vez que ele recusou uma oferta de paz de sua filha. Ele bebeu uma xícara de café em pé.

— Vou viajar por alguns dias — declarou ele.

Lea olhou amedrontada. Como se sua indiferença dos últimos meses não tivesse existido.

— Por quanto tempo?

— Não sei.

— Para onde?

— Não sei.

O olhar dela tremia.

— Sozinho?

Van Vliet não respondeu. Também foi a primeira vez. O olhar dela dizia: *Marie*. Lea devia ter percebido. Nunca falou nada. Mas devia ter percebido. Marie tinha se tornado tabu, um ponto cristalizado de fragilidade, culpa e constrangimento. Ele nunca teria imaginado que entre pai e filha poderia haver um tabu. A recusa dela em aceitar seu movimento protetor naquela época na estação, depois da apresentação de Loyola, tinha sido o despertar da vontade própria de Lea — isso havia doído, mas ele aprendeu a compreender, aceitar e, por fim, incentivar. Assim como as outras brincadeiras de autonomia que ela desenvolveu desde então. Mas essa zona proibida ao redor de Marie, essa Era Glacial do silêncio e da negação: ele ficava arrasado pela situação ter chegado a esse ponto.

— Bem, então vou indo — despediu-se ele.

Van Vliet tinha certeza, certeza absoluta, de que ela sabia: ele citava as palavras rituais dela quando partia para Neuchâtel. Ela parecia perdida, parada no corredor: uma garota que em pouco tempo encontraria na caixa de correio seu diploma do ensino médio; uma estrela, cujo nome aparecia em todos os cartazes e em todos os jornais; uma aluna de violino que amava seu professor, mesmo se nunca pudesse passar a noite lá. Van Vliet ficou petrificado ao perceber o desamparo dela. Por um triz não fechou novamente a porta e se sentou à mesa do café da manhã. Mas o ocorrido na festa na noite anterior tinha sido demais. Ele se foi.

Van Vliet me contou tudo isso durante o café da manhã. Ele bateu na porta do meu quarto, não na porta de ligação. Teve de bater bastante, eram quase oito quando adormeci com os versos de Walt Whitman na cabeça. O horário do café da manhã tinha acabado, mas convencemos o garçom. E agora estávamos sentados com nossos sobretudos junto ao lago, dispostos e não dispostos a continuar a viagem. Ele não queria seus dois cômodos repletos de silêncio, tinha medo de Berna. Como seria?

Será que nós simplesmente nos despediríamos diante de nossa casa e ele iria até o seu apartamento pelas ruas de Berna, onde não circulavam a toda caminhões tonitruantes? O que eu faria com a sua infelicidade? O que ele faria com a consciência de que eu sabia? Uma intimidade desse tamanho, subitamente cortada: isso não era algo terrível, bárbaro? Algo nefastamente impossível? Mas então o quê?

E assim ficamos sentados, passando frio, observando os gansos, e Van Vliet começou a contar como havia se reerguido.

— Depois desse longo tempo, me reergui. E percebi o quanto me deixei diminuir por Ruth Adamek. Primeiro me sentei em minha sala com minha sacola de viagem e observei minha escrivaninha, que ficava cada vez mais vazia. Como eu aparecia tão raramente, as pessoas simplesmente tiravam minhas coisas e resolviam elas mesmas. Eu não sabia mais o que se passava no meu instituto. — Ele jogou a bituca no lago. — Quando tomei ciência disso lá em cima, olhando para as montanhas, não estava me sentindo tão mal assim. Pelo menos foi o que tentei me convencer. Falsificar dinheiro, liberdade, despreocupação, simplesmente deixar tudo para lá: por que não? Mas não era a verdade. Na realidade, eu sentia que minha dignidade corria perigo. Grande palavra, palavra patética, na qual eu nunca teria pensado que algum dia teria de me esforçar por ela. Mas era a palavra certa. Talvez também por causa da noite em Genebra, não sei. A escrivaninha vazia não era mais algo engraçado. Fui embora.

Van Vliet não foi às montanhas. Ele pegou o trem para Milão.

— Eu não estava levando roupas adequadas para a ópera. Também não as tenho. Mas, na segunda noite, alguém me ofereceu um ingresso para o Scala. *Idomeneo*. Me deixei convencer. E assim, dois dias após o concerto de Lea, eu estava sentado com as roupas surradas na ópera de Milão e observava os violinos no fosso da orquestra. Imaginei Lea lá. E, de alguma maneira, essa foi a faísca: ela iria estudar música no conservatório, ela era minha filha crescida, que ganhava dinheiro com apresentações e discos, faltava apenas soltá-la. Em algum momento, Lévy também seria águas passadas, um apartamento próprio, uma responsabilidade própria, liberdade, liberdade para nós dois. Depois disso, *Idomeneo* se tornou minha ópera. Eu não fazia ideia do que se tratava e como soava, mas era uma ópera maravilhosa, a ópera da minha libertação da responsabilidade que Cécile havia me imposto e sob a qual eu quase desmoronei.

"O único problema era que eu não acreditava em nenhuma das minhas palavras. Mas não queria ver isso, de modo que trabalhei nesse autoengano com toda a energia que eu me convencia ter.

"Mas, primeiro, aproveitei alguns dias nas cidades do norte da Itália e nos arredores do lago de Garda. Um pai que finalmente encontrou a postura certa em relação à filha crescida. Um homem que estava no começo de uma nova fase da vida, cheio de liberdade. Olhares de mulheres, também das novas. Uma nova bolsa de viagem.

"E então aquele livro sobre a luthieria em Cremona. Amati, Stradivari, dos Guarneri. Ainda me lembro: não me sentia muito bem enquanto estava no caixa. Como se as ondas de um futuro perigoso, traiçoeiro, estivessem vindo em minha direção. Como se o livro mostrasse algo aos meus olhos, um redemoinho no qual eu iria desaparecer. Mas eu não queria me importar com esse sentimento. Levaria o livro para Lea: um gesto de reconciliação, um gesto generoso, que, por intermédio de Amati, também incluía Lévy.

"Após o regresso, retomei, por assim dizer, minha profissão. Entrava no escritório antes dos outros e saía mais tarde. Pedi para ver todos os documentos dos últimos meses. Pedi que me fossem relatados os resultados dos experimentos para os quais havíamos recebido dinheiro e perguntei sobre cada detalhe dos novos projetos. Eu era silencioso e conciso. Eles ficaram com medo da minha energia e da minha concentração, das quais quase tinham se esquecido. Pois erros vieram à luz: orçamentos errados, avaliações erradas, questionamentos errados. Os contratos de dois colaboradores tinham de ser prolongados. Me recusei a assiná-los. Quando descobri que Ruth Adamek assinou no meu lugar, liguei para o departamento de recursos humanos e desfiz a ação. Chamei Ruth para conversar. Soprei-lhe fumaça no rosto. Ela queria protestar, mas isso era apenas o começo. 'Não agora!', falei quando alguém entrou. Devo ter dito de maneira tão cortante que ela empalideceu. Puxei para perto uma pilha de papéis, nos quais havia trabalhado durante a noite. Ela reconheceu a pilha e inspirou profundamente. Desfiei para ela as decisões erradas, uma após a outra. Ela queria colocar a culpa em mim, nas minhas faltas constantes. Eu lhe cortei a palavra. Encarei-a e senti sua respiração na minha nuca, quando ela bufou 'Assine!' naquela época. Vi seu sorriso depois de eu ter rasgado o contrato. Mostrei a ela os orçamentos errados, as premissas erradas, as interpretações erradas dos dados. Eu lhe mostrei os erros, um por um. Eu os repeti. Eu os declamei. Eu acabei com Ruth Adamek, que nunca me perdoou por eu não ter caído nas graças de sua minissaia. Um vento gélido soprava pelos corredores. Gostei dele.

"E isso não foi tudo. Fiz uma proposta ousada, quase um blefe, aos patrocinadores e consegui patrocínio para pesquisas, milhões na casa de dois dígitos. Quando deixei a reunião da diretoria, tive de me apoiar dentro do elevador. Meu charme tinha funcionado, percebi nos rostos, e o valor subiu às alturas por causa disso. Não se tratava de trapaça, mas o todo era arriscado, para dizer o mínimo.

"Fui chamado pelo diretor. Ele me parabenizou pela conquista. 'Brincadeira de criança', eu disse, 'e também sem importância.' Minha pesquisa, quero dizer. Não tem utilidade para ninguém. Poderíamos ficar muito bem sem. Ele superou rapidamente o choque, tenho de admitir, e irrompeu numa risada alta. 'Não sabia que o senhor era um palhaço desse tipo!' Fiz uma cara muito séria. 'Não é brincadeira, estou falando totalmente sério.' E então tentei algo que vi um humorista fazer certa vez: comecei a rir escancaradamente, de modo que o rosto muito grave devia parecer apenas a introdução bem bolada para essa risada, simplesmente saí rindo, de repente estava gargalhando, até ele também gargalhar, a universidade inteira devia estar ouvindo essas gargalhadas, gargalhei ainda mais, pois a partir de então passei a achar tudo realmente de morrer de rir, eu chorava de tanto rir, e no fim o diretor também pegou o seu lenço. 'Van Vliet', disse ele, 'o senhor é um gênio, sempre soube disso, todos os holandeses são gênios.' Isso era tão idiota, tão incrivelmente ridículo, que voltei a gargalhar, e assim nossas risadas começaram seu segundo round. No final, ele perguntou pela mademoiselle Mozart. 'Bach', corrigi. 'Johann Sebastian Bach.' 'Foi o que eu disse', falou ele, e bateu no meu ombro.

"Como nossa próxima reunião seria diferente!"

21

NO DIA 5 de janeiro Lea fez 20 anos. Três dias depois, Lévy lhe revelou que logo iria se casar e depois viajaria algum tempo com a mulher. Esse foi o início da catástrofe.

Havia proibições. Senão ele teria trabalhado com Lea também entre o Natal e o Ano-Novo, e depois do Ano-Novo eles continuaram. Dessa vez houve uma pausa entre os anos. Van Vliet não perguntou; grato, apenas tomou conhecimento. O apartamento voltou a ser enfeitado para o Natal, e Lea ajudou. Mas ela não estava envolvida. E o que alarmou seu pai: ela não tocou, nem um pouco. Dormia até a hora do almoço, passava o resto do tempo sentada. Ele lhe deu o livro sobre a escola cremonense da luthieria que havia comprado na viagem para Milão. Durante alguns dias ele ficou sobre a mesa, fechado, até que ela começou a folheá-lo. Primeiro leu tudo sobre Nicola Amati, cujas mãos tinham construído seu violino. A cor retornou ao seu rosto. Van Vliet percebeu: ela passava o tempo todo pensando em Lévy, Nicola Amati era apenas o representante. "Foi ele quem transformou a forma pontuda da gamba na forma atual", disse ela. O pai sentou-se ao seu lado à mesa da cozinha e juntos leram tudo sobre as medidas do corpo de um violino, o verniz, a espessura da madeira de cada parte, a forma das aberturas acústicas e da voluta. O instrumento que estava adiante, na sala de música, era um modelo Amati Grande, e ela não conhecia essa descrição. Lea também não sabia que esses violinos eram chamados de violinos de Mozart por causa de seu som. Seu rosto começou a arder, algumas manchas vermelhas apareceram no pescoço. A cada detalhe minúsculo, Neuchâtel ficava mais próximo. O pai sentiu dor, mas ficou sentado, e depois eles analisaram juntos a árvore genealógica da dinastia Amati.

GUARNERI DEL GESÙ. Lá na mesa da cozinha, nos últimos dias do ano, Van Vliet não fazia ideia de quanta infelicidade esse nome reservava para ela. Que fatalidade ele significaria para os dois. Primeiro era simplesmente o nome que prendeu Lea e que desviava sua atenção de Amati e Lévy. De repente, surgiu em seus olhos e em sua voz uma curiosidade nova, espontânea, que não se desviava para Neuchâtel. Eles conheceram essa árvore genealógica também. Andrea, o avô; Giuseppe

Giovanni, que mais tarde receberia a alcunha de *filius Andreae*; e depois seu filho Bartolomeo Giuseppe, que se chamava de *Joseph Guarnerius* quando assinava seus violinos. Ele acrescentava uma cruz além das letras IHS, que poderiam significar In Hoc Signo ou Iesus Hominum Salvator. Por esse motivo, ele foi chamado mais tarde de *Guarneri del Gesù*. Lea gostou desse apelido, gostou tanto que Van Vliet se lembrou da cruz que Marie costumava desenhar na sua testa. Por um momento breve, perigoso, ele se sentiu tentado a lhe perguntar a respeito. Felizmente Lea tinha acabado de ler alguma coisa que a deixou numa alegre empolgação.

— Veja, papai, Niccolò também tinha um Guarneri del Gesù! Se chama *Il Cannone*. Ele o doou à cidade de Gênova, dá para vê-lo na prefeitura. Não poderíamos ir até lá?

No mesmo dia, Van Vliet comprou as passagens de avião e reservou o hotel. Eles passariam o aniversário de Lea em Gênova, diante da vitrine com o violino de Paganini. Nada seria mais adequado! Era o presente de aniversário perfeito. E o mais importante: depois de muitos anos, era uma viagem que ele faria com a filha, sozinho com ela. A última teve de ser interrompida, porque Lea queria voltar para Marie. Essa, o pai prometeu a si mesmo, não seria interrompida. Se fosse necessário, o telefone de Lea acabaria se perdendo no meio da viagem. Ele ficou feliz, tão feliz que comprou uma mala luxuosa para Lea, a mais cara que tinham, e também lhe trouxe um livro gigante de fotos sobre Gênova e um mapa da cidade. Começar o ano em Gênova com a filha: a bem da verdade, o ano deveria se tornar também um daqueles nos quais as coisas mudam para melhor. Fazia tempo que ele não se sentia tão confiante.

De repente, porém, Lea não quis mais. Ela preferia ver a exposição em Neuchâtel, sobre a qual tinha lido no jornal. Van Vliet olhou para a mala nova. Tudo parecia um sonho que desvanecia à luz da manhã. "Acho que nunca me senti tão decepcionado assim antes", disse ele. "Parece que eu fui de encontro a um vidro blindado, meu rosto inteiro doía." Ele cancelou o hotel e rasgou os bilhetes do avião. No dia do aniversário de Lea, Van Vliet foi cedo ao instituto e ficou até altas horas da noite no computador. Pela primeira vez pensou em se mudar para outro apartamento, sozinho.

Três dias depois, Lea voltou de Neuchâtel sem o violino. Ela tinha sido surpreendida pela chuva, mechas de cabelo estavam caídas sobre seu rosto. Mas não foi isso que o fez estremecer. Foi o olhar.

— Um olhar louco. Sim, não dá para dizer de outra maneira: louco. Um olhar que atestava uma terrível desordem interior. Que o equilíbrio emocional tinha sido totalmente abalado e que estava sendo levado por uma onda de fragilidade. O pior momento foi quando esse olhar me perscrutou. "Ah, você está aí", ele parecia dizer, "como assim, você não pode me ajudar com isso, você não, você é o último que pode." Ainda com as roupas molhadas, ela se meteu debaixo das cobertas. Não tirou nem os sapatos. Quando abri uma fresta da porta, ela soluçava no travesseiro.

Van Vliet sentou-se à mesa da cozinha e esperou. Tentou se preparar, organizar seus sentimentos. Um rompimento com Lévy. Um rompimento tão profundo, que ela lhe devolveu o violino. Ele tentou ser honesto consigo mesmo. Não negar o alívio. Isso então foi o final. Mas e agora? Era também o final da carreira dela, de sua vida como musicista? As pessoas notariam, perceberiam que ela não estava tocando mais com o Amati. O violino de St. Gallen não preenchia nenhuma sala de concertos. Fora isso, quem arranjaria as apresentações para ela agora?

Ele se esqueceu de esconder as pílulas para dormir. Lea encontrou-as, mas havia poucas na embalagem. Quando Van Vliet percebeu que Lea havia ingerido as pílulas, acordou-a, passou um café e ficou caminhando com ela para cima e para baixo, pelo apartamento inteiro. O remédio tinha arrancado as barreiras da censura e agora a coisa explodia de dentro dela, crua e desconexa. Lévy tinha apresentado a noiva a ela. "Peitos e bunda!", gritou Lea com a voz rouca. Ela apenas atiçava e tirava proveito de Lévy, nada mais. Foi difícil para Van Vliet repetir as palavras para mim, ele estava perturbado por ouvir o quão ordinária sua endeusada filha podia ser. Ele percebeu que a tinha imaginado como uma fada, uma fada delicada, que estranharia tudo o que era grosseiro e ordinário. E mais uma coisa o incomodava, algo que já o havia perturbado no concerto em Genebra, quando Lea apertou a mão do maestro: o fato de ela fazer coisas totalmente previsíveis. Pois seus xingamentos maléficos com o *putain* sempre presente eram tão esquemáticos e previsíveis quanto as orgias de ciúme de uma novela de televisão. Depois da viagem de carro a toda de Neuchâtel até Berna, ele tinha gostado de segurar a filha chorosa nos braços. Agora que devia carregá-la pelo apartamento, sentiu pela primeira vez, desde seu nascimento, uma repulsa ao tocar o corpo sonolento, do qual saíam todas aquelas coisas baixas e previsíveis.

Pensei em quando ouvi Leslie falar *shit* e *bitch* pela primeira vez. Foi diante da televisão, e eu também estremeci. *Growing up*, disse Joanne, e riu.

— A maior parte das coisas que falamos é previsível — falei.

Van Vliet deu uma tragada no cigarro e olhou para a neve do lado de fora.

— Pode ser — disse ele. — Talvez não seja possível de outro jeito. Apesar disso, era terrível, simplesmente detestável ela dizer uma porção de coisas que qualquer roteirista bêbado poderia ter colocado em sua boca. Era como se eu carregasse uma jovem qualquer pelo apartamento, e de modo algum Lea. Afinal, já havia tanto estranhamento entre nós. Por que mais isso?

Anos mais tarde, quando Lea estava no hospital de St. Moritz sob os cuidados do magrebino, Van Vliet ligou para Lévy e pediu para conversar. Assim como na primeira ligação, ele levou um susto quando ouviu o *"Oui?"* da voz melodiosa. Mas agora ele foi em frente e, em seguida, se dirigiu a Neuchâtel. Lévy e sua esposa — jovem e bonita, cujos retratos estavam pendurados nas paredes e que não se parecia em nada com a mulher de que a voz embriagada de remédios de Lea tinha falado — contaram sobre o momento dramático em que Lea quase destruiu 1 milhão de dólares. Ela estava com o violino Amati na mão quando Lévy lhe apresentou a noiva.

— Seu olhar... Eu devia ter suspeitado — disse Lévy —, pois dei alguns passos em sua direção. E assim, no último instante, pude ainda segurar seu pulso, antes de ela lançar o violino para longe. Foi o último instante, o derradeiro. Ela soltou o violino e eu consegui segurar o instrumento com a outra mão. Ele é mais valioso que tudo isso aqui. — E fez um movimento que abarcava a casa toda.

Na viagem de volta, Van Vliet se lembrou de como sua pequena Lea queria mesmo era ter lançado o violino no público depois do erro no rondó. Também se lembrou do CD de Dinu Lipati, que ela lançou pela janela e cuja caixinha fez um barulho tão horrível sobre o asfalto.

Pela primeira vez, no entanto, era preciso aceitar o dia da maneira que ele se apresentava. Era preciso administrar os milhões que ele havia conseguido liberar com sua proposta. Justamente agora ele não poderia se dar ao luxo de ficar longe. Ruth Adamek usaria qualquer oportunidade para se vingar. Ele ligava várias vezes por dia para casa, a fim de se certificar de que Lea não estava fazendo bobagem. As dores de cabeça durante o trabalho se tornaram mais intensas.

Numa manhã, cedo, ele esperou diante da Krompholz para conversar com Katharina Walther, antes da chegada dos primeiros clientes. Muito tempo tinha se passado; Van Vliet ficou ressentido com ela durante um longo período por ela ter falado da troca de Marie por Lévy, como se algo patológico tivesse terminado. Ela havia acompanhado a trajetória de mademoiselle Bach na imprensa e também esteve em suas apresentações. Ouviu o concerto em Genebra pela TV. Ela levou um susto e tanto quando Van Vliet falou do colapso de Lea.

— Ela está com 20 anos — disse ela depois de um tempo —, vai superar. E as apresentações... bem, por um tempo elas não vão acontecer. A calma vai lhe fazer bem. Outros agentes vão procurá-la.

Van Vliet estava decepcionado. O que ele esperava? O que ele podia esperar, se ocultava o que era mais importante?

O mais importante era que os pensamentos de Lea saíam dos trilhos. Não eram apenas os sentimentos que estavam em polvorosa. Era como se das profundezas dos sentimentos desconcertantes se originasse uma sucção que aspirava também os pensamentos para a escuridão.

Havia dias em que as coisas pareciam ter voltado ao normal. Mas o preço era a negação do tempo. Pois Lea conversava sobre Neuchâtel e Lévy como se nada tivesse mudado. Sem perceber que isso não correspondia mais ao fato de ela não ir mais para lá e não haver mais nenhum Amati. Ela trazia vestidos novos para casa, que comprou para concertos fictícios. Eram vestidos com brilhos que a deixavam com uma aparência barata e não combinavam com nenhuma sala de espetáculos. Depois, ela voltava a circular pelo apartamento de camisetinhas regata que faziam o pai enrubescer, mais uma camada de batom para avolumar os lábios.

Ela lia o jornal do dia anterior e não percebia. Raramente sabia que dia da semana era. Lea trocava *Idomeneo* por *Fidelio*, tchetcheno por tcheco. Ela começou a fumar, mesmo no apartamento, embora não suportasse fumaça e tossisse o tempo todo. "Hoje vi Caroline na cidade, afinal não dá para se esquecer de tudo", disse ela. "Joe está aposentado, agora ele finalmente chegou ao fim, ele sempre gostou tanto de dar aulas." E "Mozart sempre prestou muita atenção nos tempos, ele não achava isso tão importante, as notas lhe vinham rápido demais para conseguir prestar atenção em sua velocidade".

Van Vliet ficava com frequência até tarde da noite no instituto. Lá ele podia apoiar a cabeça na mesa e deixar as lágrimas escorrerem à vontade.

Perguntei se ele nunca pensou num psiquiatra. Claro. Mas ele nunca soube como apresentar a ideia a ela sem que Lea explodisse. E estava envergonhado, pensei.

Envergonhado? Essa era a expressão adequada? Van Vliet não suportaria que alguém soubesse a infelicidade que o ligava à filha. Que alguém metesse o nariz ali. Mesmo se fosse um médico. Além disso, como um estranho poderia compreender algo sobre sua filha que ele, o pai, não compreendia? Ele, que afinal a conhecia de cor e salteado, porque a viu todos os dias durante vinte anos e que sabia todas as bifurcações, desvios, curvas da história de sua vida.

No fundo, porém, a questão era apenas uma: ele não queria o olhar estranho, o olhar revelador do outro. Van Vliet necessariamente o sentiria como devastador, devastador para Lea e para si próprio. Sim, também para si próprio. Assim como ele sentia o olhar do magrebino, o olhar negro, árabe, que em seu ódio Van Vliet queria atirar de volta aos olhos escuros, bem para o fundo, até ele ter de se apagar.

Além disso, ele conseguiu algo que reforçou sua convicção de que Lea conseguiria superar a crise sozinha. Certo dia, ele viu uma menininha e um cachorro que lambia a mão e o rosto dela. E se lembrou do carinho que Lea recebeu dos animais no passado, e foi com ela ao abrigo de animais. À noite, ela já estava dando de comer ao novo cachorro.

Lea se afeiçoou imediatamente ao animal, um gigante schnauzer preto, que a tranquilizava; às vezes ela parecia quase relaxada. Era carinhosa com o cachorro, e, ao vê-la, o pai quase esquecia a cólera e a crueldade que também faziam parte dela. A faísca reacendia apenas quando algum estranho se aproximava demais do animal. Nessas horas, seu olhar era de uma intensidade cortante.

Ela amava o cachorro e o protegia. O pai ficou mais calmo, o perigo dos comprimidos tinha passado, o animal não a deixaria na mão. Porém um novo perigo tomava corpo, aos poucos e de maneira imperceptível: a protetora se tornou uma criança, que procurava proteção tanto junto ao cachorro quanto a um ser humano. Em vez de se curvar até ele ou o acariciar de cócoras, Lea sentava-se ao seu lado no chão, sem se importar com a sujeira, encostava sua cabeça na dele e o abraçava. Van Vliet não se preocupou de imediato, o alívio de saber que ela se sentia acolhida preponderava. Embora isso não deixasse de ter um lado cômico, quando o cachorro se afastava dela porque não conseguia respirar ou simplesmente porque se sentia sufocado.

— Nikki — chamava ela, triste e também um pouco irritada —, por que você não fica comigo?

Esse era o nome pelo qual o cachorro estava acostumado a ser chamado. Ela também não o chamava de outra maneira na presença do pai. Mas quando Van Vliet certo dia passou por sua porta, escutou, pela fresta aberta, ela o chamando de Nicola ou Niccolò, ambos os nomes convergiam. Foi como um choque. Em seu escritório, ele tentou se acalmar, pensar de maneira clara. Por que não ver isso simplesmente como um jogo de palavras engraçado, inofensivo? Mas, por outro lado, por que escondido? Será que era escondido mesmo? E mesmo se fosse um pouquinho mais e ela fizesse uma ligação do cachorro com Amati e Paganini, a partir de um sentimento vago e confuso, será que isso era realmente motivo para preocupação? Lea estava um pouco alterada e confusa, mas não louca.

Van Vliet se concentrou no trabalho. Até que o medo jorrou dentro dele como uma fonte: *e se for realmente para se preocupar?* Se atrás do inocente jogo de palavras se anunciasse uma confusão mental, que bagunçava tudo em seu interior como um tremor tectônico?

Ruth Adamek deve ter chegado num desses momentos nos quais o pânico o envolvia. Ela usava o jaleco branco do laboratório, segurando um molho de chaves. Nesse instante, algo aconteceu com Van Vliet, algo que intuí mais de seu olhar febril e de sua voz rouca do que de suas palavras, que saíram lacônicas e intermitentes: sua assistente, que pouco antes ele tinha exterminado — foi assim que ele se expressou —, apareceu para ele como a vigia autoritária, impiedosa, de uma ala psiquiátrica fechada. Quando digo apareceu, estou me referindo a ela como uma aparição, uma epifania diabólica, que intencionava colocar ele e sua filha atrás dos muros altos, sombrios, de uma instituição.

Van Vliet a expulsou e quase a agrediu. A batida da porta da sala foi ouvida por todos. Caso houvesse em algum lugar dentro dele, num quartinho escondido, negado, a disposição de se aconselhar com um psiquiatra, a partir de então esse quartinho estava trancado para sempre.

— Um hospício. Um *hospício*. Eu não vou levar Lea a um *hospício*.

Tínhamos caminhado um pouco e estávamos parados novamente à beira do lago de Genebra. A palavra brutal era uma faca com a qual ele se cortava, uma vez, duas vezes, três vezes. Pensei em suas palavras, quando ele contou sobre Amsterdã, das pontes baixas demais sobre os canais e das máscaras com as roupas velhas que vestiu para se defender, como Martijn Gerrit van Vliet, o holandês abrutalhado, do coruscante Davíd Lévy: *porque uma dor emocional na qual também agimos é mais fácil de suportar do que uma dor que só nos é infligida.*

— Eu não vou levar Lea a um hospício.

Ele falou usando o tempo presente. Um terrível tempo presente. Não apenas porque negava a morte de Lea, mas também porque ali vibrava uma raiva indefesa, gelada, uma raiva do magrebino, que negou seu acesso à filha e cuja existência só era possível suportar porque a escolha do tempo verbal permitia simplesmente eliminá-la. Não, não era possível pensar em jalecos brancos, chaves e portas de instituições trancadas.

Também não quando Lea sucumbiu totalmente depois de visitar Marie. Van Vliet a viu de longe, com seu violino antigo pendurado sobre o ombro, Nikki preso na guia. O estômago apertou. Marie. A certeza veio quando ela subiu no bonde. Van Vliet correu até o ponto de táxi e a seguiu, assim como se segue uma sonâmbula, para protegê-la e evitar uma queda.

Ele se escondeu na entrada de um prédio do outro lado da rua, quando Lea se dirigiu à casa de Marie, com passos hesitantes e a cabeça estranhamente baixa. Anoitecia e Van Vliet reparou imediatamente que não havia luz por trás das janelas de Marie. Lea vacilou, pareceu querer dar meia-volta, mas acabou tocando a campainha. Nada. Ela passou a mão no cachorro, esperou, tocou mais uma vez. Van Vliet respirou aliviado: mais uma vez tinha corrido tudo bem. Embora o cachorro puxasse, Lea não ia embora, mas tirou o violino do ombro e sentou-se nos degraus diante da porta. Agora, pai e filha esperavam na escuridão que aumentava, em silêncio e separados pelo trânsito da noite, que Marie surgisse em algum momento.

Ele deveria ir até ela e levá-la para casa? Lembrá-la de que Marie tinha medo de cachorros? Se Lea não tivesse levado o violino, talvez ele o tivesse trazido. Mas o violino significava que ela não queria simplesmente conversar com Marie, queria ter uma aula, ou seja, voltar no tempo, queria que tudo fosse como antes. Não havia nenhuma viagem para St. Moritz, nenhum rompimento, nenhum David Lévy, nenhuma Neuchâtel, ela queria voltar para os vestidos de batique de Marie e para a grande quantidade de chita, em meio à qual um dia quis nadar. Van Vliet percebeu: lá naquele lugar, sobre os degraus, ela parecia estar à beira de um precipício. Cambaleava no tempo, ou melhor, não conhecia mais nenhum tempo, não havia mais nenhum tempo dentro dela — apenas o desejo de que as coisas com Marie voltassem a ser boas, com a mulher a quem ela deu o anel dourado de presente e a quem enviou os muitos cartões-postais de Roma, com a mulher que lhe fazia o sinal da cruz na testa antes de todas as apresentações.

E o pai não queria ser aquele a pisotear essa esperança e esse desejo, a quem ela odiaria depois disso.

Já passava das dez e a noite estava escura quando Marie estacionou diante da casa. Van Vliet ficou olhando até seus olhos lacrimejarem. O cachorro se levantou num salto e puxou a guia. Marie levou um susto, deu um passo para trás, ficou parada. Lea tinha se erguido e estava diante dela. Van Vliet ficou aliviado pela escuridão impedir que reconhecesse o olhar. Mas talvez fosse até pior ter de imaginar esse olhar: o olhar de sua filha que implorava, que suplicava, para quem Marie talvez fosse a última salvação.

Van Vliet estava tentado a ir até lá, a correr até lá, em auxílio da filha. Mas isso apenas tornaria tudo mais caótico, e assim continuou encarando a escuridão, tentando entender o que Marie falava. Ela tinha de falar alguma coisa, depois de três anos de silêncio absoluto ela não podia simplesmente passar muda ao lado de Lea, entrar em sua casa e fechar a porta atrás de si. Ou não?

Marie estava junto à porta, parecia estar colocando a chave na fechadura. Lea tinha dado um passo para o lado, teve de se encostar num arbusto e segurar a guia de Nikki para deixar Marie passar. Seu pai sentiu uma pontada no estômago quando viu como ela abriu espaço, como uma escrava que não tinha direito de estar lá. Nesse momento, ele a escutou dizer algo a Marie. Sob a porta entreaberta, atrás da qual a luz havia se acendido, Marie se virou e olhou para Lea. Um carro passou. "... tarde... sinto...", foi tudo o que ele compreendeu. Lea soltou o cachorro, tropeçou na guia, abriu os braços; o coração do pai deve ter se estraçalhado ao ver o movimento suplicante, saudoso, de sua filha, que não sabia o que fazer e que empreendia a ridícula tentativa de simplesmente apagar o tempo e tudo o que ele faz com as pessoas, e continuar a viver onde a dor era menor.

Marie, uma sombra diante do facho de luz que saía pela porta, pareceu se aprumar e ficar muito grande. Van Vliet havia aprendido a conhecer e temer esse movimento. "Não", disse ela, e depois mais uma vez: "Não." Ela se virou e passou pela porta, que se fechou atrás de si.

Lea ficou parada lá durante um bom tempo, olhando para a porta, por trás da qual a luz se apagou. Apagou-se — o pai ficou com a impressão de que toda a esperança e todo o futuro de Lea estivessem sendo encerrados dessa maneira. Em seguida, a luz da sala de música se acendeu, a silhueta de Marie se tornou visível. Van Vliet pensou em quando, há muito, muito tempo, tinha assistido ao teatro de sombras naquele quarto, apresentado por Marie e Lea, e invejou a intimidade das duas que seus gestos revelavam. Agora Lea também estava de fora, excluída por uma luz que se apagava; uma menininha empurrada para fora, que cambaleava e a qualquer momento podia cair, interna e externamente.

Ela tomou a direção errada. Esse não era um caminho possível para chegar em casa nem um caminho para outro objetivo razoável. Mais uma vez, o estômago de Van Vliet se retorceu. A imagem de sua filha foi coberta por uma imagem ilusória, na qual ela seguia adiante nessa rua, sempre adiante, a rua era uma linha infinita, Lea caminhava e caminhava, o cachorro havia sumido, a figura de sua filha começava a esmaecer aos poucos, ficava cada vez mais clara, transparente, etérea como uma fada, e então ela desapareceu.

Quando Van Vliet finalmente conseguiu se livrar da imagem, que se tornava mais e mais intensa, foi como se acordasse de uma doença breve, porém grave.

— Mais tarde, deitado, porém sem dormir, pensei em como seu espírito também tinha começado a se transformar. Era muito estranho. Achei que ia sentir um pouco de pânico, medo de ficar louco. Em vez disso, me senti bem. Não foi exatamente um sentimento de felicidade, mas um tipo de satisfação, e acho que era a sensação de me tornar semelhante a Lea, independentemente do quão louco isso possa soar. Ou talvez eu não devesse dizer tornar semelhante, mas *corresponder*. Sim, era isso. Era a sensação de responder, a partir da minha noção do caminho infinito de Lea que esmaecia, ao plano da irrealidade que se expandia sem parar dentro de minha filha. Isso era perigoso, e pude perceber. Afinal, isto existe: a contemplação dócil, resignada e, de alguma maneira, satisfeita de um precipício.

E depois ele falou de *Thelma & Louise*, um filme no qual duas mulheres, perseguidas pela polícia, dirigem em alta velocidade pelas beiradas do cânion. Elas se comunicavam com poucas palavras, mas, com olhares de cumplicidade, se dão as mãos e andam em uníssono rumo à liberdade fatal.

— A imagem dessas duas mãos é uma das imagens mais bonitas que conheço do cinema. Parece tão leve e gracioso como essas duas mãos se tocam, nada remete ao desespero, e sim à felicidade, uma felicidade à qual só se chega investindo tudo, até a vida. Uma artimanha escandalosa, intrépida, com a qual ambas as mulheres se erguem acima de todo o poder do mundo, mesmo se pelos últimos segundos de suas vidas.

Sim, Martijn, essa é uma imagem que deveria atingi-lo bem no fundo. Vejo suas mãos na minha frente, como você as tirou do volante quando os caminhões se aproximavam, grandes, barulhentos e destruidores.

Naquela época, Van Vliet chamou um táxi, pediu que desse uma volta no quarteirão e parou ao lado de Lea. "Ah, papai", disse ela apenas, subindo no carro com Nikki no banco de trás. Ela não achou nada suspeito, parece ter considerado a coincidência um mero acaso. Em silêncio, foram para casa. Ele cozinhou, mas Lea ficou sentada diante da comida com o olhar vazio e, por fim, não tocou nela.

Ao acordar pela manhã, Van Vliet escutou um ruído no corredor. Lea estava sentada num canto ao lado de Nikki, os braços em volta do cachorro, chorando. Ele a colocou na cama e esperou na poltrona até ela ter adormecido. Não foi possível conversar com Lea. "Ela não estava mais acessível para ninguém", disse ele.

22

NAQUELAS HORAS DA manhã Van Vliet tomou a decisão fatal: iria comprar um violino de Guarneri del Gesù para Lea, não importava o preço.

O instrumento — creio que deve ter sido essa sua ideia — iria ser bom para a filha, devolvendo a ela seu jeito orgulhoso, que era a marca de seu autêntico ser. Ele iria ancorar novamente sua vontade que estava ao léu, sem amarras. Ela se levantaria e construiria suas incomparáveis catedrais de sons sagrados. LEA VAN VLIET — ele deve ter visto as letras orgulhosas, luminosas, diante de si. Na plateia, não estariam David Lévy nem Marie Pasteur, mas ele, o pai. Van Vliet ainda não tinha um plano bem-definido de como conseguir juntar o dinheiro para comprar um dos violinos mais caros do mundo. Mas daria um jeito. Com um lance audaz de xadrez, ele iria proteger sua filha de despencar para a escuridão e trazê-la de volta ao mundo dos saudáveis.

Dá para imaginar algumas coisas, prever algumas explicações: o livro sobre os luthiers de Cremona, que ele e Lea tinham lido, juntos, à mesa da cozinha; Guarneri como substituto de Amati; superar Lévy; a ambição de vê-la novamente no palco; o desejo de ver mais uma vez seus olhos brilhando; o desejo irrefreável, sim, infame, de neutralizar todos os concorrentes e reconquistar o amor, todo o amor da filha e, a partir de então, tê-la só para si.

Isso tudo também me passou pela cabeça. E, apesar disso, para compreender o que Van Vliet fez na sequência, para *compreender* de verdade, seria preciso tê-lo visto, ouvido e — embora soe estranho — cheirado. Seria também possível dizer: tê-lo *notado*. Seria preciso tê-lo visto, o homem grande, pesado, segurando teimosamente a garrafinha de bebida, um irresponsável por fora e ainda muito mais por dentro. Seria preciso ter ouvido a vibração de sua voz enquanto falava de Marie e Lévy. Seria preciso ter visto suas mãos grandes sob o cobertor e sentido o cheiro de seu hálito azedo por causa do álcool que preenchia o quarto de noite, banhado pelo raio de luz protetor vindo do banheiro. *Maldição. O que sabemos, na realidade?* — seria preciso também ouvir o som dessas palavras, que na minha lembrança são mais frequentes que na realidade. Seria preciso ter vivenciado tudo isso para se ter a impressão, a compulsória impressão, de que aquilo que aconteceu foi exatamente o que devia ter acontecido, e nada diferente disso.

Fecho os olhos, permito que ele apareça diante de mim e penso: sim, Martijn, você *teve* de sentir e agir assim, exatamente assim. Pois esse é o ritmo de sua alma. Havia muitos outros violinos igualmente nobres, que soariam bem nas mãos de Lea, e que não obrigariam o pôquer audaz, despropositado. Mas, não, tinha de ser um GUARNERI DEL GESÙ, porque esse era o nome que prendeu Lea à mesa da cozinha e que desviou sua atenção de Amati e de Lévy. O violino tinha de ser, a qualquer preço, igual ao de Paganini, que está exposto na prefeitura de Gênova. E não me espanta que a primeira coisa que você pensou, naquele amanhecer ao lado da cama de Lea, foi em como roubar aquele violino da vitrine. Um Guarneri del Gesù. Não fazia nem três dias que estávamos juntos e eu não me sentia nem um pouco espantado pelo fato de nada diferente ter sido considerado.

23

VAN VLIET SENTOU-SE ao computador à luz clara da manhã. Os primeiros passos foram facílimos. Alguns cliques e o buscador o levou às páginas com as informações desejadas. Havia 164 violinos registrados de Guarneri del Gesù. À venda, apenas um, e o comerciante estava em Chicago. Para saber o preço, ele tinha de se cadastrar no site que reunia todas as informações sobre instrumentos musicais antigos. Ele hesitou. Digitar o número de seu cartão de crédito significava gastar alguns dólares, nada mais. Apesar disso, quando finalmente o fez, ficou com a sensação de colocar coisas em movimento que não estariam mais sob seu controle.

O violino custava 1,8 milhão de dólares. Van Vliet mandou um e-mail para o vendedor e perguntou como seria o processo, caso ele quisesse comprar o instrumento. Mas era noite em Chicago e uma resposta viria apenas no fim da tarde.

Quando Lea acordou por volta do meio-dia, foi como se nada tivesse acontecido. Ela parecia não se lembrar nem da visita a Marie nem da cena noturna com o cachorro. Van Vliet se assustou. Nunca havia ficado tão evidente que o espírito de Lea estava se decompondo em fragmentos, em sequências sem ligação entre si. Ao mesmo tempo, ele também ficou aliviado e se alegrou ao vê-la combinar pelo telefone um encontro com Caroline.

No escritório, Van Vliet repassou os papéis sobre o milhão que tinha entrado na instituição. Ele se assustou quando percebeu que, escondido de si mesmo, desde o começo ele tinha a intenção de pagar o violino com os fundos do instituto. Observou a soma na tela do computador: ele teria de subtrair mais da metade da primeira prestação para o violino. Isso significava retardar alguns projetos, a fim de pagá-los com a segunda prestação. Ele foi até a janela e olhou para fora. Quando um funcionário entrou e lançou um olhar à tela, Van Vliet estremeceu, embora não houvesse nada de suspeito para ser visto. Depois de ficar novamente sozinho, protegeu todo o arquivo com uma senha. Em seguida, foi até um banco privado em Thun, cujo nome não conhecia, e abriu uma conta-corrente.

— Depois de sair para a rua novamente, fiquei com a mesma sensação de antes, quando vendi ações para comprar o primeiro violino de Lea — disse ele. — Só que a sensação era muito mais forte, embora eu não tivesse feito nada ilegal e pudesse retroceder tudo com um risco de caneta.

Quando voltou ao instituto, Ruth Adamek reclamou de não ter mais acesso aos dados por causa da senha. Van Vliet disse algo friamente sobre segurança e balançou a cabeça quando ela perguntou a combinação. Depois, avaliou mentalmente as palavras e os olhares dela. Não, era impossível que ela estivesse suspeitando de algo. Afinal, era impossível para ele próprio saber algo de seus pensamentos.

À noitinha, chegou a resposta de Chicago: o violino tinha sido vendido havia poucos dias. No caminho de casa, Van Vliet alternou os sentimentos de decepção e alívio. Ele escondeu os formulários bancários de Thun no seu quarto. O perigo parecia ter sido eliminado.

Caroline passou a ir com frequência à casa deles e a sair com Lea. Van Vliet ficou mais sossegado. Talvez ele tenha colocado dramaticidade demais na visita que Lea fez a Marie. E não era muito natural ela querer buscar consolo junto ao cachorro?

Mas então ele encontrou Caroline na cidade. Ela perguntou timidamente se eles podiam tomar um café juntos. E depois falou do medo que sentia por Lea. Ele se assustou, por pensar primeiro que ela percebeu os rompimentos e os saltos do espírito de Lea. Mas não era isso. Eram as lembranças de Lea dos concertos, do brilho, da animação e dos aplausos que preocupavam Caroline. Quando estavam juntas, Lea só falava disso, durante horas. Ela se esquecia de tudo ao seu redor e viajava de volta no tempo, florescia, seus olhos brilhavam, ela olhava pela janela do café para um futuro imaginário e criava roteiros de apresentações, um após o outro. Quando chegava a hora de pagar a conta, tudo esvanecia, ela mal parecia saber onde estava, e subitamente Caroline tinha a sensação de que Lea era uma mulher velha, que já havia vivido sua vida. "Carol", disse ela na última vez que se despediram, "você vai me ajudar, não é?"

Van Vliet e Caroline estavam na rua. Ela percebeu o que ele estava se perguntando. "Ela acha que o senhor está de acordo com isso. Com o fim dos concertos, quero dizer. Que o senhor nunca gostou de tudo isso. Por causa de Davíd, Davíd Lévy."

Van Vliet passou a noite inteira no instituto. Durante as primeiras horas, lutou contra a raiva que sentia de Lea. *Que o senhor está de acordo com isso.* Como ela podia pensar algo assim! Era por que ele havia perdido muitas apresentações, a fim de não ter de olhar para a cabeleira grisalha de Lévy? Ele caminhou sem parar pelo escritório, olhou para a cidade à noite e conversou com Lea. Conversou e debateu durante tanto tempo com ela até a raiva sumir e só lhe restar a terrível sensação de que parecia ter se tornado completamente estranho a ela. Van Vliet, que estava ao seu lado na estação quando Loyola de Colón a libertou de sua rigidez com seus sons. Ele, a quem ela perguntou à mesa da cozinha: "Um violino custa caro?"

Acho que mais do que todo o resto foi essa sensação, essa terrível sensação do estranhamento entre eles que fez Van Vliet partir mais uma vez, de manhãzinha, em busca de um violino que acordasse novamente sua filha para a vida e que lhe mostraria que ela se enganou, que ela o compreendeu mal. Esse violino deveria ser a prova viva, material, de que ele estava disposto a fazer tudo, realmente tudo, para lhe devolver a felicidade da música e a animação dos concertos. E, quando Van Vliet me contou como se sentou ao computador de maneira decidida, audaz e febril, entendi a intensidade do ódio que havia se inflamado em seu interior quando o magrebino lhe falou, com a voz cortante, justo aquela frase: *C'est de votre fille qu'il s'agit.*

Ele descobriu que havia na internet um fórum para pessoas que queriam trocar informações e dúvidas sobre os violinos da família Guarneri. Com os olhos ardendo, ele leu todos os registros.

— Era como se eu estivesse mergulhando no caldeirão quente de uma bruxa, borbulhante — disse ele —, embora a linguagem das mensagens fosse fria e distante. Era raro surgirem palavras cultas ali, tinha um quê de confraria secreta, cujos membros seguiam regras especiais ao escolher as palavras, pelas quais eles se distinguiam como iniciados.

E daí ele topou com o *signor* Buio. "Vocês ouviram falar que o Sr. Buio quer leiloar seus Guarneris?", estava escrito. "Incrível, depois de todos esses anos. Deve ser ao menos uma dúzia. Inclusive os Del Gèsu. Ouvi dizer que vai acontecer na casa dele, e ele só aceita dinheiro vivo. Isso me parece como se ele estivesse planejando uma partida de xadrez contra o resto do mundo, talvez a última partida de sua vida."

Van Vliet hesitou um pouco em se registrar, pois aí eles teriam seu endereço. Mas era simplesmente forte demais.

O que ele descobriu foi como um conto de fadas. *Signor* Buio era um homem lendário de Cremona, a quem eles deram esse nome — Sr. Escuro — porque ele nunca aparecia vestido senão de preto: terno mal-ajambrado preto, sapatos gastos pretos, que se pareciam com calçados de se usar em casa, camiseta preta, por cima o pescoço branco, enrugado, de um homem que devia estar entre os 80 e os 90. Podre de rico e sovina a ponto de passar fome. Um apartamento num prediozinho caindo aos pedaços com paredes úmidas. Os violinos, dizia-se, eram guardados em armários e sob a cama. Um *filius Andreae* supostamente foi amassado pelo colchão.

Ele arrastava os pés por Cremona com uma sacola plástica furada, na qual levava para casa a verdura barata, os restos de carne e o vinho de quinta. Nem sombra de uma mulher, mas, segundo os boatos, de uma filha que ele endeusava, embora ela o renegasse. Ele portava as notas de dinheiro, dobradas várias vezes, numa bolsinha vermelha minúscula. Havia milhares de hipóteses sobre por que ela era vermelha e não preta. Quando um garçom se negou a aceitar uma dessas notas amarrotadas, o *signor* Buio comprou o estabelecimento e o demitiu.

Ele afirmava ser parente de Caterina Rota, a mulher de Guarneri del Gesù. E ele tinha um ódio mortal contra todas as empresas estrangeiras que negociavam com os violinos de Cremona. Quando ele era informado de que um comerciante estava de posse de um Guarneri, perdia as estribeiras e sonhava em contratar alguém para roubá-lo e trazê-lo para casa. Ninguém sabia o motivo, mas um ódio especial era reservado aos comerciantes americanos de Chicago, Boston e Nova York. Ele não sabia falar inglês, mas conhecia todos os palavrões. Segundo a lenda, era apaixonado por uma violinista italiana, cuja música ele amava mais que tudo. Reconhecia todos os violinos de Cremona pelo seu som e sabia distinguir de qual mão tinha sido a obra. Por isso sabia que ela tocava um *filius Andreae*. Quase não se passava um dia sem que ele não colocasse um de seus discos para tocar. Certa vez, o *signor* Buio soube que a violinista italiana havia comprado o violino de um comerciante em Boston. Ele quebrou todos os discos dela com um machado e rasgou suas fotos em mil pedaços. Todos diziam: ele é doido, mas não há ninguém no mundo que conheça melhor os violinos de Cremona.

Van Vliet se informou da data e do local do leilão. O evento ocorreria dali a três dias e começaria à meia-noite. A casa não tinha número, mas era reconhecível pela porta azul. O fato de o *signor* Buio aceitar apenas dinheiro vivo obrigava as pessoas a chegarem com malas de dinheiro? Ninguém sabia bem ao certo, mas devia ser assim.

Van Vliet ficou com a sensação de ter tomado uma droga, a qual ao mesmo tempo que o excitava também o deixava terrivelmente cansado. Ele trancou a porta do escritório e se deitou no sofá. Os fragmentos de sonho eram vagos e se apagavam rápido, mas sempre giravam, de algum modo, sobre o homem escuro que queria o dinheiro que ele não tinha. Van Vliet não escutou o riso malicioso do homem pela sua infelicidade, mas ele estava lá.

Acordou quando Ruth Adamek tentou abrir a porta. Ela o encarou com um olhar estranho, quando ele apareceu com sono e o cabelo desgrenhado. Ela perguntou mais uma vez qual era a senha. Mais uma vez ele se recusou a dizer. Eles se limitavam a ser opositores, e não faltava muito para a inimizade. Van Vliet apagou a senha que ela poderia acabar descobrindo e a trocou por uma nova, impossível de ser adivinhada: DELGESÙ. Depois, foi para casa.

24

— SE LEA NÃO estivesse sentada na cama com aquele olhar quando cheguei, talvez eu não tivesse feito nada — disse Van Vliet.

Reservamos nossos quartos de hotel para mais uma noite e estávamos sentados no meu. Quanto mais sua narrativa se aproximava da catástrofe, mais frequentemente ele necessitava de uma pausa. Fizemos algumas caminhadas ao redor do lago por cerca de meia hora sem que ele dissesse nem uma palavra. Vez ou outra Van Vliet dava um gole na sua garrafinha, mas só um gole. Era impossível ir a Berna naquele momento; isso o petrificaria e trancaria a memória narrativa. E assim eu o levei novamente ao hotel. Quando lhe dei sua chave, ele me lançou um olhar tímido e agradecido.

— Ela estava sentada lá com as pernas encolhidas, ao seu redor fotos das suas apresentações — continuou ele. — Fotos em que tocava, outras em que fazia reverências, outras ainda em que o maestro lhe beijava a mão. Eram tantas, e elas estavam tão próximas umas das outras, que formavam quase uma segunda coberta, na qual havia apenas espaço para o seu corpo enrodilhado, um espaço pequeno, pois ela quase não comia e emagrecia cada vez mais. Seu olhar estava vazio e distante, o que me fez pensar que ela estava sentada assim havia horas.

"Ela me fitou com um olhar que me lembrou imediatamente das palavras de Caroline: *que o senhor está de acordo com isso*. Se ao menos fosse um olhar raivoso! Um olhar capaz de começar uma briga, assim como o fiz à noite no escritório. Mas era um olhar quase sem reprimendas, somente repleto de decepção, um olhar sem futuro. Perguntei se devia cozinhar algo. Ela balançou a cabeça de maneira imperceptível. Quando eu estava na cozinha, para onde seu olhar me seguiu, refleti sobre algo em que nunca havia pensado antes, e me doeu tanto que tive de me apoiar. *Ela deseja outro pai.* O senhor entende que eu tinha de ir a Cremona? Que eu simplesmente TINHA de ir?"

Eu não lhe dei nenhum sinal de que não o compreendia; pelo contrário. No entanto, quanto mais nos aproximávamos do ato no qual ele ultrapassou um limite, mais eu me tornava para ele — essa era minha impressão — um juiz, um juiz cuja compreensão podia ser pleiteada e conquistada. Ele estava sentado no canto da minha cama; as mãos, que seguravam a garrafinha, estavam entre os joelhos. Ele mal me encarava, falava para baixo, para o tapete. Mas todo movimento que eu fazia na poltrona o irritava, a concentração tremeluzia, um sinal de raiva corria pelos seus traços cansados.

Naquela época, Van Vliet fechou a porta do apartamento atrás de si em silêncio e voltou ao instituto. Ele se trancou no escritório e com um clique do mouse transferiu metade da verba de pesquisa que havia sido recebida para sua conta em Thun. "Esse clicar no mouse", disse ele, rouco, "um clicar entre centenas de milhares, indistinto de todos os outros e, mesmo assim, diferente deles... nunca vou esquecê-lo." Sempre vou me lembrar também dos músculos do meu rosto naquela hora, que se tensionaram e ficaram muito quentes.

Martijn van Vliet, que quando criança ficava deitado na cama querendo ser falsificador de dinheiro. Martijn van Vliet, que assumia todos os desafios no xadrez e não conseguia resistir à tentação de impor uma artimanha ousada, incompreensível, ao adversário. Naquele instante, imediatamente após o clique fatídico, ele ficou com medo. O medo deve ter sido infernal. Ainda era possível reconhecê-lo como sombra de seu olhar escuro.

Mas ele foi. Primeiro para Thun e em seguida para Cremona, com uma mala cheia de dinheiro.

Olhei para Van Vliet, sentado na beirada da cama, falando do inspetor italiano da alfândega, que passou pelo seu compartimento sem lhe dirigir o olhar. Ele atravessou o vale do Pó com tonturas, tamanho era seu nervosismo. Também sentia medo, o medo do clique do mouse, mas quanto mais se dirigia ao sul, mais se afastava da febre do jogador.

— Eu fumava, colocava a cabeça ao vento, fumava e bebia o café horrível dos copos de papel do carrinho de bebidas. — Ele apertou as mãos ao redor da garrafinha, os nós dos dedos estavam brancos.

Era incrível, lá estava a força, sim, a violência das mãos grandes, nas quais a consciência pesada e a raiva pela consciência pesada se expressavam. Lá, entre seus joelhos, desenrolava-se a batalha com o juiz interior. E acima, na altura do olhar e da voz, vinham todas as palavras possíveis de sentir o vento da viagem, o vento de uma viagem que o tinha levado à aventura mais louca de toda a sua vida. Desviei o olhar dos nós brancos da mão, não queria que ele desencarnasse, eu tinha de viver, viver. Pensei em Liliane e em outras oportunidades, onde não vivi o que poderia ter vivido e talvez devesse ter vivido.

— Foi alucinante, completamente maluco, chegar à meia-noite com uma mala cheia de dinheiro roubado ao leilão de um sujeito estranhíssimo para comprar um dos violinos mais caros do mundo. Minha ida até lá não devia ser verdade. Mas era. Eu ouvia meus passos no asfalto, e, quando escutei também seu eco silencioso nas ruas vazias, enxerguei de repente, mais uma vez, a rua que Lea havia percorrido quando estava voltando da casa de Marie e tomou o caminho errado. Agora também a rua infinita, retilínea, ia se apagando, o brilho daquele apagar longínquo se sobrepunha à luz fraca das lâmpadas nuas que iluminam parcamente as ruas de Cremona em vez de luminárias. E senti novamente a correspondência perfeita da distância à realidade de meu trajeto noturno em relação à distância da realidade que se expandia em Lea.

Van Vliet fechou os olhos. Hóspedes barulhentos passavam diante da porta. Ele esperou até haver silêncio.

— Eu desejaria não ter feito aquilo. A destruição foi tanta, foi total. Apesar disso, não quero esquecer do momento em que atravessei a porta azul, subi as escadas entre paredes úmidas e bati à porta do velho. Era como se eu estivesse vivendo um sonho completamente lúcido, num estado de despertar máximo, e me encontrasse num espaço imaginário, sem peso, ancorado por nada além da absurdidade; o espaço que poderia ser encontrado num quadro de Chagall, fantástico e terrivelmente belo. E também não quero esquecer das horas que se seguiram; essas horas loucas, absurdas, nas quais eu ganhei de todos.

O velho morava em dois cômodos, separados por uma porta de correr. A porta estava aberta para que os sete homens que davam os lances tivessem espaço em suas cadeiras bambas. Apesar disso, estava tão apertado que eles necessariamente se tocavam. O ambiente devia estar abafado, havia bolas de poeira por todo lado, e de cada canto subia o cheiro ácido da senilidade. Um dos homens, que aparentava mal-estar, levantou-se sem dizer palavra e saiu.

Signor Buio, vestido exatamente como a lenda dizia, estava sentado numa poltrona de aparência encardida no canto. De lá ele conseguia ter uma visão geral e dirigir seus olhos brilhantes, que durante a noite pareciam luzir e enlouquecer cada vez mais, para cada uma das pessoas. Ninguém foi cumprimentado à entrada, a porta foi aberta como se por uma mão fantasma de uma garota discreta, que se encontrava lá como se não estivesse. Ninguém parecia se conhecer, ninguém se apresentou, as pessoas se olhavam com estranhamento, medindo-se umas às outras, desconfiadas.

Van Vliet contou isso de tal maneira que pensei: "Ele gostou, ele gostou dessa situação surreal."

— Parecia um pouco como uma reunião de morcegos, nós não nos olhávamos direito, apenas nos ouvíamos e sentíamos — disse ele.

Acho que foi dessa estranheza absoluta, fantasmagórica que ele gostou. Não da maneira como gostamos de algo agradável. Mas como nos apoiamos e nos prendemos a algo ao descobrirmos que uma suposição negra, desesperadora, corresponde à realidade.

No caso de Van Vliet, era a suposição de uma estranheza última, insuperável entre os homens. Na realidade, é errado chamar isso de suposição. Tratava-se mais de uma experiência sedimentada, a base de todos os outros sentimentos. Nunca escutei a palavra *estranheza* de sua boca. Mas, quando fecho meus olhos e escuto seu relato como se fosse uma peça musical, fica claro para mim que durante todo o tempo ele não falou de nada além dessa estranheza. Ele já a conhecia como menino que vivia nas ruas e sozinho em casa, enquanto os pais trabalhavam fora. Depois apareceu o professor, que lhe deu de presente os livros sobre Louis Pasteur e Marie Curie. Vieram Jean-Louis Trintignant e Cécile. E, principalmente, Lea apareceu por alguns anos, que ele sentiu como um baluarte contra a estranheza, ou queria sentir, até ela dizer *à très bientôt* a Lévy no restaurante do parque Rosengarten, e teve de carregá-la algum tempo depois, obnubilada por remédios pelo apartamento, e escutar seus xingamentos ordinários, para finalmente saber, por intermédio de Caroline, que havia um grande mal-entendido dela em relação a ele. Em seguida, esse homem partiu em viagem, com milhões em dinheiro roubado, para ter em seu poder, por intermédio de um Guarneri del Gesù, aquele objeto — um objeto realmente mágico — que ele considerava o único, como lhe parecia, capaz de resolver o mal-entendido e superar a estranheza, aterrissando numa reunião de morcegos que lhe apresentava a estranheza completa de maneira crua, inconteste. Ele gostou foi *desse* paradoxo fulminante, que clamava aos céus. Deve ter sido uma experiência inebriante, uma vertigem da solidão, uma furiosa espiral descendente de consciência autodestruidora. E, sim, Martijn van Vliet era exatamente o homem que apreciaria isso.

Pergunto-me o que aconteceria caso a estranheza nascesse entre nós dois. E ela nasceria. Fechei os olhos, escutei e nos imaginei percorrendo novamente a Camargue, à direita e à esquerda arrozais e água, nos quais as nuvens móveis e o céu azul se espelhavam. *Le bout du monde.* Deveríamos ter ficado lá embaixo, rindo diante da parede branca e bebendo à contraluz, e o final deveria ser como uma imagem congelada no final de um filme.

— Os violinos saíram de um grande baú de navio, que estava ao lado da poltrona do velho — continuou Van Vliet. — Âncoras pintadas do lado, a tinta descascando. Uma coisa gigante, certamente com um metro de altura e pelo menos o dobro do comprimento. Os violinos ficavam ali e não no armário ou debaixo da cama, como se falava, e eles estavam empilhados cuidadosamente, com panos macios entre eles. Os fechos de latão enormes rangeram quando o velho abriu a caixa e retirou o primeiro instrumento.

"Tratava-se de um violino de Pietro Guarneri, o primogênito de Andrea e tio de Del Gesù; lembro porque era o instrumento sobre o qual eu menos sabia, o menos citado no livro que trouxe daquela vez de Milão.

"*Mille milioni!*, disse o velho, afinal ainda era a época da lira. Esse preço era adequado para um dos Guarneri menos valiosos. Porém, quanto mais a noite avançava, melhor eu compreendia que, para o velho, essas palavras eram muito mais que apenas um preço objetivo. Eram palavras que, evidentemente, significavam muito dinheiro, mas também simbolizavam a unidade arredondada, brilhante, da riqueza, a impureza da riqueza, a ideia do dinheiro em si. *Mille milioni* era o valor último, o maior impossível. *Due mila milioni, tre mila milioni* seria, embora um múltiplo, algo menor.

"O violino foi arrematado por um homem de terno que deveria ser Armani e que combinava com o lugar decadente como um soco no olho. Exceto eu e um francês, todos os homens eram italianos, pelo menos a julgar pela língua. Mas o passaporte de um deles acabou caindo no chão, praticamente aos pés do velho, quando o sujeito foi procurar algo entre seus papéis. Era um passaporte americano. '*Fuori!*', gritou ele. '*Fuori!*' O homem quis explicar, se defender, mas o velho repetiu seu berro e, por fim, o homem foi embora. O lugar estava gelado, embora estivéssemos suando.

"A menina discreta que havia entrado em silêncio e se sentado à mesa no canto anotava tudo. Os violinos passavam de mão em mão, todos os outros tinham pequenas lanternas em forma de caneta, com as quais iluminavam o interior do instrumento, a fim de ver a anotação dele.

Esses homens eram gente com experiência, que não seriam facilmente enganados, dava para perceber pela maneira como passavam as mãos pelos Cs e pelas aberturas acústicas, tocavam a voluta e verificavam o verniz. Apesar disso, o ambiente estava carregado de desconfiança. A maioria, antes de dar seu lance, se recostava e observava o velho através de olhos semicerrados com um olhar desdenhoso. Alguém perguntou se havia certificados de procedência. '*Sono io il certificato*', eu sou o certificado, respondeu o velho. Na verdade, ele nunca comprava sem ter ouvido o violino antes, disse um senhor mais velho de aparência elegante, que era possível imaginar num *pallazzo* veneziano. Ninguém era obrigado a comprar, replicou o velho, seco e definitivo.

"O Guarneri del Gesù foi o nono ou o décimo. Pedi uma lanterninha emprestada. Num papelzinho amarelo estava escrito JOSEPH GUAR-NERIUS FECIT CREMONAE ANNO 1743 † IHS. Deve ter sido um de seus últimos trabalhos, pois ele morreu em 1744, não longe do ano de fabricação. Seria possível falsificar um papelzinho desses e afixá-lo posteriormente? Tratava-se de um formato menor, a fita métrica foi passada de mão em mão. Frente e fundo pouco abaulados, Cs bem abertos, ângulos curtos, longas aberturas acústicas, verniz maravilhoso. As características típicas. Além disso, havia uma mancha clara, no lugar que o apoio de queixo tinha estado, parecido com o *Il Cannone*, que Paganini havia tocado.

"'*Mille milioni e mille milioni e mille milioni!*', grasnou o velho. Como ele amava e se animava com essas palavras! Comecei a gostar dele. Apesar disso, eu estava desconfiado. A rouquidão, nessa altura eu tinha certeza disso, era um show, um show para nós, pobres malucos, que nos despencávamos até sua casa no meio da noite a fim de satisfazer nossa avidez por Guarneri. E o que mais fazia parte do show?

"Três bilhões de liras. Isso era quase tanto quanto eu estava carregando comigo. O Del Gesù mais caro havia custado 6 milhões de libras na Sotheby, em Londres. Comparado a isso, esse aqui estava barato. Eu o queria. Pensei em quando Lea estava sentada à mesa da cozinha, observando *Il Cannone*. A princípio a mancha clara a tinha irritado, depois ela disse: 'Na verdade é bem bom, um sinal de autêntico e vivo, dá quase para sentir o calor do queixo de Niccolò.' Eu queria me sentar novamente à mesa da cozinha com ela. Lea teria de fechar os olhos e eu colocaria esse violino diante dela sobre a mesa. Só então ela poderia abri-los novamente. Ela se levantaria e nosso apartamento se transformaria numa catedral de sacros sons de Guarneri. Toda a opacidade e o vazio teriam sumido de seus olhos brilhantes, as coisas terríveis dos últimos tempos seriam esquecidas e eliminadas de um golpe, Lévy seria passado longínquo, o 'Não!' de Marie quase nem teria acontecido, as cenas fotografadas sobre a mesa se reduzido a sombras. *Eu tinha de ter o violino.* Dali para a frente, haveria apenas o futuro aberto, feliz, de LEA VAN VLIET, que era muito mais radiante do que o passado de mademoiselle Bach. E essa Lea van Vliet iria reaparecer com um violino que superava em muito o Amati de antes. *Eu tinha de tê-lo, a qualquer preço.*"

Ele me lançou um olhar tímido, questionador: se eu entendia? Assenti. *Claro* que eu entendia, Martijn. Ninguém que tivesse ouvido você falar disso teria sentido de forma diferente. Agora que anoto tudo, vêm as lágrimas que eu reprimi naquela época. Você estava novamente atrás do volante do carro de corrida que Jean-Louis Trintignant dirigia da Côte d'Azur para Paris, um homem que *teria dado tudo, simplesmente tudo*, como você disse. E você revirou mais uma vez a cidade inteira para achar o perfume que Cécile usava.

Por que você não me ligou?

— Comecei a dar lances. Era a primeira vez, e até aquele momento eu permanecera sentado em silêncio entre os outros. Olhando agora, parece que eu, sobre minha cadeira incômoda, flutuava pela sala como se fosse um Chagall, em algum lugar à meia altura, apoiado por nada além da absurdidade da situação. E então entrei na sala verdadeira, quente, na qual o ar sufocava e o cheiro fazia querer vomitar.

"Fiquei segurando o violino durante tanto tempo que os outros começaram a ficar inquietos. Quando meu olhar finalmente passou pelo rosto do velho, pensei: ele percebeu o quanto o violino é importante para mim. Foi um sorriso que falou dos olhos claros e do rosto emaciado? Eu não sabia, mas a expressão me fez continuar aumentando os lances, cada vez mais, a soma já tinha superado em muito aquilo que eu carregava na mala, mas o rosto do velho me dava a coragem desesperada de continuar. Ele não me cobrará a diferença, pensei vagamente, quando superei a barreira dos 5 bilhões. Cinco bilhões de liras, perto de 4 milhões de francos; a partir desse ponto, qualquer outra soma também era possível. Cheguei a outra sala imaginária, a sala do facílimo dinheiro de jogo, que vale tudo e ao mesmo tempo não vale nada. O rosto dos outros explicitava a soma despropositada. Mas fui relaxando cada vez mais, era um percurso rapidíssimo numa montanha-russa, recostei-me e curti o pressentimento de logo ser jogado para fora na curva, para bem longe, onde as coisas se apagavam. No final, eu era o único que ainda dava lances. Seis bilhões de liras, cerca de 4,5 milhões de francos. A jovem olhou para os participantes e então anotou o valor.

"O velho olhou para mim. Seu olhar não estava mais tão cortante como no começo da noite. E também não vinha acompanhado de um sorriso. Mas havia algo suave em seus olhos, uma boa vontade que era difícil de ser interpretada, e, de repente, os olhos claros encaravam o mundo de maneira absolutamente normal. A loucura no olhar havia sumido, fazendo-me pensar: o olhar louco, ele é como a rouquidão, apenas o show, o velho pode ser esquisito, a caixa com os violinos é a prova, mas maluco não é, e ele considera todos nós uns idiotas.

"'*Il violini non sono in vendita*', os violinos não estão à venda. O velho falou em voz baixa, mesmo assim com muita clareza. Em seguida, ele moldou os lábios num sorriso desdenhoso, irônico. Não sei, mas para mim não foi uma surpresa absoluta. Fiquei com a impressão, cada vez mais forte, de que o velho era um jogador, um *clown*, um charlatão. Os outros ficaram sentados lá como se tivessem levado uma surra. Ninguém falou uma palavra. Olhei para a garota: ela sabia disso, estava lá para dar ao show uma aparência de realidade?

"O homem de terno Armani foi o primeiro a despertar para a vida. Ele estava branco de raiva. *Che impertinenza...*, murmurou ele, jogando a cadeira para trás ao levantar e sair rapidamente. Dois outros se ergueram, ficaram parados por um tempo e olharam para o velho como se quisessem torcer seu pescoço. O homem que eu havia imaginado em um *palazzo* veneziano tinha ficado sentado e lutava com seus sentimentos. Pela sua aparência, devia haver raiva ali, mas também a tentativa de enxergar a situação com humor. Por fim, ele também foi, o único que conseguiu se conter e formular um *buona notte*!

"Fiquei sentado, não sei o motivo. Talvez pelo jeito com que o velho me encarou no fim. Ele agiu como se eu também não estivesse mais lá, levantou-se com movimentos surpreendentemente flexíveis e abriu as janelas. O ar gelado da noite entrou, dava para reconhecer os primeiros raios de luz sobre os telhados. Eu não sabia o que dizer ou fazer, na verdade não sabia nem o que eu queria. Tinha acabado de me decidir a ir embora quando o velho se postou na minha frente e me ofereceu um cigarro. '*Fumi?*' Nenhum sinal da rouquidão, o tratamento informal soava como um compromisso vago.

"Ele era simplesmente um excêntrico, e gostava de ser excêntrico com um monte de dinheiro. Fiquei com a impressão de que essa era a única coisa que ele devia gostar em sua vida. Não que tivesse falado algo a seu respeito. E lhe fazer perguntas... o campo de tensão que o rodeava proibia isso e o tornava perigoso, caso fosse tratado de maneira errada. Em vez disso, ele me perguntou por que eu queria o Del Gesù a qualquer preço?

"O que eu devia fazer? Ou eu contava a ele de Lea ou ia embora. E assim, nas primeiras horas da manhã, nas quais ouvi o relógio da torre bater, contei para um velho excêntrico italiano, podre de rico, que morava num buraco decadente em Cremona, ao lado de um baú cheio de violinos, toda a desgraça de minha filha."

Naquela época, no quarto do hotel, não percebi, mas agora sei: fiquei com ciúmes do velho e decepcionado por não ser o único a quem Van Vliet relatou a desgraça da filha. Fiquei feliz por saber que o *signor* Buio não pôde ouvir a sequência dos fatos.

— O velho apontou para a mesa, sobre a qual a garota tinha escrito. Apenas naquele momento eu vi que se tratava de uma mesa de xadrez. 'Você joga?' Assenti. 'Vamos combinar uma coisa', começou ele. 'Uma partida, somente uma. Se você ganhar, leva o Del Gesù de graça. Se você perder, me paga *mille milioni*.' Ele pegou as peças e as posicionou.

"Essa seria a partida mais importante que eu jogaria em toda a minha vida.

"Não quero nem tentar descrever o que eu sentia. Eu poderia depositar de novo todo o dinheiro em Thun e transferi-lo de volta, apagando a senha. Nada teria acontecido. E, mesmo assim, Lea abriria os olhos junto à mesa da cozinha, pegaria o violino e transformaria o apartamento numa catedral Guarneri. Era louco, meu Deus, isso era tão louco que eu tinha de ir ao banheiro a cada par de minutos, embora estivesse aliviado havia tempo. O velho, por sua vez, ficou sentado o tempo inteiro quase sem se mexer diante do tabuleiro, com os olhos semicerrados.

"Ele começou com a abertura siciliana, jogamos nove ou dez movimentos, fiquei exausto e tive de me deitar; combinamos de nos encontrar à noite. Assim começamos três dias insanos. Dias do transe do xadrez, da euforia e do medo, dias vividos totalmente em função da noite seguinte, quando a partida continuaria. Comprei tabuleiro e peças, mudei-me para um hotel mais sossegado, arrumei um manual de xadrez e fiz tudo que pudesse me ajudar a vencer essa partida doida que o velho jogava com uma fineza e visão imensa, como se não fosse nada de mais. Após a segunda noite, tomei um comprimido para dormir e apaguei por 12 horas, então continuou.

"Fui à catedral, de repente fiquei ávido por música espiritual. Vi Marie desenhando a cruz na testa de Lea. Quando fechava os olhos e percebia o ambiente imenso por meio de sua frieza áspera e pelo cheiro de incenso, ficava com a impressão de estar sentado no meio da catedral que Lea construía para si com sons claros, quentes, a cada vez que colocava o arco em posição; uma catedral que lhe oferecia proteção contra a vida e que ao mesmo tempo era vida.

"Havia um disco à venda com a música de Bach tocada por violinos famosos de Cremona, com o intuito de compará-los. Deitado na cama, escutei os diferentes sons: Guarneri, Amati, Stradivari. Era preciso tempo até conseguir distinguir. Claro que eu sabia que nem todos os Guarneri podiam soar igual, nem todos os Del Gesù. Apesar disso, viajei com o som do Guarneri do disco até nossa cozinha e deixei Lea construir a catedral. Os sons eram de cor sépia, isso me parecia evidente, mesmo se eu não conseguisse explicá-lo a ninguém.

"Foi no fim da segunda noite que senti: vou perder. Mas não parecia evidente quando fui embora. Os movimentos do velho, porém, pareciam coercivos, contra os quais eu apenas me segurava, sem quebrar a fluência de seu ataque. Analisei a partida no hotel durante horas, e mais tarde repeti seus lances dezenas de vezes, eu poderia citá-los ao senhor como versos para crianças que não carregamos apenas na cabeça, mas no corpo todo. Não cometi erros crassos, mas também não tive uma inspiração que pudesse alterar o todo. Jogamos com peças de jade, o único luxo visível. E havia algo irritante nelas: o verde habitual do jade se misturava ao jade vermelho, mais raro, veios avermelhados atravessavam o corpo verde das peças. Isso gerava inquietação aos olhos e, de algum modo, também para o pensamento; passei o tempo todo com a sensação de que me faltava a concentração final que costumava surgir diante do tabuleiro. Mas, na verdade, não deve ter sido isso, pois eu não consegui resolver a situação mesmo diante do tabuleiro no hotel. Em algum momento, meus cigarros Parisienne acabaram e todos os outros que provei me confundiram. Apesar disso, mesmo em casa, com meus Parisienne entre os lábios, não foi melhor. Ele era simplesmente bom demais para mim.

"Olhei para ele por volta das quatro horas da última noite. Ele leu a capitulação no meu olhar. *Ecco!*, falou e sorriu frouxamente, pois também estava exausto. Ele buscou dois copos d'água e serviu grapa. Nossos olhares se cruzaram.

"Quando penso que nesse minuto eu poderia tê-lo feito mudar de ideia para que me desse o violino de presente! Três noites na companhia de alguém junto ao tabuleiro, eternidades esperando o próximo movimento, o imiscuir-se no pensamento do outro, em seus planos e em suas fintas, nos pensamentos sobre os próprios pensamentos, o outro como alvo da esperança e do medo, tudo isso criou uma grande intimidade, a partir da qual teria sido possível. Uma palavra diferente vinda de mim, outra entonação, e tudo seria diferente. Algo em minha história sobre Lea tocara o velho. Quando penso nele é como em um homem dentro do qual havia muitos sentimentos depositados, muitos sedimentos, camadas grossas, e algo daquilo tinha sido revolvido, talvez por causa de sua endeusada filha que existia, segundo os boatos, talvez também sem maiores explicações. Talvez eu pudesse tê-lo feito dar o violino de presente não a mim, mas a Lea; ele tinha ficado sentado imóvel ao contar-lhe que ela veio de Neuchâtel sem o Amati.

"Mas estraguei tudo, estraguei tudo, merda. *Você precisa se abrir mais, Martijn*, dizia Cécile com frequência. *Não pode esperar que as pessoas cor-*

ram atrás de você para adivinhar seus sentimentos. Você tem de se abrir mais também para mim, senão não vamos dar certo, dizia ela. Ela repetia isso muitas vezes perto do fim. Quando me dirigi ao seu quarto através do longo corredor, na minha última visita ao hospital, tinha me decidido a lhe dizer o quanto ela era importante para mim. Mas então vieram aquelas palavras: 'Você precisa me prometer que vai cuidar bem de Lea...' Nessa hora, eu não conseguia mais, simplesmente não conseguia. *Merde.* E onde eu poderia ter aprendido isso? Minha mãe era de Ticino, tinha ataques de fúria, mas a linguagem dos sentimentos, a capacidade de dizer o que se está sentindo, ninguém me ensinou."

Ele me lançou um olhar inquisidor. 'A mim também não', falei. E lhe perguntei por que não contou ao velho sobre a fraude; isso poderia tê-lo impressionado.

— Sim, também me perguntei isso na viagem de volta. A bem da verdade, ele era o homem ideal para isso. Deve ter sido porque a coisa pesava centenas de quilos nas minhas costas e também me perseguia enquanto eu dormia. Em sonho, Ruth Adamek não parava de me perguntar a senha e seu rosto revelava: ela sabia de *tudo.* Foi por isso. Pensei em tomar o trem em Milão de volta e falar com ele. Mas lhe pedir que me devolvesse o dinheiro... não, isso não era possível. Ele estava com o dinheiro, não era possível.

Van Vliet deu uma garfada na comida que havíamos pedido no quarto. Dava para ver: ele oscilava entre fome e repugnância.

— Alguém deveria registrar o caso com o dinheiro. Simplesmente contar tudo: pobreza, riqueza, a euforia do dinheiro, perda, fraude, vergonha, humilhação, regras não escritas, tudo. De maneira cronológica. Sem floreios. Toda a maldita história sobre o veneno que é o dinheiro. De como ele corrói os sentimentos.

Ele havia contado o dinheiro sobre a mesa, diante do *signor* Buio, *mille milioni,* um bom negócio de um ponto de vista objetivo. Uma pilha de cédulas ali. O velho não a pegou com avidez, antes a deixou lá e a observou com uma postura que deixava claro: tanto fazia tê-la ou não, não lhe fazia falta.

— Esse foi o momento derradeiro — disse Van Vliet —, e eu o deixei passar.

Durante a baldeação em Milão, ele foi perseguido pelo pensamento de que alguém pudesse bater no violino e quebrá-lo. Amedrontado, segurou a caixa debaixo do braço, pressionando-a contra si. Era uma caixa caindo aos pedaços, que combinava com o velho. Ele percebeu que Van Vliet achou-a deteriorada. "*Il suono!*", falou ele com desdém. O que importa é o som!

As outras pessoas no trem não prestaram muita atenção nem ao violino nem à mala. Apesar disso, sua camisa estava empapada de suor quando desceu em Thun. Ele depositou o dinheiro que havia sobrado, depois foi para Berna e seguiu direto para a loja Krompholz, a fim de colocar cordas novas no instrumento.

Katharina Walther lançou um olhar admirado à caixa caindo aos pedaços e abriu-a.

— Não acho que ela tenha percebido de pronto que estava diante de um Guarneri. Mas que se tratava de um violino valioso... isso ela sabia. Ela me olhou e não disse nada. Em seguida, foi para os fundos da loja. Quando voltou, uma expressão diferente estampava o seu rosto. — Um Del Gesù — disse ela. — Um autêntico *Guarneri del Gesù.* — Seus olhos se estreitaram um pouco. — Deve ter custado uma fortuna.

"Assenti e olhei para o chão. Ela não era Ruth Adamek no sonho, ela não tinha como saber. Entretanto, em um sonho naquela noite ela sabia. E por isso suas palavras tinham algo de julgamento e ameaça quando ela disse: 'O senhor não deveria fazer isso de maneira alguma, de maneira alguma.' Na realidade, ela falou outra coisa: 'Para que ela se esqueça do Amati, entendo. Apesar disso... não sei... o senhor não acha que esse violino poderia... digamos, exigir demais dela? Será que ela não vai pensar que tem necessariamente de voltar a essa roda-viva, essa louca roda-viva? Não quero me meter, mas o senhor não acha que ela precisa primeiro se centrar novamente? Quanto tempo faz que o senhor comprou o primeiro violino para ela? Doze, 13 anos? Sempre achei tudo um pouco de afogadilho, e depois o senhor contou dessa crise... Mas é claro que trocamos as cordas do seu violino até hoje à noite, o meu colega vai se sentir lisonjeado, ele está nas nuvens.'

"Por que não lhe dei ouvidos?"

Van Vliet foi ao escritório e transferiu o restante do dinheiro para a conta do projeto de pesquisa. Ruth Adamek passou por ele no corredor sem lhe dirigir a palavra. Ele se deitou no sofá para acordar pouco tempo depois com palpitações. Pela primeira vez sentiu que o coração poderia fraquejar algum dia.

Katharina Walther lhe devolveu o violino numa caixa nova, elegante. Presente da casa, como ela disse. E se desculpou pela intromissão. O seu colega veio. Ele tocou o violino. "Esse som", disse ele apenas. "Esse som."

Van Vliet foi para casa. Antes de subir, sentou-se no café da esquina. Depois de dois, três goles, largou o café. O coração martelava. Ele se concentrou na respiração até se acalmar. Em seguida, subiu e entrou no apartamento com um dos violinos mais caros do mundo, que deveria ajeitar tudo aquilo novamente.

25

LEA TINHA DORMIDO. Ela dormia nas horas mais improváveis, e por essa razão ficava perambulando pelo apartamento à noite, atiçando o cachorro. Ela olhou o pai, confusa, com o olhar bêbado de sono, fugidio. "Você demorou tanto... Eu não sabia...", falou com a língua pesada. Mais tarde, o pai encontrou uma garrafa de vinho vazia na cozinha.

— Pensei naquelas noites distantes, nas quais eu ficava sentado diante do computador até ouvir sua respiração tranquila — disse Van Vliet. — Comparado ao que estava acontecendo, que tempos felizes foram aqueles! Havia se passado mais de dez anos desde então. Eu estava ali, olhando para minha filha sonolenta e um tanto abandonada, e meu maior desejo era voltar no tempo. Já fazia algum tempo, enquanto estava acordado, à noite, que eu negociava com o diabo para ele concretizar este meu sonho: poder regressar com Lea até o dia em que ouvimos Loyola de Colón na estação. Minha alma poderia tê-lo tido. Eu imaginava essa viagem no tempo com tantos detalhes que durante alguns instantes conseguia acreditar nela. Dormitando, eu vivia então momentos de alívio, felizes. Eu queria ter cada vez mais momentos desses. Fiquei viciado nessas viagens pelo tempo em que sonhava acordado.

Mas agora era o momento de concretizar outro desses sonhos: que Lea pegasse o Guarneri, se levantasse e preenchesse o apartamento com seus sons sacros. Nesse meio-tempo, ela despertou e lançou um olhar inquisidor à caixa do violino. Van Vliet passou um café enquanto ela se vestia. Ela sentou-se à mesa e, seguindo as ordens, fechou os olhos. Ele colocou o violino na frente dela, sentou-se na mesma posição e deu o comando.

Durante um longo tempo ela não disse nada, contornou o instrumento com o dedo em silêncio. Quando passou a mão sobre a mancha clara do apoio do queixo, Van Vliet teve a esperança de um sinal de reconhecimento, uma observação sobre *Il Cannone*. Mas o rosto de Lea permaneceu inexpressivo, o olhar baço. Ele ficou às suas costas e iluminou o interior do instrumento com uma lanterna. Ela o entortou e leu o papel. Sua respiração se acelerou. Ela tirou a lanterna da mão dele e iluminou ela mesma dentro do violino. Quanto mais essa atitude demorava, mas esperançoso ficava Van Vliet: as letras com o nome grande, sagrado, iriam penetrar profundamente nela e depois a surpresa e a alegria explodiriam. Mas demorou e demorou, e, subitamente, o medo o tomou de assalto, o mesmo medo de antes, quando ele escutou pela fresta da porta Lea chamando Nikki de Niccolò. Será que ela já estava demasiadamente mergulhada em si mesma para o nome mágico conseguir tocá-la?

Van Vliet não deve ter conseguido suportar mais o silêncio, foi até o quarto e fechou a porta. Um crime e uma viagem louca em vão. O cansaço o envolveu, amorteceu a decepção e o desespero e o fez adormecer.

Quando Lea começou a tocar no meio da noite, ele despertou imediatamente e saiu apressado. Ela havia empurrado todos os móveis para junto da parede da sala de música e estava bem no centro, usando seu vestido longo de concertos, preto, penteada e maquiada. Ela tocava a "Partita em mi maior" de Bach. Van Vliet deve ter notado um sentimento de desgraça, pois essa foi a música que Loyola de Colón tocou. Ele pensou vagamente que não era bom que o recomeço se baseasse em uma reminiscência, um retorno àquela música do despertar. Havia nisso um caráter ritualístico, impessoal, do qual ela era apenas portadora, em vez de ter sido ela própria a escolher novos sons. Mas ele foi tomado pelos sons quentes, dourados, que com sua força e clareza pareciam explodir as paredes. E foi tomado mais ainda pela concentração no rosto de Lea.

Depois de meses, nos quais esse rosto havia perdido toda tensão e enve-lhecido precocemente, voltava a ser novamente o rosto de Lea van Vliet, a violinista radiante, que enchia auditórios inteiros.

Quando ele se sentou na cadeira do corredor e passou a observá-la pela porta aberta, ainda havia algo que o inquietava.

— Por que ela sentiu necessidade de se arrumar como se estivesse numa sala de concertos? Ela havia cortado as unhas, foi um grande alí-vio notar isso. É terrível, é uma mensagem de puro desespero quando uma violinista deixa as unhas tão longas, até não conseguir mais tocar. Mas o vestido, a maquiagem, o batom, e tudo isso no meio da noite?

"Durante meses ela tinha vivido largada, feia por dentro e, às vezes, também por fora. Agora ela havia se ajeitado de novo e retomado a ligação com aquela sua camada com a qual se mostrava ao mundo, no passado. Ao assisti-la e ouvi-la naquela época, incomodado pelo caráter fantasmagórico da cena noturna, o seguinte pensamento tomou forma: minha filha é um ser em camadas; ela é constituída por camadas emo-cionais, vive em diferentes platôs que pode acessar e abandonar, e agora voltou àquele que tinha ficado durante um longo tempo vazio e não iluminado, um pouco como a plataforma abandonada de uma estação fechada.

"Observei a mímica de seu rosto, que ainda não estava tão fluida como antes e cujas interrupções eventuais carregavam em si as pistas da paralisação do passado. E nesse momento, pela primeira vez, pensei outra coisa, à qual voltaria com frequência posteriormente, e que me assustaria da mesma maneira toda vez: ela não tem controle sobre essa alternância de camadas, ela não rege esse drama; acessar ou abandonar determinado platô é um mero acontecimento, comparável a uma mu-dança geológica, atrás da qual não há nenhum ator.

"Talvez o senhor pense assim, e eu também já pensei às vezes: isso acontece com todos nós. E está certo. Mas, no drama interno que a par-tir de então se desenvolvia em Lea, havia quebras e mudanças abruptas, indicando retrocessos, lançando uma luz especialmente clara no fato de a alma ser muito mais do que um lugar dos fatos do que do agir."

Van Vliet permaneceu em silêncio por um tempo e depois disse algo que ficou especialmente gravado em minha memória por revelar um destemor do pensamento que era parte do seu ser: "A vivência do próprio descontrole... acontece graças à fluidez instável da transformação e do virtuosismo, com a qual escondemos rapidamente todas as rupturas. E esse virtuosismo se torna ainda maior quando não sabe nada sobre si."

Observei a imagem na luminária, o contorno do homem que bebia à contraluz. O moleque teimoso que ficava nas ruas, o aluno anarquista e o enxadrista vencido tinham se tornado um homem que sabia o quão frágil é a vida emocional e quanta ajuda emergencial e enganos são necessários para conseguirmos ir adiante sozinhos. Um homem que, partindo dessa noção, sentia uma grande solidariedade com os outros, embora eu nunca tenha ouvido essa palavra dele e provavelmente ele também a teria rejeitado. Sim, acho que ele a teria rejeitado, ela lhe soaria condescendente demais. Apesar disso, é a palavra adequada para aquilo que ele sentiu crescendo dentro de si naquela noite e que, a partir de então, o ligaria a sua filha, para além de todo afeto e admiração, que naquela noite enfeitiçava o apartamento inteiro com os sons de seu Guarneri.

O homem que morava acima deles foi o primeiro a tocar a campainha, raivoso. Ele tinha se mudado havia pouco tempo e não sabia nada sobre Lea. Van Vliet fez algo que o desarmou: convidou-o para entrar e lhe ofereceu uma cadeira, da qual ele podia ver Lea. Ele estava sentado la, de pijama, cada vez mais calmo. A música se espalhou pela porta aberta por todo o prédio, e quando Van Vliet se deu conta, os outros moradores, que conheciam Lea, estavam sentados nos degraus da escada e colocavam o dedo diante dos lábios quando alguém fazia um barulho que atrapalhasse. Os aplausos encheram a escadaria.

— Bis! — gritou alguém.

Van Vliet hesitou. Era possível atrapalhar Lea em sua sala de concertos imaginária? Será que aquilo que havia se construído dentro dela não era frágil demais? Mas Lea tinha ouvido os aplausos e, por conta própria, foi até a escada com o vestido farfalhante. Ela se curvou, começou a tocar e não parou até ter se passado mais uma hora. A expressão de seu rosto estava viva e solta como antes, dava para ver e ouvir como ela se tornava cada vez mais íntima do instrumento, minuto após minuto, ela escolhia peças de diferentes graus de dificuldade, o antigo virtuosismo estava de volta, e, embora as pessoas começassem a passar frio, elas continuaram sentadas.

— Foi o primeiro concerto depois da crise — disse Van Vliet. — O mais bonito, em determinado sentido. Minha filha saiu da escuridão para a luz.

"Mademoiselle Bach voltou!", estampavam os jornais na primeira página. Os agentes brigavam por ela, Lea estava soterrada por propostas. Era isso que Van Vliet desejava?

Ele achava que sim. Mas logo percebeu que não tinha ganhado a filha de volta, como esperava. Festejavam sucessos, mas não era bem assim. Lea não parecia ser ela mesma. Porcelana, essa era a palavra que ele volta e meia utilizava para falar desse tempo. Ela e suas ações lhe pareciam constituídas de uma porcelana finíssima, adornada com filigranas, cara e muito frágil. Van Vliet cultivou a esperança de haver um núcleo resistente por trás disso, que resistisse quando a porcelana se quebrasse. Mas a esperança perdia gradativamente espaço para o temor de que no caso de uma quebra haveria apenas um vazio, um vazio no qual sua filha desapareceria para sempre.

A pele de Lea, que sempre havia sido muito branca, se tornou ainda mais pálida, quase transparente, e a têmpora deixava transparecer, cada vez com maior frequência, uma veia azul que pulsava de maneira curiosamente irregular, um tremor digno de rapsódia, prenúncio de um acontecimento que extinguiria qualquer ordem. E mesmo se seus novos tons recebessem muitos elogios, algo não estava certo, achava o pai. Por fim, ele descobriu: "Nesse momento em que a música não estava mais abarcada pelo amor de Marie e Lévy, em que Lea não era mais sustentada e carregada por isso, ela soava impessoal, vítrea e fria aos meus ouvidos. Às vezes, eu pensava que soava como se Lea estivesse diante de uma parede clara, seca, de ardósia dura e fria. Nem Joseph Guarneri conseguia mudar algo nisso. Não estava no violino. Estava nela."

Havia exceções, noites em que tudo soava como antes, tocado de dentro para fora. Mas depois acontecia outra coisa que torturava Van Vliet: ele estava com a impressão de que Lea tocava pensando no Amati de Lévy, como se o Guarneri tivesse se tornado o ponto de cristalização da loucura e que com Lévy tudo voltaria aos trilhos. Ele pensava em tais momentos em que o violino, que devia ter se transformado num contrapeso libertador em relação ao passado, tinha se tornado num novo centro de gravitação para as velhas fantasias.

Embora o combinado tivesse sido outro, seu agente divulgou a origem do violino à imprensa. Os colegas de trabalho souberam, e dava para ler em seus olhares a pergunta: onde ele arranjou o dinheiro? Pela porta aberta da sala de Ruth Adamek, Van Vliet viu que ela pesquisava a mesma página da internet que ele também acessou para se informar sobre os violinos da família Guarneri. Durante a noite, ele trocou a senha do arquivo com o dinheiro de suas pesquisas. DELGESÙ virou ÙSEGLED e, mais tarde, ÙSEDEGL.

Ele pressentiu: era uma bomba-relógio. Ele podia ocultar o buraco do dinheiro por alguns meses, talvez um ano, não mais. Pensou em notas fiscais de uma empresa-fantasma. Começou a jogar na loteria. Desenvolveu um tipo de fobia de bancos, que ficava patente quando sentia bloqueios durante as operações bancárias pela internet, cometendo erros que nenhuma criança cometeria. O nome THUN aparecia, fantasmagórico, com frequência durante os sonhos.

Quando se sentia muito mal, ele se dizia que ainda era possível vender o violino. Na verdade era inimaginável tirá-lo de Lea, e ficava tonto ao pensar nas palavras que teria de dizer. Mas ele valia milhões, e saber disso o acalmava.

Aconteceram as apresentações no exterior. Paris, Milão, Roma. Os organizadores e os agentes não gostavam da presença do pai. Não que eles tivessem dito algo, mas o aperto de mão era frio, reservado, e eles se dirigiam de maneira esfuziante somente à filha. Ele estava numa montanha-russa emocional: ora Lea parecia grata por sua presença, ora ela lhe passava a sensação de que preferia estar viajando sozinha. Havia momentos felizes, quando ela apoiava a cabeça em seu ombro. Havia momentos humilhantes, quando ela simplesmente o deixava de lado para conversar com um maestro.

Em Roma, ele gostaria de ter ido com ela à igreja próxima à pracinha, de onde eles ouviram a música que tinha quebrado o gelo e reavivado os sentimentos por Marie. Dez anos tinham se passado.

— Eu gostaria de ter me sentado com ela no banco e conversado sobre todas as coisas que ocorreram desde então — disse ele. — Não percebi que esse era o desejo de um homem de 50 anos, que deveria ser estranho para uma jovem. Apenas quando estive sozinho lá é que tive consciência. Doeu mesmo assim, pois ela estava com tempo para isso. A música da igreja também doeu, de modo que fui embora e me sentei num bar de um bairro que não tínhamos visitado naquela época. Eu estava bêbado demais para ir ao concerto. No café da manhã falei que estava com vontade de passar a noite sozinho. Dessa vez, foi ela quem olhou de um jeito triste.

26

E DEPOIS VEIO a viagem para Estocolmo, uma viagem que apagaria toda a Escandinávia da cartografia interna de Van Vliet.

A viagem começou com o medo de voar de Lea, um medo que ela não conhecia até o momento. Ela estava pálida, tremia, e precisou ir ao banheiro.

— Posteriormente, tive a impressão de que se tratava de um medo bastante arguto — declarou Van Vliet. — A gravidade era sua aliada contra as forças centrífugas internas. Caso ela cessasse, havia o perigo de Lea explodir, de perder seu centro interior, os cacos de sua alma iriam sair voando, e ela sentiria isso como um extermínio.

"Esse foi meu pensamento quando estávamos no deque da balsa, na viagem de volta. Quando Hälsingborg foi engolida pela escuridão, desejei que a claridade nunca mais voltasse para lá."

— E se de repente eu não souber mais continuar? — perguntou Lea no avião.

E em seguida ela fez algo inédito: falou de uma conversa com David Lévy. Ela deve ter falado de seu medo para ele, medo de sua memória deixá-la na mão. Van Vliet estremeceu ao ouvir isso. Ele relembrou aquele momento do qual nunca se esqueceu: quando Lea, no auditório da escola, durante sua primeira apresentação em público, colocou o arco em posição e ele, sem qualquer motivo, se perguntou se sua memória suportaria a carga. Lévy olhou para Lea, mudo, e depois se levantou e ficou andando de um lado para o outro na sala de música. Então lhe contou a pior sensação que já sentiu na vida, quando se esqueceu da continuação da cadência Oistrakh do concerto de Beethoven. O pânico circulou através dele feito um veneno gelado, debilitante, ele deve ter dito. Horas mais tarde, o veneno continuava matando qualquer outra sensação. Ele não sabia mais como fugiu do palco, todos esses movimentos foram imediatamente apagados de sua memória, caso ele os tenha percebido. No camarim, olhando para o Amati, ele soube: *nunca mais.*

Lá no alto, sobre as nuvens, Van Vliet entendeu subitamente que esse medo ligava de alguma maneira sua filha a Lévy, e isso fazia seu ciúme parecer ridículo e mesquinho. Foi a solidariedade com aqueles que sabem que a perda da memória e da autoconfiança pode sair da escuridão interior e atingi-los a qualquer momento sob a luz ofuscante dos holofotes. O pai também compreendeu, de repente, o forte significado do Amati dado de presente: Lévy tinha dado a Lea o violino a fim de trancafiar para sempre aquela escuridão perigosa dentro dela; e para que ela pudesse tocar a partir dessa certeza trancafiada e com uma segurança inabalável, inatingível, os seus sons, os sons de Lévy, que naquela época simplesmente foram quebrados e engolidos pelo vazio interior, contribuindo, assim, para a cura da ferida do passado. E então ela quis quebrar, diante de seus olhos, esse instrumento que carregava em si tanta dor e tanta esperança!

Van Vliet segurou entre as suas as mãos frias e úmidas dela — pela primeira vez em muito tempo. Simultaneamente, pensou nos dias e noites cheios de medo que se seguiram à erupção do eczema. Tudo fora demais para ela, simplesmente demais. Quando eles saíram pelo salão de desembarque, Van Vliet quis sugerir cancelar o concerto e voltar para casa, de navio e trem. Mas o motorista já estava a postos.

— Por que eu simplesmente não o dispensei? — perguntou-se Van Vliet. — Simplesmente dispensar!

Começava a escurecer. Perguntei se era para acender a luz. Van Vliet meneou a cabeça. Ele não queria luz sobre seu rosto quando começasse a falar da catástrofe, que me pareceu mais tarde — quando a tive diante dos meus olhos — o ponto culminante de uma tragédia, para a qual tudo aquilo que ouvi até então fluía de uma maneira compulsoriamente direta.

— Em meio à escuridão da plateia, desejei que Lea não tivesse falado do colapso de memória de Lévy, pois passei a esperar pelo dela a qualquer momento. Meu olhar se prendia em seu rosto, seus olhos, sempre prontos a reconhecer os prenúncios. Era um concerto para violino de Mozart, ela queria se afastar da fixação em Bach. Nesse meio-tempo, ela desenvolveu um tal sentimento pelo Guarneri, que os sons pareciam muito mais cheios e vibrantes que na época da escadaria. Os jornais tinham escrito sobre o Del Gesù, e um deles até publicou um ensaio sobre o instrumento com referências inclusive a Paganini e *Il Cannone*. Acho que o silêncio respeitoso dos espectadores era um pouquinho maior do que o habitual e os aplausos não queriam ter fim.

"Como sempre, fiquei incomodado com o jeito previsível, protocolar, com que Lea recebia a ovação. Mas havia outra coisa, e acho que, sem perceber, me assustei intimamente com isso: os movimentos de Lea ao caminhar pelo palco não possuíam sua fluidez habitual. A bem da verdade, eles não fluíam como fluem os movimentos das pessoas. E eles também não eram apenas rijos e hesitantes. É como se neles estivesse marcado algo regressivo, desleixado, um *staccato*, interrompido por hiatos minúsculos de imobilidade. Lembraram-me dos problemas de movimentação dos robôs, que eu conhecia das pesquisas de meus colegas. Mas se tratava da *minha filha!*"

Era como se o temor silencioso, que ele não conseguiu perceber direito no passado, se apresentasse em sua totalidade apenas agora, com um atraso de anos. A voz de Van Vliet se alterou e se tornou áspera como uma voz humana que denuncia a lava fervente dos sentimentos. E se me recordo do relato da hora seguinte, escuto essa aspereza, que expressava a dor que ressecou sua alma melhor do que as lágrimas.

— No que se refere à festa depois da apresentação, me lembro de pouca coisa. Os movimentos de Lea tinham voltado à normalidade, de maneira que quase me esqueci do susto passado. Até que vi o dedo mínimo esticado quando ela segurou a xícara. Não sei como definir isso, mas não era a afetação do fino salão burguês na hora do chá da tarde.

Antes era um movimento fora de propósito, sem sentido, um engano irritante. Fui ao banheiro e joguei água gelada no rosto. Mas em vez de a água apagar esta sensação, trouxe de volta para mim a lembrança de um trinado malsucedido durante o concerto. Afinal, os trinados eram o ponto fraco de Lea, e num deles houve um momento em que os dedos se mexeram de maneira bizarra, descontrolada. Pressionei a testa na parede até sentir dor. Eu tinha de me livrar dessa maldita histeria!

Van Vliet se retraiu em si mesmo, a aspereza desapareceu de sua voz. "Ah, se tivesse sido somente histeria! Uma ansiedade irracional, sem motivo!", falou ele em voz baixa.

Mais outra coisa tinha lhe chamado atenção no jantar: a irritabilidade de Lea.

— Ela se irritava com frequência nos últimos tempos, principalmente logo após o rompimento com Lévy. Mas o que eu estava vendo e sentindo era diferente, mais abrangente e de um incômodo físico: era como se a irritação a queimasse.

No carro, quando ele a levanta ao hotel, também sentiu essa queimação, essa raiva reprimida que ela destilava feito suor.

— Era dirigida contra mim e ao mesmo tempo não era, você entende, *você entende?* — perguntou ele.

As duas últimas palavras foram novamente um grito áspero. Fiquei com a impressão de que ele estava tentando, com anos de atraso, transferir uma parte da raiva de Lea para mim, a fim de que ela cessasse de estrangulá-lo. Ao mesmo tempo, o "você" era como o último grito de socorro, rouco, de alguém que está sendo definitivamente carregado para longe por uma correnteza impiedosa.

Era dirigida contra mim e ao mesmo tempo não era — essa era a formulação de seu desespero mais profundo, da culpa e da solidão, que haviam se unido numa ligação terrível, mortal. *E ao mesmo tempo não era* — dava para perceber como ele esgrimia com a lógica e a falta de lógica, um Buster Keaton grande, pesado, que não fazia mais ninguém rir. Van Vliet expressou essa formulação apenas uma vez, mas ouvi longamente os mil ecos de suas palavras. Essas palavras eram a melodia que desde Estocolmo sobrepujava tudo, simplesmente tudo. Um pensamento que nunca cessava, nem de dia nem de noite. Um sentimento que abarcou tudo o que acontecia.

— O funcionário na recepção do hotel perguntou se ela não podia tocar algo para ele, apenas alguns acordes, pois ele infelizmente não pôde assistir ao concerto. Seu cabelo estava repartido com uma risca ridícula, desnecessária, e usava óculos de armação feia, um jovem desajeitado, que certamente tinha se preparado durante horas para esse pedido. Talvez, se ele não... Mas nada disso, tenho de parar de ficar me iludindo. Senão teria acontecido outra posteriormente. Estava dentro dela; independentemente do que fosse, sim, independentemente do que fosse. Quando penso que poderia ter agido assim durante o concerto... Quantas vezes já não sonhei com isso! O sonho vicejava dentro de mim, queimou e devastou tudo, parece que fui esgotado.

"O que sempre sinto no sonho: o frescor da ponta de ferro fundido sobre a pequena trave que fechava a escadaria na parte de baixo. Já na chegada eu tinha tocado o metal áspero e pensado: como no alto de uma escada no metrô de Paris. Meu olhar recaiu novamente na ponta metálica, que surgia do interior de uma construção estranha de volumes metálicos como a cabeça de uma cobra. E a partir de então, entenda, não sei mais diferenciar entre lembranças autênticas e imagens internas, que foram manipuladas e mudaram de forma, sabe-se lá por quais forças. Quando fecho os olhos, a ponta de metal surge diante de mim com a intensidade de um zoom velocíssimo. Ao mesmo tempo, tenho a sensação de já ter visto a tragédia quando Lea, vacilante e com o rosto contraído, abriu a caixa do violino para satisfazer o pedido do jovem. Tímido, ele se aproximou dela para ver o famoso violino de perto. Lea não o soltou, mas deixou ele passar a mão no verniz. Enquanto isso, outros funcionários tinham se aproximado, e alguns hóspedes também aguardavam, ansiosos, no saguão. Lea afinou rapidamente, eram movimentos desleixados, rotina sem cuidados. Pensei que ela começaria a tocar ali, no meio do saguão. Mas não, e os minutos seguintes são, para mim, como um filme em câmera lenta, tão lenta que parecia parar. Certa vez sonhei que estava cortando esse filme da minha cabeça. Se eu cortasse a cabeça junto ainda seria melhor do que sempre assistir ao filme.

"Lea foi até a escada, ergueu o vestido longo para não tropeçar e ficou parada no terceiro degrau, sim, foi o terceiro, exatamente o terceiro. Ela se virou, colocando-se na direção do público, por assim dizer.

Mas ela não nos via, seu olhar estava baixo, escuro e disperso, como me pareceu. Não havia motivo para ela não começar a tocar imediatamente. Nenhum motivo aparente. Ao meu lado, um isqueiro foi aceso. Eu me virei rapidamente e, com um gesto autoritário, proibi o homem de acender o cigarro. Lea estava olhando para a frente, uma estátua sem alma. Nesses segundos a situação deve ter se armado.

"Por fim, ela pegou o violino e começou a tocar. Eram acordes do início do concerto de Mozart daquela noite. De repente, praticamente no meio de uma nota, ela parou. A interrupção foi tão abrupta que se seguiu um silêncio quase doloroso. Por um breve instante pensei que tinha acabado, que ela queria se deitar. Ou será que pensei nisso realmente? Mesmo para um pequeno tira-gosto, a interrupção tinha sido abrupta demais, bizarra, sem qualquer sensibilidade em relação à estrutura musical. E a estranheza disso estava refletida no rosto de Lea. Já no percurso até o concerto, achei que sua maquiagem estava muito pálida. Às vezes ela fazia isso, não conseguíamos entrar num acordo. E, quando recomeçou a tocar, sua maquiagem clara havia se transformado na máscara branca de Loyola de Colón.

"Pois Lea estava tocando, como há algum tempo na escadaria de casa, a música que ouvimos naquela vez na estação em Berna. Ela tocava de uma maneira que eu nunca tinha visto antes: furiosa, os movimentos do arco eram tão raivosos que chegavam a arranhar, uma corda atrás da outra foi se partindo, os cabelos claros escorriam pelo rosto, era uma visão de teimosia, desespero e abandono. Sob as pálpebras fechadas desciam torrentes de rímel, agora dava para ver as lágrimas, e Lea lutava contra elas, uma última luta. Ela ainda era uma violinista que se defendia de um ataque interno com movimentos firmes dos dedos, pressionava as pálpebras contra os globos oculares, pressionava e pressionava. O arco começou a escorregar, os sons desafinaram, uma mulher ao meu lado inspirou decepcionada, e então Lea abaixou o violino, os olhos cheios d'água.

"Tinha doído, assim como doeu agora, vê-la lá na escada, exausta, combalida, derrotada. Mas não era uma catástrofe. Algumas poucas pessoas a tinham visto e iriam achar tudo uma consequência da exaustão depois do espetáculo. ¡Pobrecita!, alguém sussurrou atrás de mim.

"Apenas quando Lea deixou cair o arco e segurou o violino com as duas mãos pelo braço é que eu soube: acabou!"

Van Vliet se levantou e foi até a janela. Ergueu os braços, curvou-se para a frente e pressionou as palmas das mãos abertas contra o vidro. Nessa posição estranha, que era um apoiar-se e ao mesmo tempo parecia uma tentativa de se jogar para baixo, pela janela, ele descreveu de maneira áspera e intermitente o acontecimento que queria arrancar com toda a força da cabeça.

— Ela ergueu o violino acima da cabeça, balançou-o mais um pouco para trás, a fim de aumentar o impulso, e depois martelou a parte traseira do instrumento na ponta de metal da coluna da escada. Eu queria que ela ao menos estivesse com os olhos fechados, um sinal de que destruir o instrumento valioso abalava uma parte de seu eu. Mas seu olhar acompanhou tudo, o impulso e a destruição, os olhos arregalados, perturbados. E isso foi apenas o começo. O fundo do violino estava furado, a ponta de metal havia se prendido na borda desse furo, Lea puxava e fazia força, o violino rangia e se despedaçava, uma raiva descontrolada deformava seu rosto, transformando-o numa careta. O violino se soltou e ela o ergueu novamente, daí bateu com o braço na ponta de metal, as cordas zuniam e estalavam, o braço estava deformado, o metal tinha se retorcido e entrado numa das aberturas acústicas e o abriu.

"Um homem num paletó de garçom foi até ela, na tentativa de contê-la. Ele foi o primeiro a superar a inércia coletiva. Não consigo me desculpar pelo fato de não ter sido o primeiro a estar ao seu lado. Ela tinha conseguido soltar o violino novamente e o balançava contra o homem feito uma arma. Ele se afastou e abaixou os braços. Lea continuou com sua destruição, ela não parava de martelar o violino contra o metal, na frente e atrás, seu cabelo estava todo desgrenhado, não, ela não parecia mais furiosa, tinha sido só um breve instante. Ela se tornava cada vez mais uma menininha desesperada, que estraga o brinquedo por raiva e tristeza, sacudida por ataques de choro que eram impossíveis de serem assistidos, de modo que as pessoas começaram a ir embora.

"O violino ficou preso no metal, quando Lea finalmente teve um colapso, escorregou um degrau e, com os braços sem forças, tentou se segurar na coluna. Somente nesse instante cheguei ao seu lado, abracei-a e passei a mão pelo seu cabelo. Os soluços pararam. Meu desejo era que ela ao menos conseguisse ter alguns momentos de relaxamento nessa exaustão. Mas seu corpo já tinha se enrijecido novamente, senti como ela começava a sufocar pelo acontecido, um sufocamento que a corroía mais e mais por dentro. Quando a vi em Saint-Rémy atrás da lenha, e em outras vezes, quando ela aparecia no campo de visão do binóculo, eu sentia esse corpo que se enrijecia, que sufocava, nos meus braços."

Era dirigida contra mim e ao mesmo tempo não era. Ele não falou, mas o quarto estava repleto disso. Apenas nesse instante percebi o que ele deve ter sentido quando o médico lhe falou: *C'est de votre fille qu'il s'agit* e *O senhor não vai se mudar para Saint-Rémy.*

Durante a noite, tentei transferir um pouco desse drama para minha vida. Leslie havia pintado bastante bem por algum tempo, e eu levei seu material de pintura para o internato, inclusive um cavalete. Quando ela perdeu o interesse, insisti que continuasse e me informei por telefone a respeito. Imaginei como teria sido caso ela tivesse pegado certa vez a faca de cozinha e rasgado seus quadros, principalmente aqueles de que eu gostava e que tinha pendurado na clínica. Era apenas imaginação, apenas uma sombra, uma imagem muito sutil, comparada aos quadros que Van Vliet trouxe do hotel em Estocolmo. Mesmo assim, eu me arrepiei.

Chega de álcool, eu disse a ele, e mais tarde lhe dei um comprimido para dormir. Como o médico sueco, que aplicou uma injeção tranquilizante em Lea. Van Vliet ficou sentado em sua cama, a noite toda. *Acabou.* Esse pensamento, o tempo inteiro, esse ritmo interno, esse som do definitivo. O fim da vida de Lea com a música. O fim de sua vida profissional, pois agora ele não tinha mais como devolver o dinheiro desviado. O fim da liberdade, pois em algum momento isso viria à tona. Seria também o fim do afeto dela por ele?

Eles se sentaram no sofá com almofadas de chita da casa de Marie. Van Vliet passeou com ela por Roma. Ele estava junto dela à mesa da cozinha, escutando-a perguntar se não era possível ir a Gênova ver o violino de Paganini. Ele a segurou nos braços antes da prova final da escola. Pensou também que não conseguiram montar uma lista quando quiseram organizar uma festa pelo primeiro violino. *Prefiro ensaiar.* Ele recuperou essa frase também, que mais tarde quis fazer o magrebino engolir, juntamente com as lágrimas de felicidade de Lea na feira anual, quando ela puxou o anel dourado. Em que ele errou? De que tinha de se culpar? Atos errados? Sentimentos errados? *Existia* isso afinal: sentimentos certos e errados? Sentimentos — eles não eram simplesmente como eram e ponto?

Ele alugou um carro em Estocolmo e voltou para casa com Lea. Ela tomou remédios e passou a dormir muito. Quando estava acordada e seus olhares se cruzavam, um sorriso aparecia em seu rosto.

— Assim como sorrimos para aquele diante de quem nos sentimos culpados, uma culpa que nunca será perdoada, uma culpa que está debaixo de tudo, e com o sorriso damos a entender que sabemos de tudo isso. Um sorriso que começa onde se encerram todos os pedidos por perdão. O sorriso como única solução para não enrijecer.

Às vezes Van Vliet pensava que eles estavam indo na direção errada; o norte teria sido melhor, Lapônia, escuridão, fuga. Mas depois queria se esquecer da existência da Escandinávia. Juntar os fragmentos do violino, lasca por lasca, e, quando a última tivesse sido recolocada no objeto perfeito e recoberta pelo verniz mágico, cuja composição deveria ser conhecida, tudo o que tivesse relação com a coluna e a ponta de metal seria esquecido. Esquecido, simplesmente esquecido. Eles tinham voltado ao hotel e subido tranquilamente as escadas, Lea disse *bonne nuit*, ela sempre dizia isso nas viagens.

Como lhe contaram, o jovem com a risca ridícula e os óculos feios ficou durante horas rastejando pelo chão, procurando quaisquer lascas, até as menores, que tivessem sumido entre os fios do tapete. Ele simplesmente não conseguia suportar a ideia de que um violino de Guarneri del Gesù fosse destruído definitivamente.

De vez em quando, Van Vliet lançava um olhar ao banco de trás: os pedaços não tinham cabido na caixa do violino e estavam ao lado, numa grande sacola plástica. Seu olhar recaía regularmente sobre os cestos de lixo dos restaurantes à beira da estrada. A sacola trazia estampado o nome de um supermercado de Estocolmo. Essa pista tinha de sumir. Mas era impossível. O *signor* Buio tinha passado a mão ossuda, salpicada por manchas senis, sobre o violino, antes de fechar a tampa e entregar a caixa desconjuntada para Van Vliet. *Ecco!*

Le violon, murmurava Léa às vezes, meio dormindo. Nessas horas, mudo, ele passava a mão pelo ombro e pelo braço dela. Desde a catástrofe ele não tinha conseguido abraçá-la, não tinha nem mesmo passado a mão pelo seu cabelo, embora fosse seu desejo e ele estivesse desesperado pela paralisia que proibia isso. Secar o suor de sua testa, à noite, tinha sido o movimento de um enfermeiro. Ele se curvou uma vez para beijá-la na testa. Não conseguiu.

Ao pegar no sono, pela manhã, a imagem de um sonho se impregnou nele, e Van Vliet ainda não tinha conseguido se livrar dela: o jovem da recepção do hotel tentando soltar, em vão, o violino espetado na coluna da escada. Ele puxava, puxava e girava, o instrumento estalava e crepitava. Ele não conseguia, ele simplesmente não conseguia.

Ele ficou um bom tempo junto à amurada da balsa olhando para a noite, antes de pegar o celular e ligar para a irmã Agnetha. Estávamos juntos há apenas três dias, três longos dias de relatos, nos quais passamos por 13 anos, e ele não havia mencionado a irmã nenhuma vez, sempre pareceu que ele era filho único.

— Por que diabos ela tem de ter justo esse nome sueco! As pessoas diziam: Abba! Mas o grupo nem existia em 1955. Foi uma modelo de revista que levou mamãe à ideia, ela era viciada em revistas de fofoca. "Imagine: nem Agnes nem Agatha, mas *Agnetha*!", dizia ela.

"Isso foi antes de o casamento acabar e o amor cair das estrelas e se estatelar no chão. Quando papai contava a história, um tempo depois, ele pegava a mão de mamãe, disforme pela gota, e dava para perceber que as estrelas tinham existido algum dia. E por isso havia sempre um brilho da luz das estrelas sobre Agnetha, um pouquinho de pó de ouro, como se seu cabelo tivesse uma mecha dourada, fina e invisível. Mas não há nada de radiante nela, ela sempre foi uma jovem obediente, sem criatividade, estudiosa, que não gostava da minha anarquia e da minha falta de limites. 'Você é como um trator', dizia ela. Claro que ela me considerava um pai incapaz, de modo que eu queria lhe provar o contrário.

"Por isso foi difícil ligar para ela. Não falei nada do violino. Colapso; foi o suficiente.

"'Dr. Meridjen', disse ela imediatamente. 'Temos de tirar Lea do país, para longe da imprensa. Ele é bom, muito bom, e a clínica tem uma fama ótima; além disso, ela estará no lado do francês, a língua de Cécile, acho que isso é importante.'

"Ela é psicóloga clínica e trabalhou com o magrebino em Montpellier. Agnetha sempre o admirou, talvez tenha até ido além disso.

"Ela se segurou bem ao encontrar Lea, mas ficou chocada. Pediu para ver os remédios do médico sueco e balançou a cabeça, irritada. Havia anos que eu não via minha irmã, e estava surpreso com a maturidade e a competência que ela irradiava. Ela quis saber de tudo. Eu disse apenas que se tratava de um violino caro.

"Lea dormia, nós estávamos na cozinha. Agnetha percebeu que eu estava exausto depois da longa viagem; algumas horas num hotel de estrada tinha sido tudo.

"'Você entende o que aconteceu?', perguntou ela.

"'O que a gente sabe sobre essas coisas?', perguntei.

"'Sim', respondeu ela. Depois se postou atrás de mim, seu irmão, que com sua arrogância estragava tudo, e me abraçou. 'Martijn', disse ela. Mais tarde, Agnetha foi a única que ficou do meu lado."

O que a gente sabe? Antes, como parte do relato, as palavras estavam preservadas na distância controlada do narrador. Naquele instante, elas saíam dele com aspereza e impetuosidade.

— O que a gente sabe, porra? Todos agem como se soubessem o que aconteceu. Agnetha, o magrebino, escutei essa bobagem até de colegas. Eles não sabem nada sobre essas coisas. *Nada!*

Ele estava sentado numa poltrona. Naquele instante, se curvou para a frente, apoiou os cotovelos nos joelhos e deixou a cabeça pender, como se estivesse no vazio. Um soluçar seco o sacudiu, às vezes parecia até ser uma tosse. O desespero desaguou em tremores e sacudidelas incontroláveis, animalescos. Eu queria fazer algo como Agnetha, quando ela se postou atrás dele. Eu não sabia o quê. Mas era impossível não fazer nada. Por fim, ajoelhei-me no chão diante dele e trouxe sua cabeça para perto de meus braços. Passaram-se minutos até que os tremores se tornassem mais suaves e, por fim, cessassem. Aprumei-o pelos ombros até ele se sentar ereto. Vi muitas pessoas doentes e exaustas. Mas isso... isso era totalmente diferente. Queria conseguir apagar a imagem da cabeça dele pendendo contra o encosto da poltrona.

27

DEIXEI A PORTA de comunicação encostada e a luz acesa. Depois, como no dia anterior, desci para a biblioteca do hotel. *I have been one acquainted with the night. / ... I have outwalked the furthest city light. / I have looked down the saddest city lane.* Ao lado de Whitman e Auden, Robert Frost tinha sido o terceiro poeta que Liliane me mostrou. *And miles to go before I sleep.* Ela estava furiosa por todos os versos serem tão citados quanto uma frase gasta qualquer de uma canção pop. "*Poetry*", disse ela, "*is a strictly solitary affair; solipsist even. I ought not to talk to you about it. But... well...*"

Uma enfermeira que conhecia a palavra *solipsist*. Por que, Liliane, você teve de se acidentar, você poderia ter secado o suor da minha testa também na Índia. Tentei caminhar com ela pelo amanhecer de inverno de Boston e escutar seu *grand*, o sotaque irlandês. Não deu. Tudo era pálido, sem vida, longínquo. Em vez disso, senti a cabeça de Martijn van Vliet nos meus braços e o cheiro amargo de seu cabelo desgrenhado.

Eu estava com medo daquilo que ainda devia estar por vir. *Mais tarde, Agnetha foi a única que ficou do meu lado.* Quando eles o colocaram diante de um júri; impossível entender de outra maneira.

E, depois, a morte de Lea. Estocolmo já não foi suficiente? Mais do que alguém consegue suportar? *Foi minha última viagem a Saint-Rémy... Sim, acho que foi a última viagem.* Será que a interpretação ainda estava aberta?

Eu tinha de impedir isso. Era minha *obrigação*? Eu tinha esse *direito*? Eu tinha uma opinião clara, inabalável, no caso de doenças incuráveis. Uma questão de dignidade. Mas qual era a situação?

Era quase meia-noite. Apesar disso, telefonei para Paul. "Se alguém simplesmente está no fim de suas forças, simplesmente no fim de suas forças..." Eu estava falando de um jeito codificado, ele disse. Estava tudo bem?

Por que eu não tinha amigos? Pessoas que soubessem entrar no mundo das minhas ideias sem precisarem ser guiadas até lá e que o compreendessem sem explicações? O que Liliane teria dito? *I hate patronizing.* Mas não se tratava de tutela. Tratava-se *exatamente* do quê?

Liguei para Leslie. Ela estava dormindo e queria primeiro tomar um café. Ela parecia tensa, e achei que era irritação. Mas quando liguei de volta, sua voz estava calma, e, por um momento, achei que ela tinha ficado contente com meu telefonema.

Quando alguém simplesmente está no fim de suas forças, disse ela, é preciso deixá-lo agir, até ajudá-lo. Ela falou de um paciente, e fiquei contente por termos chegado à mesma conclusão a partir de caminhos diferentes. Mas aqui se tratava de outra coisa. Tragédia... bem, ela disse, dá para ajudar alguém a superá-la... mas eu naturalmente saberia disso por conta própria...

Como eu poderia esperar que alguém falasse algo a respeito que fosse além de trivialidades? Alguém que não segurava a cabeça de Van Vliet?

Leslie ficou infeliz quando sentiu minha decepção. "Anteontem as perguntas sobre o internato e o instrumento, e agora..."

Eu estava feliz por termos voltado a conversar com mais frequência, falei.

28

SEM LEA, o apartamento ficava vazio, e já na escadaria esse vazio vinha ao encontro de Van Vliet. Em seguida, ele dava meia-volta e ia comer. E beber.

Ele também quase não conseguia suportar o silêncio. Apesar disso, não escutou nenhuma música durante um ano inteiro. Filmes também eram impossíveis de assistir, vinham com música. Em geral, ele deixava a televisão ligada sem som. O vazio e o silêncio — ele sentia isso, sem conseguir explicar — eram parentes do apagamento pelo qual Lea passou depois de sua última visita a Marie e que ele reviu ao andar pela noite em Cremona até o *signor* Buio. Às vezes seu escritório também se apagava, em geral quando a noite começava a cair. A luz não tinha qualquer relação com isso, mas era assim. Nesses momentos, quando alguém entrava, seu desejo era atirar na pessoa. Essa era apenas uma das muitas coisas pelas quais Van Vliet se tornava estranho a si próprio. Andar longas distâncias de esqui nas montanhas fazia bem. Mas ele só ia até lá quando tinha certeza de que não se exercitaria. Estava fora de cogitação deixar Lea desamparada. Apesar do magrebino. E também por causa dele.

No café da manhã, não se notava em Van Vliet nada do que havia acontecido durante a noite. Ele estava recém-barbeado, usava um pulôver azul-escuro no estilo marinheiro e parecia saudável e ativo como um turista, levemente bronzeado. De maneira alguma parecia alguém que preferia deixar o volante nas mãos de outro. Ele tinha o rosto tranquilo dos homens que dormem e se esquecem de suas preocupações. Eu não sabia se o sonífero também tinha lavado a lembrança do colapso. Ou se ele ainda se lembrava de como eu o amparei.

Depois, ficamos sentados novamente perto do lago. Hoje iríamos embora, ambos pressentíamos isso. Mas não antes de ele ter chegado ao presente com seu relato. Sobre o lago havia uma luz de inverno sem o brilho e a promessa da Provence. Uma luz que trazia dentro de si uma ardósia cinza, um branco frio e uma austeridade impiedosa. A névoa começou na direção de Martigny, primeiro esparsa, depois compacta, impenetrável. Pensar que tinha de atravessá-la de carro me deixava sem ar.

As frases de Van Vliet tinham se tornado breves, lacônicas. Às vezes ele caía num tom analítico, quase acadêmico, como se estivesse falando sobre outra pessoa. Talvez, pensei, fosse também para se esquecer da dissolução da noite, da perda dos contornos. Eu não estava infeliz a respeito. Mas ainda havia algo ameaçador nesse autocontrole, algo tenso, que combinava com a névoa que se aproximava cada vez mais.

Agnetha tinha levado Lea para Saint-Rémy. Ele ficou aliviado, e essa sensação o deixou triste. Quando passou a mão pelos cabelos da filha, na despedida, os olhos dela estavam opacos e as pálpebras, pesadas. O carro partiu e ela parecia uma boneca de gesso sentada em seu lugar, com o olhar vazio dirigido para a frente.

Ele buscou Nikki do abrigo de animais. O animal ficou contente, saltou sobre ele. Mas sentia falta de Lea, não queria comer direito. Aos poucos se acostumou com o novo ritmo de vida. Ele tinha permissão de dormir ao lado da cama de Van Vliet. Ele só não conseguia suportar as muitas horas sozinho, de maneira que Van Vliet passou a levá-lo ao instituto. Ruth Adamek odiava cachorros. Quando tinham de conversar sobre algo, eles se falavam ao telefone, embora estivessem no mesmo corredor. Mas outra funcionária estava apaixonada por Nikki. Quando o cachorro lambia sua mão, Van Vliet sentia uma pontada no peito.

Depois de meio ano, ele foi até Lévy em Neuchâtel e descobriu como Lea havia tentado quebrar o Amati quando ele lhe apresentou a noiva.

Van Vliet lhe contou sobre Estocolmo, em poucas palavras e de maneira objetiva.

— Naquela época, isso me dizia respeito — disse Lévy —, mas agora...

Os dois homens sentiram suas diferenças. Van Vliet pensou na cadência Oistrakh.

— Nunca tive uma aluna mais talentosa que Lea — declarou Lévy. — Não consegui resistir à tentação de trabalhar com ela. O perigo, eu não queria vê-lo. O senhor acredita...?

Durante dias, Van Vliet ficou pensando no que Lévy tinha querido perguntar. Ele ainda não gostava do homem, ao seu lado ele se sentia desajeitado e grosseiro. Mas não se tratava mais do inimigo de antes. "*Je suis désolé, vraiment désolé*", ele tinha dito junto à porta. Van Vliet acreditou nele. Eles acenaram um para o outro, apenas por um instante, quase envergonhados. Na plataforma, Van Vliet teve uma sensação estranha: a partir daquele momento, Neuchâtel também estava vazia.

Ele evitava a loja Krompholz. Mas aconteceu de ele topar com Katharina Walther na rua.

— Meu Deus! — Ela não parava de dizer. — Meu Deus!

Van Vliet não olhou para ela, falou olhando para os sapatos.

— A senhora tinha... — disse ele no fim.

— Mas ninguém podia imaginar uma coisa dessas! — interrompeu ela.

Ao se despedirem, Katharina Walther o abraçou, o coque dela tocou o nariz dele.

Mais tarde, quando ela soube da fraude com o dinheiro, ele a reencontrou. Ela impediu que passasse despercebido. Dirigiu-lhe um olhar estranho, e Van Vliet se lembrou dele durante um bom tempo.

— Quando li aquilo... meu Deus, pensei, ele fez tudo por ela, realmente *tudo*... Eu... Eu também gostaria de ter tido alguém que... Ainda hoje o sinto nas mãos, o Del Gesù.

— Eu também.

Depois disso, só se reviram no cemitério.

29

FOI POSSÍVEL ESCONDER a situação por pouco mais de um ano. Van Vliet atrasava projetos, sabotava pesquisas, adiava compras e deixava contas em aberto. Quando os patrocinadores apareciam, ele mentia descaradamente. Ao relatar isso, seu rosto se tornava familiar para mim: o jogador, o garoto que queria ter sido falsificador de dinheiro. Obstruções e trapaças planejadas — foi uma dança até o precipício. Esse precipício aparecia às noites. Apesar disso, ele também gostava. Um traço desse prazer aparecia inclusive na sua voz. Quando percebi, pensei nas camadas e nos platôs internos, dos quais ele falou em relação a Lea.

Queria que o jogador dentro de você o tivesse salvado, Martijn. Que ele tivesse construído uma plataforma em seu interior, sobre a qual teria sido possível continuar vivendo.

Havia mais medo do que prazer no jogo quando Van Vliet percebeu que Ruth Adamek o estava perseguindo. Certa vez, quando ele entrou de supetão na sala dela, viu-a testando senhas para sua conta do projeto. Estava escrito IRENRAUG no monitor. Na época de estudante, ele quebrou todos os recordes em ler palavras de trás para a frente. Cedo ou tarde ela tentaria também com DELGESÙ. Isso não seria suficiente. Mas, uma vez começado, Ruth Adamek iria trocar as letras até o fim. Foi assim que eles fizeram no primeiro ano em que trabalharam juntos, quando tiveram de descobrir uma senha esquecida, da qual tinham apenas um ponto de partida. Era verão, ela ficava sentada com uma saia curta no canto de sua escrivaninha. O jogo de letras tinha se tornado uma corrida que ela ganhou. Do canto do olho, ele a viu passando lentamente a língua pelos lábios. Agora ou nunca. Ele tinha olhado bravo para o monitor, até o momento ter passado. "Ah", disse ela no dia seguinte, "você é um péssimo perdedor."

Ele mudou a senha para ANOMERC, e mais tarde para CRANEMO, mas seu som era muito próximo de CREMONA, então ele usou OANMERC.

— Por que tive de ficar nesse tema, por que não escolhi algo bem diferente? Ou ao menos BUIO, OIUB ou algo que era impossível ela imaginar?

— O que sabemos sobre ações compulsivas — disse Agnetha — é que nelas está o desejo oculto de que o temido acabe se realizando.

Ele desconfiou da teoria. Mas continuou espantado por ter mantido o tema traiçoeiro, era como se estivesse grudado nele.

Há três anos chegou a carta na qual os patrocinadores exigiam uma prestação de contas detalhada, senão se sentiriam obrigados a interromper o fluxo de financiamento já acordado.

— Abri sem querer — disse Ruth Adamek ao lhe entregar a carta. Ele viu o remetente. Foi o xeque-mate.

— Coloque aí, em qualquer lugar — falou ele *blasé* e foi embora.

Na estação, Van Vliet ficou um tempo no lugar no qual eles assistiram a Loyola de Cólon. Quinze anos tinham transcorrido desde então. Ele foi às montanhas de trem. Parecia que ia nevar, mas não aconteceu. Na viagem de volta, ele se perguntou o que poderia fazer. Ela estava com o magrebino, atrás da lenha, que diferença faria. O médico olhou-o em silêncio quando ele perguntou se Lea tinha perguntado por ele. O olhar negro, inviolável, a presunção médica. Ele queria era amassar sua cara.

Van Vliet disse que estava doente e ficou uma semana sem ir ao instituto. Que todos lessem a carta, não tinha mais importância.

Nesses dias, arrumou o apartamento, mexeu em todos os objetos. Resgatou a foto que mostrava o quarto de Cécile, antes de eles o transformarem em *la chambre de musique*. O passado que o confrontava a partir dali o atingiu com uma força inesperada. Pela primeira vez, Van Vliet se perguntou o que Cécile diria da fraude. *Martijn, o cínico romântico! Não pensei que isso existisse!* E agora havia atravessado meia Europa, não atrás da mulher amada, mas com a filha doente ao seu lado. No motel, fizeram de conta que ela era sua amante. Quando Van Vliet acordou ao seu lado, mais arrasado que antes, Lea respirava tranquila, mas as pálpebras tremiam inquietas.

— Onde estamos? — perguntou ela. — Por que a agência não me arrumou um quarto melhor? Eu sempre fico com uma suíte.

O quarto de Lea foi o último que arrumou. Ele o evitava. Também lá Van Vliet pegou tudo nas mãos, como se pela última vez. Camadas da história de vida dela. Bichos de pelúcia, os primeiros desenhos, boletins escolares. Um diário com cadeado. Ele encontrou a chave. Decidiu não o abrir e empurrou o caderno para o fundo da gaveta. O magrebino havia perguntado se havia algo assim. "*Absolutement pas*", ele tinha respondido.

LEAH LÉVY. Van Vliet jogou o caderno fora. Pilhas de fotografias, ela tinha sido muito fotografada nos últimos tempos. Ele se sentou à mesa da cozinha com os retratos. LEA VAN VLIET. Havia começado a descascar por trás da fachada, em silêncio e de maneira irrefreável. Ele pegou as fotos antigas e mediu a distância. Uma delas tinha sido tirada pouco depois da apresentação de Loyola na estação. Lea olhava como se tivesse olhos para ver e o puxava, muda, pela cidade, impulsionada por aquele novo desejo que depois levou à pergunta: *Um violino é caro?* Ele jogou a maioria das fotos de Lea, a brilhante violinista, fora. Não sabia o porquê, mas trancou o quarto de Lea e guardou a chave no armário da cozinha, atrás dos pratos raramente usados.

Quando decidiu o que faria, chamou Caroline. Ela respirava pesado e às vezes fechava os olhos enquanto ele falava. Alguém teria de se ocupar com o apartamento, disse ele. Ela assentiu e afagou Nikki. "Você fica comigo", disse ela. Seus olhos estavam cheios de lágrimas. "Ela não pode saber disso", constatou Caroline. Van Vliet confirmou em silêncio.

Ele sentiu que Caroline ainda queria lhe dizer mais alguma coisa. Algo que somente as amigas falam entre si. Van Vliet estava com medo.

Havia esse garoto, Simon, dois anos acima delas, que, apesar do cigarro, foi considerado o melhor esportista do ano, um fanfarrão, James Dean em miniatura, mas o sonho de muitas meninas.

Van Vliet sentiu pânico. Se ele, o pai, esteve no caminho. Estava aflito pelas suas palavras.

Nessa hora, Caroline, trinta anos mais jovem que ele, segurou sua mão.

— Não — disse ela —, claro que não. Não o senhor. Era a intocabilidade dela, por assim dizer. A aura de seu talento e de seu sucesso. Fosse na sala de aula ou no recreio: sempre havia essa luz gelada que a iluminava, como um refletor. Um pouquinho de inveja, um pouquinho de medo, um pouquinho de incompreensão, tudo junto. Ela não sabia como sair dessa luz, sair para ir até Simon, por exemplo. Ele a seguia feito uma sombra. E Simon nunca olhava para ela, mas a acompanhava com o olhar, havia risinhos. Mas Lea estava longe demais mesmo para ele, o garoto popular, simplesmente longe demais. "Sabe", ela disse certa vez, "às vezes eu queria que todo brilho e glamour sumissem da noite para o dia; para que todos fossem normais comigo, bem normais".

Van Vliet hesitou.

— E Lévy? — perguntou ele por fim.

— Davíd, isso era algo diferente, algo bem diferente. Não sei, ele era como tocar as estrelas.

— Simon e Lévy?

— Eles não tinham nenhuma relação. Eram dois mundos, eu diria.

Van Vliet quis saber de mais uma coisa, algo sobre o que ele se perguntava havia tempos.

— Primeiro a música esteve ligada a Marie, depois a Lévy. Ela sempre teve a ver com... com amor. Lea gostava da música simplesmente, quer dizer, da música pela música?

Caroline nunca tinha se perguntado isso.

— Não sei — respondeu ela. — Simplesmente não sei. Às vezes... não, não tenho ideia.

Ela olhou mais uma vez para a frente, como se quisesse lhe dizer algo sobre Lea que ele não pudesse saber. Mas então Caroline o encarou e perguntou algo que, creio, poupou Van Vliet de muita coisa.

— Vou perguntar ao papai se ele pode assumir sua defesa. Ele é bom, muito bom, justamente nesses casos.

Quando se despediram, ele abraçou-a e a segurou um pouco mais, como se ela fosse Lea. Ao sair, Caroline secou as lágrimas dos olhos.

Na manhã seguinte, Van Vliet foi ao Ministério Público.

30

ELE NÃO FALOU muito sobre a investigação e o processo. Entre as frases econômicas, jogava migalhas de pão aos cisnes. Um homem como ele no banco dos réus; não havia muito a explicar. Enquanto jogava o pão, fiquei com a seguinte sensação: ele está se cuidando para não cair na corrente da lembrança, para conseguir escapar ileso.

O juiz de instrução, encarregado de verificar a credibilidade da confissão, teve trabalho em dois pontos: o motivo e o fato de que nem o violino nem o recibo de sua compra podiam ser apresentados. "Havia momentos em que ele me olhava como se eu fosse um louco ou o mentiroso mais rasteiro". Durante muito tempo, Van Vliet se negou a entregar os restos do violino. O que ele não contou, nem diante do tribunal, foi a verdadeira história de sua destruição. Ele disse que tinha pisado sobre o instrumento, no escuro, mais nada.

Vejo você sentado na sala do júri, Martijn — um homem que podia interpor seu silêncio ao mundo como um muro.

O juiz de instrução queria interrogar Lea. Nesse momento Van Vliet deve ter perdido as estribeiras. O Dr. Meridjen redigiu um laudo. Van Vliet sonhou que o médico tinha contado a Lea a respeito. Depois, ele ficou sentado na beirada da cama, martelando na cabeça com os punhos a ideia de que nenhum médico faria isso, nenhum.

O pai de Caroline conseguiu uma pena branda, facilitada pelo fato de Van Vliet ter se apresentado espontaneamente. Dezoito meses. Para a juíza deve ter sido mais fácil compreender o motivo. Sua tarefa era — foi o que ela disse — julgar o quão difícil teria sido não fazer o que ele fez. Van Vliet falou apenas uma palavra: *impossível*.

Em algum momento deve ter sido aventada a hipótese de um laudo psiquiátrico. Ambas as palavras soavam roucas quando Van Vliet as proferia. Uma rouquidão perigosa. Em seguida, mudo, ele esticava e puxava os lábios, para a frente e para trás, para a frente e para trás. Por um tempo ele se esqueceu de jogar as migalhas aos cisnes e esfarelou o pão entre os dedos.

Claro que Van Vliet perdeu seu cargo de professor. Os patrocinadores conseguiram que os bens que ainda permaneciam com ele fossem embargados. O que lhe restou dava para manter o apartamento de dois quartos, no qual vivia agora, e também podia ficar com o carro. O pai de Caroline o ajudou na luta com a seguradora. No fim, ele conseguiu que ela assumisse os custos pela estadia de Lea em Saint-Rémy.

Os jornais usaram letras garrafais, em toda esquina elas apareciam, grossas e brutais. Em sonho, ele percorria a cidade e comprava todos os exemplares, para que Lea não visse nenhum.

— Naquele tempo, joguei contra o velho em Cremona, repetidamente. Por fim achei uma solução. O problema era eu não aceitar nenhum sacrifício; acredito que cada gambito seja, de antemão, uma cilada, sobre a qual não é preciso pensar mais. Foi assim também daquela vez. Eu deveria ter pegado o maldito bispo, o velho havia errado os cálculos e eu também descobri o motivo. Eu deveria tê-lo batido com o peão. Puxei o peão e pensei: esse único movimento, 2, 3 centímetros... e eu não estaria diante do tribunal.

"Mamãe costumava rir quando papai falava, em inflamadas autoacusações, que ele tinha se *retroconscientizado*; ela achava o termo engraçado demais. Lembrei do termo: às vezes, de tanta raiva de mim mesmo, eu realmente tinha a impressão de quase perder a razão. O pior era quando eu me dizia: no fundo, você não fez qualquer bem para Lea, mas para você mesmo, você foi até o velho porque gostava do papel de Hasardeur, ou seja, porque estava apaixonado por si mesmo."

Ele queria dar alguns passos sozinho, disse e me olhou se desculpando. Eu sabia: o pior estava por vir.

31

— QUANDO ERA CRIANÇA, Lea se impressionava com os frascos marrons com etiquetas manuscritas que ficavam nas prateleiras da farmácia. Ela até desenhou os frascos, que deviam ter uma força de atração misteriosa para ela; talvez porque desse para ver um pó claro por trás do vidro escuro, que parecia escondido, cheio de promessas ou de perigos. Mais tarde, no hospital, ela viu Cécile trancando o armário com os remédios controlados. "Esse é o armário dos venenos", explicou Cécile. A palavra deve ter impressionado Lea demais, pois no jantar ela perguntou: "Por que o hospital precisa de veneno?"

"Pensei nisso quando soube de sua morte. Ela agiu durante o turno da noite."

Ela tinha voltado de Saint-Rémy havia um ano. Não foi Lea que telefonou, mas Agnetha. Isso doeu; por outro lado, ele também estava aliviado por ela não ver seu apartamento medíocre. Enquanto estava acordado, ele tinha arrumado várias explicações para a moradia. Nenhuma soava verossímil. Mas ela não chegaria à verdade por conta própria. Triste, ele percebeu que temia o encontro com a filha.

Ela começou um estágio como enfermeira e morava no alojamento da enfermagem, que ficava do outro lado da cidade. Ele vivia na mesma cidade que a filha, mesmo assim ainda não a tinha visto. Agnetha lhe deu o número. "Meu conselho: espere que ela o procure", aconselhou.

Com medo de encontrá-la, nas primeiras semanas ele não foi ao centro.

— Vivi como se algo me pressionasse para dentro, acho que eu respirava apenas superficialmente. Como alguém que tem vergonha da mera existência. Apenas aos poucos fui percebendo: a vergonha por causa da fraude e da condenação tinha se transformado, às minhas costas, numa sensação de culpa em relação a Lea. Mas *não havia* nenhuma culpa!

"Fiquei furioso: com o magrebino, que tinha lhe dito sabe-se lá o quê; com Agnetha, por causa de sua observação; e até com Caroline, que achou melhor não devolver o cachorro a Lea. E eu fiquei furioso com Lea, mais e mais a cada dia. Por que diabos ela não me procurava? Por que ela se comportava como se eu tivesse lhe feito algum mal?"

Foi no outono passado que eles finalmente se encontraram. Um dia quente, as pessoas usavam roupas leves. Por isso a primeira coisa que ele notou foi seu traje severo, pudico, e um cabelo muito bem preso. Ele demorou a reconhecê-la. E quase perdeu o ar: nem dois anos haviam se passado desde que a vira pela última vez em Saint-Rémy, pelo binóculo, e pela aparência dela parecia que tinha sido o dobro desse tempo. Olhos claros por trás dos óculos sem armação, toda sua pessoa não sem elegância, mas inacessível, terrivelmente inacessível.

Os últimos passos até se encontrarem foram lentos. Eles se deram as mãos.

— Papai — disse ela.

— Lea — disse ele.

Van Vliet foi até a margem, encheu uma das mãos com água e passou-a pelo rosto.

Senti-me desmontando. Eu não queria mais ouvir nada a respeito dessa tragédia. Estava no fim de minhas forças.

Eles tinham saído juntos até a Münsterstrasse e ficaram um tempo parados lado a lado, em silêncio.

— Nunca mais poderei consertar isso — comentou ela de repente.

Seu coração se livrou de um peso, pela primeira vez em meses Van Vliet conseguiu inspirar profundamente. Por isso, simplesmente por isso ela o evitou. E Lea não sabia de nada sobre a fraude e a condenação, falava somente do violino. Ele queria abraçá-la, mas parou antes de fazê-lo. A voz dela tinha o som de sempre. Mesmo assim, ela lhe parecia estranha; nem repulsiva, nem fria, antes murcha; como alguém que está vivendo em marcha lenta.

— Está tudo bem — disse ele. — Está tudo perfeitamente bem.

Ela olhou-o como alguém que se esforça em dizer algo inacreditável para acalmar o outro.

Sentados num banco, eles ainda conseguiram conversar um pouco sobre onde e como moravam no momento. Ele deve ter mentido.

Lea perguntou se os jornais tinham publicado algo a respeito na época. Ele ficou feliz, pois isso mostrava que ela estava de volta ao mundo e ao tempo real. Van Vliet balançou a cabeça.

— Estocolmo — disse ela. E após um tempo acrescentou: — Depois, escuridão, escuridão total.

Ele pegou a mão dela. Lea permitiu. Mais tarde, Van Vliet sentiu a cabeça dela no seu ombro. Isso abriu as comportas. Envolvidos num abraço desajeitado, nenhum dos dois segurou as lágrimas.

Depois ele esperou sua ligação. Ela não aconteceu. Van Vliet ligou para ela, várias vezes. Gostaria de ter sabido o que ela tinha achado de Saint-Rémy. Para que esse tempo não ficasse em branco, no que dizia respeito a Lea. E para que a imagem dela atrás da lenha e sobre o muro, com os braços envolvendo os joelhos, que haviam se tornado ícones de sua solidão, se dissolvessem e pudessem se tornar episódios que perderiam a nitidez no passado e, assim, seu terror.

A ligação do hospital aconteceu de manhãzinha. Três dias antes uma aluna de enfermagem do alojamento tinha lhe mostrado as matérias de jornal sobre o processo. Em seguida, Lea apareceu para trabalhar como sempre, calada, ela era sempre assim. Depois ficou deitada lá, seu rosto branco irremediavelmente parado como, naquela época, o rosto de Cécile.

— Desde então tudo está vazio — disse Van Vliet. — Vazio e escuro.

Lea estava à espera de algo, sem saber o quê. Por fim, ele pediu dinheiro emprestado a Agnetha para fazer essa viagem.

32

NA VIAGEM PARA Berna, pensei o tempo todo nas palavras que ele acrescentou: "E agora eu conheci o senhor."

Podia ser uma grata constatação, nada mais. E podia ser algo mais: o anúncio de que ele queria se agarrar nessa âncora e continuar a viver.

Assim como durante o dia inteiro, fiquei com medo da chegada. Será que ela traria a decisão entre as duas interpretações? Teria eu a força e a solidez para ser sua âncora? Tive a mesma sensação de quando entreguei o bisturi a Paul. Será que uma pessoa assim podia ser a âncora de alguém, uma pessoa que também não confiava nas próprias mãos?

Paramos no meu apartamento. Van Vliet observou a fachada elegante, sem dizer palavra. Demo-nos as mãos. "Vamos manter contato", eu disse. Palavras secas depois de tudo o que aconteceu. Mas mesmo na escada não me ocorreram outras melhores.

Levantei as persianas e abri as janelas. Nisso, eu o vi. Ele estava com o carro algumas casas à frente e tinha estacionado. Sentado sem luz ao anoitecer. *La nuit tombe.* Ele amava essas palavras, elas ainda o ligavam a Cécile. Não havia nenhum caminhão com o qual se preocupar. Ele não queria ir para casa. Pensei em como Van Vliet tinha enfrentado o vazio, ao subir as escadas após a partida de Lea.

Na verdade, falei que eu gostaria de ver onde ele morava, quando desceu o vidro da janela.

— Não é um apartamento como o seu — disse ele —, mas o senhor sabe disso.

Mesmo assim me assustei com os cômodos caindo aos pedaços. Ele ficou sem dinheiro para fazer uma pintura nova, havia marcas dos quadros anteriores nas paredes. Na cozinha, canos que saíam da parede e que não levavam a lugar nenhum, tinta descascando, um fogão de uma época pré-histórica. Apenas o sofá, as cadeiras e os tapetes lembravam os de um apartamento de um cientista bem-remunerado. E as prateleiras com livros. Procurei e os encontrei, os livros sobre Louis Pasteur e Marie Curie. Ele viu meu olhar e sorriu debilmente. Livros técnicos até o teto. Um aramado com discos. Muito Bach com Yitzhak Perlman.

— Para Lea, esse era o padrão — comentou ele. O disco de Cremona com os sons dos diferentes violinos. Miles Davis. Num canto, o estojo do violino. — Eles não pensaram nisso. Eu poderia vendê-lo novamente ao luthier de St. Gallen. Mas aí não me restaria mais nada dela.

Ele parecia paralisado no próprio apartamento, incapaz até de se sentar. Quando viu Lea, quieta junto à janela de seu quarto em Saint-Rémy, olhando para o campo, Van Vliet pensou que ela devia estar se sentindo totalmente estranha neste planeta. Foi nisso que pensei quando o vi parado lá.

Coloquei o disco de Miles Davis. Ele apagou a luz. Quando o último som se foi, levantei-me no escuro, toquei-o no ombro e saí do apartamento em silêncio. Nunca senti uma proximidade tão grande.

33

DOIS DIAS DEPOIS, ele ligou. Caminhamos ao longo do rio Aare, lembranças mudas da praia de Saintes-Maries-de-la-Mer e das margens do lago de Genebra. Ele fez perguntas sobre minha profissão, pela atuação de Leslie em Avignon e, finalmente, com hesitação, quis saber como seria minha vida a partir daquele momento.

Eu teria ficado contente com as perguntas, caso elas não fossem tão distantes. Liliane chamava isso de *detached*. Seu aperto de mão na despedida e seu aceno com a cabeça, ausente, quando falei de um próximo passeio, também foram assim. Será que ele tinha encerrado? Ou será que isso é apenas a sombra que o conhecimento posterior lança sobre os acontecimentos passados?

No ônibus para casa, imaginei os campos de arroz da Camargue e as nuvens passando pelo céu. Ah, se tivéssemos ficado lá embaixo, pensei, e se tivéssemos nos largado, duas sombras à contraluz. Apaguei as imagens e apoiei o retrato de Martijn, bebendo, na luminária.

No dia seguinte, nevou. Pensei em suas viagens às montanhas. Fiquei com medo e não parei de ligar, em vão. Na manhã seguinte, folheei o jornal. Um Peugeot vermelho com chapa de Berna tinha trafegado na contramão numa via na região dos lagos, chocando-se de frente com um caminhão. O motorista morreu instantaneamente.

— A pista era estreita, ele deve ter freado para me deixar passar e acabou perdendo o controle — declarou o motorista do caminhão ao ser interrogado. — Ele parecia estranhamente tranquilo atrás do volante, devia estar paralisado de susto.

Vi suas mãos diante de mim durante o dia inteiro: tremendo na cabeça do cavalo, flutuando sobre o volante, no cobertor da cama.

Eu estava sozinho com Agnetha no enterro.

— Martijn não comete erros no trânsito — afirmou ela.

Havia um orgulho teimoso na voz e ele abrangia muito mais do que a direção de um veículo. "Ele amava a neve", disse ela. A neve e o mar. De preferência, as duas coisas juntas.

34

DO CEMITÉRIO, FUI até a casa em que Marie Pasteur havia morado. A placa de latão não estava mais pendurada, dava para ver apenas suas marcas no portão de ferro fundido. Olhei a rua que Lea tinha tomado por engano, depois de sua última visita, e que na mente do pai havia se transformado numa reta infinita, que desvanecia.

A ponta de metal na coluna da escada em Estocolmo tinha aparecido para Van Vliet com a intensidade de um zoom rapidíssimo. A imagem começou a me perseguir. Fui ao cinema, a fim de superá-la. As imagens do filme ajudaram, mas eu não queria vê-las e saí logo.

Em seguida, tive de andar num veículo, sentir sua rolagem, e isso tornava as coisas mais fáceis. De ônibus, cruzei a cidade em todas as direções, de uma extremidade à outra, e depois a mesma coisa em outro percurso. Pensei em *Thelma & Louise* e nas duas mãos femininas que Van Vliet teria amado pela audaciosa beleza delas. Quando o ônibus se esvaziou, fechei os olhos e imaginei que estava ao volante e que ia até Hammerfest e Palermo, à procura dessas imagens de uma última liberdade. A cada ônibus eu ficava menos seguro de que estava indo em direção apenas das imagens. Minha impressão, cada vez maior, era de que eu dirigia o ônibus para a beira do cânion.

Enquanto esperava em vão pelo sono, em casa, senti que não podia simplesmente continuar levando minha vida. Existem infelicidades tão violentas que são insuportáveis sem palavras. Por isso, logo que o sol nasceu, comecei a escrever o que tinha descoberto desde aquela manhã clara, cheia de ventos, na Provence

Este livro foi composto na tipologia Adobe Caslon Pro,
em corpo 11,5/15,1, e impresso em papel off-white 90g/m²
no Sistema Cameron da Divisão Gráfica
da Distribuidora Record.